Das Buch

Julien Green verfaßte seine erste Erzählung (›Der Psychiater-Lehrling‹) schon mit zwanzig, drei Jahre vor der
Niederschrift seines ersten Romans. Sie handelt von einem jungen Medizinstudenten, der so intensiv die ver-
meintliche Geisteskrankheit eines ihm anvertrauten Zög-
lings verfolgt, daß er schließlich selbst dem Wahnsinn
verfällt, und erschien (auf englisch) in einer Universitäts-
zeitschrift. Ihr folgten (nun in französischer Sprache)
während der nächsten Jahre und Jahrzehnte eine stattli-
che Anzahl weiterer Geschichten, die aber erst 1984 (in
einem Sammelband) veröffentlicht wurden und nun endlich auch in deutscher Sprache vorliegen. Alles, was das
Romanwerk des »nüchternen Magiers« (Hesse) berühmt
gemacht hat – die infernalischen Labyrinthe dunkelster
Triebe und geheimster Qualen, die seine Figuren durch-
laufen, das Knappe, Spröde, trotz aller drohender Unter-
töne Unpathetische der Sprache –, kennzeichnet auch seine Erzählungen. Und doch ist es ein ganz anderer Green,
der in ihnen zutage tritt. Denn die Erzählung, die »short
story«, ist, wie er selbst sagt, »kein kurzer Roman, sondern eine Geschichte, die der Autor abbricht, nachdem
für ihn alles gesagt ist. Und dann beginnt der Traum«.

Der Autor

Julien Green, französischer Schriftsteller amerikanischer
Herkunft, wurde am 6. November 1900 in Paris geboren,
er wuchs zweisprachig auf und wurde protestantisch erzogen. 1916 konvertierte er zum Katholizismus. Mit
siebzehn Dienst als Sanitäter an der Front. 1919–22 stu-
dierte er in Charlottesville/Virginia Philologie. Seit 1922
wieder in Paris. Bereits mit seinem dritten Roman, ›Leviathan‹ (1929), erlangte er Weltruhm. 1940–45 Emigrant
in Amerika. 1971 Mitglied der Académie française.

Julien Green:
Träume und Schwindelgefühle
Erzählungen

Deutsch von Helmut Kossodo

Deutscher
Taschenbuch
Verlag

Von Julien Green
sind im Deutschen Taschenbuch Verlag erschienen:
Junge Jahre (10940)
Paris (10997)
Jugend (11068)
Leviathan (11131)
Von fernen Ländern (11198)
Meine Städte (11209)
Der andere Schlaf (11217)
Mont-Cinère (11234)
Moira (11404)

Deutsche Erstausgabe
August 1992
Deutscher Taschenbuch Verlag GmbH & Co. KG,
München
© 1984 Éditions du Seuil, Paris
Titel der französischen Originalausgabe:
›Histoires de vertige‹
© 1992 der deutschsprachigen Ausgabe:
Carl Hanser Verlag, München · Wien
Umschlagtypographie: Celestino Piatti
Umschlaggestaltung unter Verwendung des Gemäldes
›Johannes der Täufer‹ von Leonardo da Vinci
Gesamtherstellung: C. H. Beck'sche Buchdruckerei,
Nördlingen
Printed in Germany · ISBN 3-423-11563-7

Inhalt

»Tief ist die Einsamkeit der Millionen Menschen, die mit einem vor Liebe überfließenden Herzen niemanden haben, der sie liebt. Tief ist die Einsamkeit jener, die in ihrem geheimen Kummer niemanden haben, der sie tröstet. Tief ist die Einsamkeit jener, die in ihrem Kampf gegen Zweifel und Finsternis niemanden haben, der ihnen mit Rat beisteht. Aber tiefer noch als die tiefste dieser Einsamkeiten ist jene der Kindheit, die unter dem Flügel des Kummers schwelt und in manchen Augenblicken die sie belauernde und an den Toren des Todes erwartende allerletzte Einsamkeit erkennen läßt.«

Thomas de Quincey

Vorwort

›Der Psychiater-Lehrling‹ war die allererste Geschichte, die ich auf englisch geschrieben habe. Das war 1920 auf der Universität von Virginia, wo ich mein Studium fortsetzte. Fast gleich danach in der ›Quarterly Review‹ veröffentlicht und in der Folge noch viele Male in Amerika, wurde diese Erzählung erst 1976 von Eric Jourdan für ein kleines Geschenkbuch in einer unverkäuflichen Sonderausgabe der Editions du Livre de Poche ins Französische übersetzt. Sie erscheint hier also zum erstenmal im Rahmen einer normalen Buchausgabe. Viele Themen meines Werks klingen darin bereits an.

All die anderen Erzählungen sind Erstveröffentlichungen und wurden auf französisch geschrieben. Einige stammen aus dem Jahr 1921, meiner Zeit in Amerika, und ich schrieb sie dort mit dem Gefühl des Heimwehs nach Paris: ›Der Geheimschriftschlüssel‹, ›Die Hölle‹, ›Michel Hogiers Meisterwerk‹. Andere, wie ›Der Traum des Mörders‹ entstanden nach meiner Rückkehr nach Frankreich im Jahre 1923. Die meisten gehen auf die Zeit zwischen 1923 und 1932 zurück, als ich meine ersten Romane schrieb. ›Frauenporträt‹ und ›Die Antwort‹ sind aus den fünfziger Jahren. Für mich besteht keine Beziehung zwischen der Erzählung und dem Roman, denn die Erzählung, die »short story«, ist kein kurzer Roman, sondern eine Geschichte, die der Autor abbricht, nachdem für ihn alles gesagt ist. Und dann beginnt der Traum.

Der Psychiater-Lehrling

Die wenigen alten Leute, die Casimir Jovite kannten, als diese Geschichte begann, beschreiben ihn übereinstimmend als einen ernsthaften, dem Studium sehr zugetanen jungen Mann, mit einem gewissen Hang zur Melancholie allerdings und mit sehr schönen fragenden Augen, die alles, was sie sahen, zu verschlingen schienen. Zwei Jahre lang war er einer der eifrigsten Studenten von Professor Richard an der medizinischen Fakultät gewesen und hatte sich als ein äußerst geschickter Sezierer erwiesen; doch seine wahre Berufung sah er, wie er gern zu sagen pflegte, im Studium des Nervensystems, dem er dann auch bald seine ganze Zeit widmete.

Seine Freunde werden sich noch leicht an die jugendliche Begeisterung erinnern, mit der er sich in jenen Jahren in einer wissenschaftlich orientierten Zeitschrift zu diesem Thema ausdrückte: »Die Neurologie«, so schrieb er, »ist die Vereinigung der Psychologie mit den Naturwissenschaften. Wenn wir den Dingen auf den Grund gehen, so finden wir nicht die Seele unter unserem Seziermesser sondern den Geist, den tumultuösen Geist des Menschen. In den drei Pfund grauer Gehirnmasse und einem kleinen Kern weißlicher Fasern können wir seine Ursprünge entdecken, sein Erwachen und seine Entwicklung verfolgen. Wir können den Gedanken unter unseren Instrumenten festhalten und das Abstrakte mit Pinzetten und Mikroskopen erforschen.«

Er glaubte vorbehaltlos an die Theorien de Brocas.

Eines Tages, als sein Doktordiplom noch reine Zukunftsmusik war, erhielt er einen Brief, über den er zuerst die Brauen runzelte und der ihn dann aufgeregt in seinem Zimmer auf und ab gehen und schließlich in seinen vier Wänden und vor dem vergilbten, auf seinem Schreibtisch grinsenden Totenschädel aus Elfenbein in

Wut und Empörung ausbrechen ließ. Er sollte also sein Studium abbrechen, weil sein elender Vater, dieser Bauer, ihm alle Unterstützung verweigerte und verlangte, daß er ins Dorf zurückkehrte und aufhörte, »den feinen Herrn« zu spielen. Welche Borniertheit! Nun gut, das Geld würde er sich schon irgendwie beschaffen, aber es war aussichtslos, der Familie klarzumachen, was für einer herrlichen Zukunft er entgegenstrebte. Wenn es diesen armen Leuten gefiel, mit ihren Kühen und Schweinen zu leben und ihr ganzes Leben lang für eine Handvoll Goldstücke zu schuften, so sollten sie es nur tun und damit glücklich werden! Aber was ihn betraf, so zog ihn etwas Zwingendes und Unabwendbares in die Welt der Wissenschaft. Morgen ... was heißt morgen? Noch heute, jetzt gleich würde er sich eine Stellung suchen, die ihm genug Zeit für seine Vorlesungen ließ; auch seine Freunde sollten sich auf die Pirsch begeben, um die erträumte Stellung ausfindig zu machen, die ihn vom väterlichen Joch befreite.

Aus diesem Grund stellte sich Casimir Jovite, nachdem der alte Annibal-Marie de Fronsac gestorben war und in seinem Testament verfügt hatte, daß sein Sohn der Obhut einer starken Hand und der Erziehung eines klaren Geistes anvertraut werden sollte, natürlich sogleich den Erben vor, einem vertrottelten alten Herrn mit einem charmanten Lächeln, dem vermutlichen Schutzengel des verwaisten Jünglings, und einer gestrengen altjüngferlichen Dame mit Korkenzieherlocken und drei Reihen zerknitterter Spitze auf ihrem schwarzen Atlaskleid.

Casimirs Französisch war an diesem Morgen wunderbar korrekt und fast ein wenig affektiert, und da der junge Mann außerdem nicht nur recht hübsch wirkte und sorgfältig gekleidet war, sondern auch eine herzliche Empfehlung eines angesehenen Professors vorzuweisen hatte, erklärte sich das alte Fräulein bereit, ihn zu engagieren, während der Greis zustimmend nickte.

Casimir verneigte sich:

»Wann soll ich kommen?«

»Oh! So bald wie möglich. Monsieur de Fronsac wünscht, sich zu einer Kur nach Baden zu begeben, und ich begleite ihn, aber wir wollen unseren Neffen nicht ganz allein lassen, und deshalb müßten Sie da sein.«

Casimir eilte nach Hause und packte seinen Koffer. Als er noch am gleichen Nachmittag nach Passy fuhr, schienen ihm die erträumten Tage des Friedens und des Wohlstands in greifbare Nähe gerückt! Ein angenehmes Zimmer im alten Stil, viel Freizeit und drei, vielleicht vier Stunden Anwesenheit, um einen Jüngling zu unterrichten. Von diesem letzteren wußte er nichts, außer daß er siebzehn Jahre alt und von schwacher Gesundheit war, aber Casimir dachte nicht lange darüber nach; er verließ bereits die Rue Auguste Comte in einer alten klapprigen Droschke, und da das Schicksal im allgemeinen logisch ist, stellte er sich den Jungen als vernünftig und ruhig vor, und als zu faul, um sich in irgendwelche Diskussionen einzulassen.

Dieser Gedanke machte ihm Mut bis zur Rue du Bac, wo der Anblick einer Studentenmenge beim Verlassen einer als modisch geltenden Vorlesung ihn in Verzweiflung stürzte. Wie eine Herde Affen drängten und schubsten sie sich an den Türen, wie zänkische Affen mit fixen Ideen hinter ihren engen Stirnen; aber die Droschke nahm ihre Kurve in raschem Tempo, und das Spektakel löste sich in Luft auf. Jetzt donnerten die Balken der Brücke unter den Hufen und den schweren Rädern, und der Cours la Reine wurde sichtbar. Es wehte eine leichte Brise, die Seine kräuselte sich, die Zweige der Platanen bewegten sich majestätisch, und die Hoffnung, die verfängliche Hoffnung schlüpfte wieder in das Herz des jungen Mannes zurück.

An diesem ersten Abend setzte er sich nach dem Essen noch einen Augenblick mit seinem Schüler in den Salon, zog sich aber sehr bald in sein neues Zimmer zurück. Mit einem Seufzer der Erleichterung stapfte er die Treppe empor, ließ die Stufen knarren und stützte sich auf das von dicken Metallsäulen getragene Geländer, das einer Mode von vor zwanzig Jahren entsprach, um in der Stille dieses Hauses endlich ein menschliches Geräusch zu hören. Ganz oben erhellte ein Gaslicht spärlich den Treppenflur. »Das Schicksal hat mir einen wahren Musterschüler beschert«, sagte er sich. »Dieser Junge ist so schwatzhaft wie ein Grab!«

Die Hand auf dem Türknauf, blieb er eine Sekunde stehen. »Wenn das Zimmer dem übrigen entspricht, lebe ich in einem Traum.«

Das Zimmer war klein, jedoch elegant möbliert. Durch die baumwollenen Gardinen drang das Dämmerlicht, schimmerte in großen Silbertupfen auf dem sorgsam gebohnerten Fußboden. Es schien den an der Tür stehenden Fremden willkommen zu heißen, verbreitete seinen milden Glanz über dem Sekretär aus Mahagoni mit den zahlreichen Messinggriffen, über den bequemen Sesseln und dem fast ein Drittel des Zimmers einnehmenden Bett mit dem altmodischen Baldachin und den majestätischen grünen Vorhängen.

Casimir machte Licht und schloß das Fenster, doch nicht ohne vorher einen Blick auf das enge Gäßlein geworfen zu haben, das sich zwischen den düsteren Häusern und den mit Efeu und Flieder bewachsenen Gartenmauern hindurchschlängelte. Das Licht einer fernen Straßenlaterne flackerte im Dunkeln, und alles war friedlich und still, wie in einem flämischen Beginenkloster.

»Ja, es ist wahr; ich träume.« Casimir setzte sich und schlug ein Buch auf, ›Die menschliche Biologie‹ von Grasset, aber sehr bald tanzten die Zeilen vor seinen Augen, und die Worte ergaben keinen Sinn mehr. Die Gedanken des jungen Mannes schweiften ab, und indem seine Aufmerksamkeit nachließ, schwebte ihm, gleich einem Gespenst, eine unbestimmte Vision vor: Es waren die verschwommenen Umrisse eines hübschen, jedoch »abgeschnittenen« Gesichts, das wie ein Kopf im leeren

Raum hing, mit großen, tragisch verträumten Augen, den gleichen Augen, die ihn bei Tisch angeblickt hatten, nur dieses Mal so starr und traurig, daß er vorübergehend von Unruhe ergriffen wurde. Ihr Blick durchdrang ihn, drang hinter ihn, hinter die sichtbare Welt der Materie, richtete sich geradewegs in die Abgründe des Gedankens und des Traums; die Pupillen glänzten, und die Augen blieben weit geöffnet, wie fasziniert von einem sonderbaren Traumbild, blickten tief und melancholisch und waren von breiten, fast durchsichtigen blau-lila Ringen umgeben.

»Ich wette, er sieht mich überhaupt nicht«, sagte sich Casimir. »Und er scheint schwindsüchtig zu sein. Das muß Mademoiselle de Fronsac gemeint haben, als sie eine vage Anspielung auf eine unheilbare Krankheit machte. Allerdings hatte sie dann hinzugefügt, daß ihr Bruder vom gleichen Leiden befallen sei, und er scheint nicht lungenkrank zu sein.«

Lächelnd erinnerte er sich an das apoplektisch gerötete Gesicht des alten Herrn, denn er hatte noch das Geschwätz Mademoiselle de Fronsacs im Ohr, als diese sich die Handschuhe anzog: »Es geht ihm gar nicht gut. Baden ist der einzige Ort, der ihm bekommt. Wir fahren zweimal im Jahr dorthin.«

Die Nacht brach ein. Casimir döste im Voltaire-Sessel. Draußen prasselte ein Frühjahrsregen, trommelte wie eine Kinderhand an die Fensterscheiben. In der Ferne ertönte Wagengeratter und ein gedämpftes Raunen von Stimmen.

Plötzlich wurde der junge Mann des melodischen Geräuschs sehr schöner und zarter Töne aus einem entlegenen Teil des Hauses gewahr; er setzte sich in seinem Sessel auf, lauschte und erkannte die ersten Takte einer alten Sarabande auf einem etwas klirrend klingenden Klavier. Aber der Anschlag war äußerst differenziert, und obgleich die Musik kaum bis zum Ohr des Hauslehrers drang, bezauberte ihn der ruhige und feierliche Rhythmus so sehr, daß er wie gebannt bis zum Verklingen der letzten Note zuhörte. Bald danach schlief er ein und dachte an den geheimnisvollen Zauber alter Häuser und klappriger Klaviere.

Der folgende Tag war klar und angenehm, und der junge Mann setzte sich mit seinem Schüler unter einen Baum im Garten. Casimir beobachtete den Jungen mit Neugier und versuchte, ihn zum Reden zu bringen, ihm eine Eröffnung zu entlocken. Vergebliche Mühe: Pierre-Marie war so starrköpfig wie ein bretonischer Bauer. Wenn er nicht antworten wollte, musterten seine riesigen schwarzen Augen den Hauslehrer mit einem solchen Ausdruck von Argwohn und Überraschung, daß Casimir das Gespräch abbrach und von etwas anderem sprach. Dann hörte Pierre-Marie ihn aufmerksam an, wandte ihm ganz sein Gesicht zu, doch die Augen lagen wie ein Schleier über seiner Seele. Seine Hände verkrampften sich, er schien unfähig, sie ruhig zu halten, und in einer raschen und unaufhörlichen Bewegung, die Casimir faszinierte, fuhr er sich ständig mit den Daumen über die Fingernägel. Er hatte lange, intelligente, nervöse Hände, die ein Netz von roten und geschwollenen Adern fünfzig Jahre älter erscheinen ließ.

»Ein Zeichen von Dekadenz«, sagte sich der Hauslehrer in Betrachtung dieser ausgedörrten Finger und abgezehrten Handgelenke, die im Sonnenlicht fast durchsichtig wirkten.

Unbewußt nickte er. »Die Sünden der Väter und darüber hinaus ein erdrückendes Erbe!«

Pierre-Marie warf ihm einen Blick von solcher Schärfe zu, daß Casimir ihn wie eine Last auf seinem ganzen Körper verspürte, dann verlegen hüstelte und mit seinem Stock Zeichen in den Kies der Gartenallee kritzelte. Er fühlte sich unbehaglich und ärgerte sich darüber. Wer hat Angst vor einem siebzehnjährigen Jungen? Doch dann setzte er sich auf, faßte ihr aufs Geratewohl geführtes Gespräch in einem leicht amüsierten Ton zusammen, blickte jedoch dabei Pierre-Marie auf eine Weise an, als wollte er ihm buchstäblich das Gesicht herunterreißen.

»Wissen Sie, daß ich von meinem Fenster aus ein Schloß sehe?«

Der Junge starrte ihn an, hielt die Hände plötzlich geöffnet und reglos.

»Ein Schloß?« fragte er wie im Echo mit einer tonlosen Stimme, die Casimir an den schwachen Klang des Klaviers erinnerte.

»Ein Schloß inmitten eines herrlichen Parks und einer ganzen Armee von Lindenbäumen.«

Pierre-Marie zeigte sich noch fassungsloser.

»Das war das Palais der Madame de Lamballe«, erklärte er.

»Und heute?«

»Jetzt? Das weiß ich nicht. Es ist ein seltsames Haus, und mein Vater hat mir nichts darüber erzählt...«

Casimir sagte sich: »Mein Kompliment! Ich bin wahrlich wohlinspiriert in der Wahl meiner Gesprächsstoffe!« Aber er strengte sich noch einmal an und erging sich gelangweilt in vorsichtigen Bemerkungen.

Ein wenig später unterbrach ihn Pierre-Marie plötzlich mit der Bitte, ihm ein Wort zu wiederholen, das er nicht richtig verstanden hatte, aber er bediente sich dabei eines so jammernden Tons, daß dieses seltsame Gebaren dem jungen Hauslehrer auffiel.

Von da an begann allmählich eine hinterlistige Idee sich Casimirs zu bemächtigen. Er betrachtete die Verhaltensweise seines Schülers mit wachsender Aufmerksamkeit. Gewisse Vorlesungen Professor Richards fielen ihm wieder ein, er erinnerte sich an genaue, vor langer Zeit mit Anmerkungen versehene Stellen aus Büchern, die ihm nun in einem ganz neuen Licht erschienen. Es war ihm, als verstünde er viele Dinge jetzt viel besser, als ob die während der Studienjahre erworbenen Kenntnisse Form annahmen, die Bücher verließen und allmählich zum Leben erwachten.

Aber der Himmel verfinsterte sich, die Luft wurde kühl, und sie kehrten ins Haus zurück.

Die Tage verstrichen, der Juni schlich träge dahin, und Casimir zögerte immer noch. Oft saß er, den Kopf in die Hände gestützt, und murmelte mit fester Stimme: »Also gut, entschließe dich«, aber letztendlich tat er nichts. Als ob er fähig wäre, einen Entschluß zu fassen!

Er mußte das sich ihm bietende Experiment wagen, aber es fehlte ihm der notwendige Wille. Er war ein Bibliotheksmensch, und der Gedanke, handeln zu müssen, warf seine Studiengewohnheiten über den Haufen. Fern seiner Bücher, fern jener Welt der Meditation, in der er sich so wohl fühlte, war er wehrlos wie ein Kind und ganz ohne jeden Wagemut! Die Gesellschaft schien ihm ebenso interessant wie ein an besonderen Beschwerden leidender Patient, und wie einen solchen untersuchte er sie mit peinlicher Genauigkeit, aber der bloße Gedanke einer aktiven Teilnahme am Leben der Welt lähmte ihn. Wie hatte er es fertiggebracht, seiner gegenwärtigen Lage gerecht zu werden? Ganz einfach weil die brutale Notwendigkeit seine Energien aufgepeitscht hatte.

Und jetzt appellierte ein verwickeltes und wahres Problem an seine Verantwortung.

Pierre-Marie war nicht ganz normal, das spürte jeder – sogar der alte Hausarzt der Familie, der alle vierzehn Tage kam und Kräutertee als Heilmittel gegen jede mögliche Krankheit empfahl, selbst dieser verehrungswürdige Trottel ahnte es, wenn auch nur vage. Aber wer hätte das nicht in diesen Augen gelesen, in denen sich ein unsagbares Entsetzen vor allen Dingen zu verbergen schien? Mehr und mehr verrieten sie den gestörten Geist, trotz des unglücklichen Schweigens des Mundes. Auch seine Gesichtsfarbe war bereits beeinflußt, sowie die Bewegungen und die Sprache. Eine fahle Blässe war in die Wangen gedrungen und ließ durch den Gegensatz die Ringe unter den Augen noch dunkler erscheinen. Seine Reizbarkeit steigerte sich; Widerspruch ließ ihn rückhaltlos stöhnen und verursachte ihm physischen Schmerz; vor allem Diskussionen ertrug er nicht, unterbrach sie sofort mit einem Faustschlag auf den Tisch oder mit einer bissigen Bemerkung über die, wie er sagte, Unfähigkeit seines Gegners im Umgang mit Ideen.

Zuweilen schien er sich in brutalen und ein wenig unzusammenhängenden Urteilen abzureagieren, fragte seinen Hauslehrer mit einer erstaunlichen Wißbegier über ganz bestimmte Dinge aus, doch eigentlich nicht, um eine Antwort zu erhalten sondern nur, um eine Stimme zu hören, die ihm antwortete. Eines Tages beim Abendessen zum Beispiel fragte er plötzlich, was mit der Seele eines Wahnsinnigen geschehen würde, der auf das Kruzifix spuckte und den Himmel mit allen Heiligen verfluchte. Er hatte sich halb von seinem Stuhl erhoben und beugte sich keuchend über den Tisch, dessen Decke er mit den Fingernägeln zerkratzte. Und dieser Eiferer des römischen Glaubens sank mit einem Klagelaut zu Boden, als ihm geantwortet wurde, daß in einem solchen Falle nichts mehr sein würde, weder Hölle, noch Fegefeuer, noch Paradies.

Und dann diese Manie, noch einmal das letzte Wort hören zu wollen: »Bitte, was war noch dieses Wort, das Sie eben gesagt haben? Ja, das letzte, nur das ...«

Natürlich gab es da nur eine Verhaltensregel: einen Spezialisten zu Rate ziehen, einen Irrenarzt aus der Salpêtrière. Casimir wußte das sehr wohl. Aber eine ganz kleine Stimme in seinem Inneren flüsterte ihm heuchlerisch zu: »Einen Spezialisten? Casimir! Wie schade wäre das! Denke an deine Zukunft.« Denn er schrieb gerade seine Thèse; in einem dicken, in schwarzes Moleskin gebundenen Heft schrieb er allabendlich seine tagsüber gemachten und gewissenhaft um Wahrheit bemühten Notizen ins reine: Notizen, die ganz ausschließlich seinen

Schüler betrafen, die fahrigen Hände, die Wutanfälle, Depressionen, Weinkrämpfe, die Monomanien und die Ticks, deren Auftreten und Entwicklung er mit der Akribie eines Benediktinergelehrten beobachtet und analysiert hatte. Dem langsamen Fortschreiten der Krankheit war er mit leidenschaftlichem Interesse gefolgt, wenn auch mit dem vagen Bewußtsein, ein Verbrechen zu begehen, aber die Neugierde war stärker als das Mitleid oder die Angst vor dem, was geschehen würde, und Casimir hatte das Experiment unbeirrt fortgesetzt.

Eines Abends, als er am Schreibtisch bei seiner Arbeit saß, schrie plötzlich eine innere Stimme in ihm auf: »Du Verbrecher! Seitdem du die Schwelle dieses Hauses übertreten hast, bist du in jeder Sekunde deines Lebens ein Verbrecher gewesen!«

Erschaudernd hielt er inne, doch dann zuckte er die Schultern und versuchte weiter zu schreiben, aber seine Hand zitterte, und der Federhalter kleckste auf die wie Druckbuchstaben wirkende Handschrift seiner Aufzeichnungen. Einen Moment erwog er ernsthaft, ob er nicht zur Salpêtrière eilen sollte, aber dann wandte er sich wieder seiner Arbeit zu.

Eines Nachmittags, als er ein paar neue Seiten in sein Heft geschrieben hatte, fragte er sich: »Zu welchem Schluß mag es führen?«

Seit kurzem hatte er von dem Diener eine Menge über das erfahren, was er das Vorleben seines Schülers nannte. Diese durch Bestechung erworbenen Informationen – er schämte sich, wenn er an das ihm geschickt zugesteckte Geld dachte – zeigten den Jungen in einem neuen Licht. Offensichtlich war Pierre-Marie nie umgänglich gewesen; als seine Tante ihn einmal auf einen Besuch mitnehmen wollte, hatte er ein solches Theater gemacht, daß der Versuch nie mehr wiederholt wurde. Er liebte Bücher in einem schier unbegreiflichen Maße. Monsieur de Fronsac pflegte zu sagen, er lese viel zuviel für sein Alter, hatte ihm aber als wohlmeinender Vater seinen Willen gelassen. Dann waren die einsamen Spaziergänge nach dem Abendessen gekommen und mit ihnen das schrecklichste, jenes entsetzliche Abenteuer des Jungen im Park des Palais de Lamballe, in den er sich eines Abends nach Einbruch der Dunkelheit geschlichen hatte. Im Palais war eine neurologische Klinik untergebracht, und ein Irrer hatte ihn fast erwürgt. Seitdem war er nicht mehr derselbe gewesen.

»Ein Brief für Sie, Monsieur Casimir.«

»Danke.«

Casimir blickte auf den Poststempel und runzelte die Stirn. Nervös riß er den Umschlag auf. Es war Mademoiselle de Fronsac, die ihm ihre Rückkehr am 15. Juni ankündigte. Monsieur de Fronsac, schrieb sie, fühle sich viel besser und sei so begeistert von der Trinkkur und der guten Luft in Baden, daß sie beschlossen habe, ihren Neffen während der Ferien im Juli dort hinzuschicken.

Sowie Casimir den Inhalt dieses Briefes erfaßt hatte, erbleichte er. Seitdem er sich über den Zustand seines Schülers klar geworden war und mit einer geradezu perversen Immoralität begonnen hatte, das Fortschreiten der Krankheit zu studieren, war er mit Leib und Seele dieser Arbeit verfallen und hatte darüber die Familie, das alte Fräulein und ihren Bruder, praktisch vergessen.

In der Tat interessierte er sich so leidenschaftlich für das, was er unheimlicherweise ein Experiment *in anima vili* nannte, daß er alle andere Tätigkeit vernachlässigte und sich den ganzen Tag lang in dem alten Hause in der Rue Raynouard verschanzt hatte. Während er weiterhin den Diener bezahlte, um seinen Schüler auszuspionieren, erfand er die verschiedenartigsten Vorwände, um sich Zutritt in das Zimmer des Jungen zu verschaffen. So versuchte er ihn zu überreden, im Garten zu lesen oder zu arbeiten, weil er ihn dort von seinem Fenster aus beobachten konnte, aber Pierre-Marie ließ sich nicht aus seinem Zimmer vertreiben. Er schloß einfach die Tür und erklärte, man habe ihm immer zu arbeiten erlaubt, wo es ihm beliebte, und weder Einschüchterungen noch Schmeicheleien brachten ihn dazu, sich im Garten in die Sonne zu setzen. Von lehrreichen Spaziergängen in Begleitung seines Mentors wollte er erst recht nichts wissen.

So mußte sich Casimir damit begnügen, ihn während der regulären Unterrichtsstunden zu sehen oder von Zeit zu Zeit bei Tisch. Und ausgerechnet jetzt kam dieser Brief und machte all seine Hoffnungen zunichte! Welche Hoffnungen? Casimir war zu feige, um es sich offen einzugestehen, obgleich er sehr wohl wußte, was er sich erhoffte.

Täglich hatte er mit wachsendem Interesse das immer raschere Fortschreiten der Krankheit verfolgt: Es gab keinen möglichen Vergleich mehr zwischen dem Pierre-Marie, den man ihm vor einem Monat vorgestellt hatte, und dem, den er gerade verließ. Die entscheidende Wende stand bevor: Die Schwelle des Wahnsinns war erreicht, die Kaltblütigkeit verschwand, und die anderen menschlichen Fähigkeiten verringerten sich von Tag zu Tag.

Wenn Mademoiselle de Fronsac wie angekündigt in der nächsten Woche zurückkehrte, konnte ihr die in ihrem Neffen vorgegangene spektakuläre Veränderung nicht verborgen bleiben, was natürlich das Eingreifen von Fachärzten zur Folge hätte, die Pierre-Marie in die Klinik von Sainte-Anne oder Val-de-Grâce einweisen würden, ganz zu schweigen von den Beschuldigungen gegen den Hauslehrer, dessen persönliche Verantwortung in dieser Sache außer Zweifel stand. Warum hatte er nicht dem Vormund geschrieben oder einen Arzt gebeten, den jungen Mann ernsthaft zu untersuchen? Immerhin bestand noch kein Grund zum Verzweifeln; es blieb ihm noch Zeit, in die Salpêtrière oder nach Charenton zu gehen und einen Psychiater zu einer Konsultation zu holen, um sich von jedem etwaigen Verdacht zu befreien.

Diesen Gedanken erwog er eine Weile, doch nicht aus

Mitgefühl für das leidende Geschöpf, das man seiner Obhut anvertraut hatte, sondern aus rein egoistischer Angst. Mit Entsetzen bedachte er, daß man ihn verhaften und im Cherche-Midi-Gefängnis einkerkern könnte, denn die kleine, klare und erbarmungslose Stimme in ihm schrie immer noch: »Du bist ein Verbrecher der allerschlimmsten Art; deiner Verantwortung bewußt, intelligent und grausam.«

Aber viel stärker noch als diese panische Angst vor lebenslänglicher Haft war der hemmungslose Wunsch, sein Experiment bis zum Schluß durchzuführen, die Entwicklung des Wahnsinns von dem geringsten Anzeichen an, das er beobachtet hatte, bis zum schließlichen Ausbruch zu verfolgen, und um sich diesen Wunsch zu erfüllen, ging er das Risiko des Abenteuers ein. In voller Kenntnis dessen, was er zu vollbringen gedachte, entschloß er sich auf der Stelle zu einer neuen Verhaltensregel.

Über das, was sich gleich danach ereignete, weiß man nichts Genaues. Wahrscheinlich wurden die Vorhaben des Studenten, wie sie in seiner Thèse dargestellt sind, unverzüglich in die Tat umgesetzt, wenn wir auch über keine ausdrücklichen Hinweise verfügen. Doch nach gründlicher Untersuchung der in seinem Heft gefundenen Fragmente, scheint Casimir zuerst geplant zu haben, seinem Schüler während einiger Zeit alles zu entziehen, was seinen gestörten Geist beruhigen könnte, um so seinen Zustand zu verschlimmern, und ihn dann bis zum völligen Wahnsinn zu quälen.

Am 10. Juni ließ? Casimir einen Klavierstimmer kommen und beauftragte ihn mit der Auseinandernahme des Pianofortes, auf dem Pierre-Marie jeden Nachmittag, auch an seinen schlechtesten Tagen, zu spielen pflegte, da er in dieser unschuldigen und friedlichen Zerstreuung anscheinend eine Erholung von seinem angeborenen Leiden fand.

Das Instrument war übrigens nicht im geringsten verstimmt, und Pierre-Marie, der ein sehr feines Gehör besaß, versuchte vergeblich, den verdutzten Klavierstimmer fortzuschicken. Da stieß ihn Casimir mit einer solchen Brutalität aus dem Zimmer, daß der Junge stürzte und »so bleich und reglos wie ein Toter auf dem Parkettfußboden liegen blieb«, wie der Diener später erzählte, »und mit einem so schrecklichen Gesichtsausdruck, daß ich mich nicht traute, ihm zu Hilfe zu kommen«.

Diesem Diener namens Camille, dessen Mittäterschaft nach der Entdeckung des schwarzen Thèse-Heftes bewiesen wurde, verdanken wir das wenige, das zu dieser Geschichte noch zu sagen ist.

Casimir hatte sich seit dem Empfang des letzten Briefes von Mademoiselle de Fronsac äußerst seltsam benommen. Daß er, der gewöhnlich so sanft mit seinem Schüler umging, ihn plötzlich geschlagen hatte, schien unglaublich! Aber das war nur ein Anfang. Noch am gleichen Abend stürmte er in Pierre-Maries Zimmer und redete mit leiser und drohender Stimme auf ihn ein, wie jemand, der einem Kind angst machen will. Vom Anrichtezimmer aus hörte Camille ihn während mehr als einer Dreiviertelstunde wüten und schreien, aber nachdem, was ihm zu hören möglich war, hatte er den Eindruck, daß Pierre-Marie nie etwas erwiderte und sich ganz still verhielt. Zum Schluß ging die Tür noch einmal auf, wurde dann heftig zugeknallt, und der Hauslehrer zog sich zurück oder, um es genauer zu sagen, stürzte sich wie ein Rasender in sein eigenes Zimmer.

Am folgenden Tag blieb er dort eingeschlossen, ging unaufhörlich auf und ab, bald laut redend, bald schluchzend oder lachend, wie jemand, der zwischen Lachen und Weinen keinen Unterschied mehr macht.

Das Essen nahm er allein in seinem Zimmer ein, und dann ging er wieder in das Pierre-Maries, wo sich die Szene vom Vortag wiederholte.

Pierre-Marie rührte sich nicht. Den ganzen Tag lang

blieb auch der arme Junge eingeschlossen. Dreimal war der Diener gekommen, um ihn zu fragen, ob er etwas zu essen wünschte, aber er war nur auf Schweigen gestoßen, denn Pierre-Marie hatte ihn weder angeblickt noch ihm zu verstehen gegeben, daß er ihn hörte.

Am Morgen des 13. teilte Casimir dem Diener mit, er habe einige Besorgungen zu machen und während seiner Abwesenheit dürfe niemand eingelassen werden.

»Passen Sie auf, daß Pierre-Marie nichts geschieht. In der letzten Nacht fand ich ihn fiebrig und stark erregt. Der Arzt wird heute kommen.«

Bei diesen Worten verzog er das Gesicht zu einem gezwungenen Lächeln und verließ das Haus in aller Eile.

»An diesem Morgen sah er sehr bleich aus«, erklärte der Diener, »und in seinen Augen lag ein müder und irrer Glanz. Zwei Stunden später war er wieder da und ging sofort in das Zimmer seines Schülers, ohne den Hut und die Handschuhe abzulegen.

Dieses Mal sprach er sehr sanft zu ihm und schien wieder so nett wie in den ersten Tagen zu sein.

Dann hörte ich plötzlich einen Pistolenschuß, und nach einer kurzen Weile des Schweigens, die mir wie eine Ewigkeit erschien, brach jemand in hysterisches Gelächter aus.«

Als die Polizisten eine halbe Stunde später das Zimmer betraten, fanden sie Pierre-Marie de Fronsac mit einem klaffenden Loch in der Schläfe auf dem Bauch liegend vor, während ein lallender Irrer in einer Ecke hockte und mit einer nagelneuen Pistole spielte.

(April 1920,
Universität von Virginia)

Die Lektion

Roger stürmte mit pochendem Herzen zur Treppe. Es ist nie angenehm, einen Menschen verbrennen zu sehen, und der Junge hatte sich nur widerwillig zu diesem Schauspiel begeben und auf den ausdrücklichen Befehl seines Onkels, der keinen Ungehorsam duldete. Die Fäuste an die Schläfen gepreßt, blieb er auf einer der ersten Stufen stehen und stieg dann langsam bis zum Treppenabsatz, wo eine Geranie in einem kleinen vergitterten Fenster blühte. Das Licht fiel zur Seite und zeichnete ein helles Viereck auf den Holzfußboden. Hier atmete alles Ruhe und Frieden. Kein Geräusch drang von der Straße herauf, und nur das in regelmäßigen Abständen ertönende fröhliche Gezwitscher eines Vogels im Käfig unterbrach die Stille.

Er sah sich wieder auf dem großen Platz, verloren in der Menge, inmitten des gedämpften Raunens der Gebete, über dem die Schreckensschreie des Verurteilten hallten. Schon züngelten die ersten Flammen an den rings um den Scheiterhaufen aufgestapelten Reisigbündeln. Roger glaubte, ohnmächtig zu werden, aber die Hand seines Onkels hielt ihn aufrecht.

»Noch einen Augenblick«, sagte die metallische Stimme dieses unbeugsamen Mannes zu ihm. »Es ist unerläßlich, daß du siehst, wie es verläuft.«

»Aber warum denn?« fragte Roger im Gewoge der Aves.

»Noch einen Augenblick, Roger. Ich will, daß du es weißt.«

Plötzlich sank der Junge zu Boden, und sein Onkel griff ihm unter die Arme, um ihm aufzuhelfen. Gemeinsam bahnten sie sich einen Weg durch die Menge. Einige Frauen sagten: »Dieser Junge ist zu empfindsam und zu jung für solche Dinge. Betet zu Gott für den Verurteilten.« Am Ende der Straße ließ sein Onkel ihn los. »Erinnere dich daran«, sagte er. »Diese Flammen sind nur gemalte Flammen im Vergleich zu denen, die ihn im Jenseits erwarten und ihn in alle Ewigkeit schmoren lassen werden.«

Jetzt war er in seinem Zimmer, am Fuße seines Bettes. Um die Wahrheit zu sagen, hätte man sich eher in einer Klosterzelle als im Zimmer eines bürgerlichen jungen Mannes geglaubt. Außer einem Kruzifix aus ziemlich grob geschnitztem Holz zierte kein Schmuck die weiß getünchten Wände. Die nackten Fliesen und das schmale, mit einem großen Tuch aus schwarzer Serge bedeckte Bett verstärkten noch diesen Eindruck. Roger verbarg den Kopf in den Händen und begann zu stöhnen. In diesem gleichen Augenblick, einige hundert Meter von hier, starb jemand in den Flammen, weil er das unsagbare Verbrechen begangen hatte. Die Richter, die Mönche, das Volk der kleinen Leute, sie alle waren sich einig, diesen Mann, der dem Schwindeltaumel einer Minute nachgegeben hatte, dem Feuertod preiszugeben. Das Opfer, denn es gab ein Opfer – wo wäre das Verbrechen, wenn es kein Opfer gäbe? –, hatte Roger gekannt: ein sechzehnjähriger Junge, der bestimmt auch auf dem Scheiterhaufen brennen würde, wenn er nicht hätte beweisen können, daß er sich zur Wehr gesetzt hatte, und der jetzt die abscheuliche Sünde, deren unfreiwilliger Mitschuldiger er gewesen, in einem Kerkerverließ abbüßte. Wofür bestrafte man ihn, wenn nicht dafür, daß er schön war? Aber das durfte man nicht sagen, man durfte es nicht einmal denken, denn es war gefährlich, sich so verdächtige Meinungen anmerken zu lassen. Onkel Marc, der so viel über die Theologie wußte, konnte anhand von Texten beweisen, daß der Schuldige zur Hölle fahren und dort im allerschrecklichsten, nur dem des Judas vergleichbaren Abgrund schmachten würde. Onkel Marc verstand es wie kein anderer, Sünden dieser Art aufzuspüren. Bereits drei mit dem Neffen befreundete junge Männer und ein junges Mädchen waren dank seinem Eifer, sie der Schuld zu überführen, mit dem Tode bestraft worden, und Roger zitterte vor ihm.

(Mai 1930)

Zimmer zu vermieten

Schon seit einigen Minuten wartete ich an der Tür, und niemand kam mir öffnen. Das Haus mit seinen durch den ganzen Hafenrauch verrußten Ziegelmauern und den weiß gerahmten Fenstern unterschied sich in nichts von den anderen der Straße, außer in der Farbe der Säulen am Eingang, die man schwarz gestrichen hatte, während sie sonst überall grau oder gelb waren. Ich hatte alle Muße, mir noch einmal das Schild anzusehen, auf dem in dicken Großbuchstaben geschrieben stand, daß zwei möblierte Zimmer *noch* zu vermieten seien, aber auch das war nicht weiter erstaunlich. Hunderttausend Schilder in London sagten ungefähr das gleiche. Welch seltsame Beharrlichkeit veranlaßte mich, hier stehenzubleiben, anstatt mich anderswo umzuschauen?

Die letzten Strahlen der Septembersonne fielen mir auf die Schultern und den Kopf, und doch war mir kalt. Die Hände in den Manteltaschen, drehte ich mich um und warf einen Blick auf die Themse, von der ein kaum sichtbarer, jedoch von jenem Kohlengeruch geschwängerter Dampf aufstieg, der selbst in den Herzen der am wenigsten Abenteuerlustigen die Sehnsucht nach großen Reisen erweckt. Auf der anderen Seite des Flusses vermengten zwei riesige Fabrikschornsteine ihre aschfarbenen Rauchfahnen mit dem blassen Blau des Himmels, und unmittelbar am Ufer des schlammigen Wassers wachten gigantische Kräne über einem Steinhaufen, schienen die Dunkelheit zu erwarten, um ein Festmahl abzuhalten. Sehr viel weiter links ragte der gewaltige Turm des Parlaments aus den ersten Dunstschwaden der Nacht empor, in denen die konfuse Masse der mit Lanzettbögen bestückten Gebäude bereits versank.

Diese Landschaft berührte mich auf merkwürdige Art. Von einer gewissen Schmucklosigkeit der Dinge geht ein eigentümlicher Zauber aus, dem ich leicht verfalle, wenn ich auch nicht sagen kann, worin er besteht. So blickte ich begierig auf die großen Schattenflecken, die die Stadt auf den fahlen Horizont warf, und es gefiel mir, daß alles so war, freudlos, ohne Farbe, aber weit und groß und von einer hochmütigen Strenge.

Hinter mir ging leise die Tür auf, und ich hörte nach mir rufen. Zuerst sah ich niemanden, dann senkte ich die Augen und erblickte ein winzig kleines Mädchen mit braunen Zöpfen, das sich mit beiden Händen an den dicken Messingknauf der Tür klammerte, als fürchtete es, daß man ihn ihr wegnehmen könnte. Sie trug eine weiße plissierte Schürze, und ihre blauen Augen lächelten mir aus einem rosigen Gesicht zu. Als ich ihr sagte, daß ich mir die auf dem Schild angezeigten Zimmer anzusehen wünschte, antwortete sie mir mit einer Stimme, die infolge des Fehlens mehrerer Zähne recht undeutlich klang, obgleich das Kind sich sehr um eine klare Aussprache bemühte, und ich verstand, daß der Hauswart ausgegangen war, jedoch bald zurückkehren würde.

»Darf ich wenigstens eintreten?«

Das wisse sie nicht, denn man habe ihr nichts gesagt, erklärte sie.

Angesichts dieser verwirrenden Antwort hätte ich fast die Geduld verloren, aber dann mußte ich lachen.

»Wo ist denn der Hauswart hingegangen?«

»Seinen Tee trinken.«

»Ist der Hauswart dein Papa?«

»O no, Sir. Mein Papa arbeitet in der City; er ist Tiefbauinsen ...«

»Tiefbauingenieur?«

Mit zwei weit auseinanderstehenden Zähnen biß sie sich auf die Unterlippe und lispelte dann:

»Yeth.«

Hüpfend sprang sie die beiden Stufen der Freitreppe hinab, näherte sich dem Gitter, blieb jedoch einige Schritte vor mir stehen und schüttelte den Kopf, ohne mich aus den Augen zu lassen. Alle Häuser hatten das gleiche Gärtchen, das die Veranda von der Straße trennte, und entlang der winzigen Allee bemerkte ich große flache Blumen, die wie welke, zerdrückte Chrysanthemen in kleinen Pfützen schwammen, als ob man sie soeben gepflanzt hätte. Automatisch und ohne mir dabei etwas zu denken legte ich die Hand auf das Gitter und fragte, ob der Hauswart weit fortgegangen sei, um seinen Tee zu trinken.

»Föb.«

Das wurde mir wie beim erstenmal durch die fehlenden Zähne geantwortet.

»Ist das Pub weit von hier?«

Sie trat an das Gitter, und da sie die Hand nach dem Ende der Straße ausstreckte, drehte ich mich um und schaute in diese Richtung, sah aber nichts, das sich von den umliegenden Häusern unterschied. Ich hatte das Gitter nicht losgelassen. In diesem Augenblick schrie ich unwillkürlich auf, denn die Kleine hatte mir in die Hand gebissen. Ich blutete ein wenig.

»Du bist böse!« sagte ich und hielt mir die kleine Wunde an die Lippen.

»Yeth.«

Und sie hüpfte wieder auf das Haus zu. »Yeth, yeth, yeth...« Das sagte sie in einem kurzen Bellen und mit abwesender Miene.

Ich hätte gehen sollen, aber jetzt hätte es wie eine Flucht ausgesehen. Und vom Ende der Straße kam ein ganz in Schwarz gekleideter großer hagerer Mann auf mich zu. Als ich ihm erklärte, daß ich wegen der Zimmer gekommen sei, konnte ich nicht umhin, den Mäandern von Flecken auf seiner Weste zu folgen. Die Kleine war im Inneren des Hauses verschwunden.

Im dunkelrot gestrichenen Eingangsflur lag die plissierte Schürze am Boden, wie zum Trotz hingeworfen. Der Hauswart las sie murrend auf. Plötzlich erschien das kleine Mädchen am Ende des Korridors und lächelte mir zu. Auf einmal erschien mir dieser Nachmittag in strahlendem Licht. Die Zimmer waren sehr mittelmäßig, aber ich nahm sie.

(29. September 1936)

Der Schläfer

Eines Wintermorgens, ein wenig vor der Stunde, da die Sonne ins Haus schien und ihr großes Lichtviereck auf dem wurmstichigen Fußboden ausbreitete, hörte Serge die Stimme Monsieur Marthes, der ihn ins Büro rief. Wo immer er sein mochte, rief Monsieur Marthe stets so lange, bis man ihm antwortete. Der Gedanke, eine Tür zu öffnen, ein paar Stufen emporzusteigen und die Person aufzusuchen, mit der er sprechen wollte, schien ihm noch nie gekommen zu sein, denn der machtvolle Klang seiner Stimme gestattete ihm, die Ruhe des Hauses bis in die Tiefen des Kellers zu stören. Monsieur Marthe herrscht über sein Personal.

Serge zögerte einen Augenblick, warf dann schließlich seine Decken von sich und sprang mit einem Satz auf. Im Nu schlüpfte er in seine wollenen weißen Socken, zog sich das Nachthemd aus und schleuderte es durch das Zimmer. Dann blickte er sich nach seinen Kleidern um, die er aufs Geratewohl auf Tisch und Stühle verteilt hatte.

Den Kopf noch voller Träume, stand er fröstelnd und unentschlossen da, wußte nicht mehr recht, was er tun wollte. Im trübseligen Dämmerlicht, das nur schwach das enge Zimmer erhellte, verlieh sein von der Sonne vergangener Sommer gebräunter Körper den Dingen um ihn herum eine undefinierbare Anmut, als ob dieses sandfarbene Fleisch einen geheimnisvollen Glanz ausstrahlte.

Einige Sekunden später, als Serge nur noch das Raunen der Stadt am Ende der Gasse vernahm, sprang er wieder ins Bett, halb angezogen und mit dem gleichen Satz, mit dem er es verlassen hatte. Kaum wurde er sich der wohltuenden Wärme bewußt, die ihn umgab; ein leichtes Schwindelgefühl bemächtigte sich seiner, als sein struppi-

ger Kopf auf dem Kissen die noch warme Mulde wiederfand, und er schlief ein.

Er träumte, daß Monsieur Marthe, die Hundepeitsche
unter dem Arm, die Treppe emporstieg.

(30. Juli 1932)

Die Angst

Die vollen und geschwungenen Lippen waren die eines Mannes, der sich keinen Wunsch zu versagen vermochte, aber sie bewahrten eine Art Unschuld, die ihnen gestattete, nie hart zu erscheinen. Durch ein Spiel des Lichts, das der junge Mann ganz nahe an sich hielt, lag der obere Teil des Gesichts im Schatten, mit Ausnahme der Augen, von denen man die reglosen und aufmerksamen Pupillen sah. Er war groß und beugte sich ein wenig vor, während er sprach.

»Wirst du nie lernen, mir zu gehorchen?« fragte er mit unzufriedener Stimme.

Man hätte meinen können, daß es ihm Vergnügen machte, solche Fragen zu stellen, und daß er die Verlegenheit genoß, in die er die seinem Verhör unterzogene Person versetzte. Diese ließ den Kopf hängen und schlotterte in der unbeholfenen Art eines Kindes, das jeden Augenblick in Schluchzen ausbrechen wird. Es war ein kleines Mädchen von zwölf Jahren, mit einer zu blassen Haut und einem dünnen Hals. Von Zeit zu Zeit wandte sie ihm scheu ihre schwarzen und verängstigten Augen zu, als ob der Blick des jungen Mannes sie dazu gezwungen hätte. Dieses Spiel dauerte eine Weile.

»Also gut«, sagte er schließlich. »Ich werde dich hingeleiten, aber das ist eigentlich schon viel zu nett von mir. Oder nein, es bleibt dabei«, besann er sich plötzlich anders. »Ich gebe dir das Licht, und du wirst allein gehen, mein Kind.«

Damit reichte er ihr den Kerzenhalter, den sie nicht ohne Zögern nahm.

»Du gehst jetzt bis zum Ende des Flurs und dann rechts um die Ecke. Zeig mir deine rechte Hand!«

Mit verhärmter Miene hob sie ein- oder zweimal den Kerzenhalter, den sie in der rechten Hand hielt.«

»Sehr gut«, sagte er. »Ich erwarte dich hier. Ach, die Schlüssel! Hier.«

Er steckte ihr zwei an einem Bindfaden befestigte große Schlüssel in die Schürzentasche, richtete sich wieder auf und erklärte:

»Wenn es nicht der eine ist, ist es der andere. Du brauchst sie nur beide zu probieren. Und jetzt los! Ich erwarte dich hier. Habe ich vielleicht Angst? Und dabei muß ich hier im Dunkeln bleiben, weil du das Licht mitnimmst. Nun geh schon!«

Während er diese Worte sprach, gab er ihr einen leichten Schubs mit der Hand. Sie entfernte sich schlurfend, neigte sich ein wenig nach links, denn in der linken Hand trug sie einen schwachen Eisenkorb mit leeren Flaschen. Er blickte ihr nach, wie sie sich langsam durch den engen Korridor schleppte, das Licht über ihrem Kopf, unsicheren Schritts, bald nach rechts, bald nach links schwankend, mit ihrem Korb und ihrem Kerzenhalter an die Wände stoßend. Auf einmal blieb sie stehen, schien zu erahnen, daß sie an die Stelle gelangt war, wo der Korridor in zwei Nebengänge abzweigte.

»Nach rechts!« rief ihr eine laute Stimme zu.

Das Licht war nur noch ein regloser kleiner roter Punkt im Dunkel. Nach einer kurzen Stille bewegte sich der rote Punkt ein wenig und verschwand. Das Geräusch der Schritte wurde schwächer, und plötzlich verstummte es.

»Was ist denn nun schon wieder los?« fragte er. »Warum bleibst du stehen? Es ist doch leicht zu finden. Die letzte Tür am Ende des Gangs.«

Unter dem Gewölbe hallte seine Stimme mit einer Kraft, die ihn erstaunte. Doch fast sogleich verlor sich das Echo in der Stille, und als er aufhorchte, vernahm er die fernen Geräusche der Straße, die durch die Mauern des Hauses zu ihm drangen.

»He!« rief er. »Was machst du? Warum gehst du nicht weiter?«

Ein Schluchzen antwortete ihm.

»Ich habe Angst!« schrie die Kleine entschlossen und verzweifelt zugleich.

»Angst!« wiederholte er streng. »Angst vor was? Hörst du denn nicht die Wagen? Wir sind ganz in der Nähe der Straße.«

Nach einem kurzen Zögern sagte sie:

»Ich habe Angst vor den Ratten.«

»Hier gibt es keine Ratten.«

Sie wartete einen Augenblick, bevor sie antwortete, und dann sagte sie:

»Hier haben sie den ganzen unteren Teil einer Tür abgenagt.«

Und als ob diese Worte ihr Entsetzen bis ins Unerträgliche gesteigert hätten, ließ sie ihren Korb stehen und rannte in die Richtung des jungen Mannes zurück. Er sah das Licht im Dunkel wie einen verrückt gewordenen Stern tanzen. Und plötzlich verlosch es.

»Bravo«, sagte der junge Mann. »Das macht alles viel leichter. Jetzt müssen wir wieder hinaufgehen und in der Küche Streichhölzer holen. Aber da du dir schon sehr viel Mühe mit dem Korb und dem Kerzenhalter gegeben hast, werde ich hinaufgehen, und du wirst hier auf mich warten.«

»Wo sind Sie?« schrie das kleine Mädchen. »Ich will hier nicht ganz allein bleiben. Wenn Sie mich ganz allein lassen, werde ich es meiner Mutter sagen.«

»Sag es nur deiner Mutter«, erwiderte er ruhig, »und ich setze euch alle beide gleichzeitig vor die Tür, und wenn du imstande bist, die Ohrfeigen zu zählen, die deine Mutter dir verpassen wird, dann komm zu mir, und ich gebe dir einen Franc.«

Sich an den Wänden entlangtastend, kam das kleine Mädchen auf ihn zu.

»Warum sind Sie so böse zu mir, Monsieur André?« fragte sie. »Ich will Ihnen ja gerne den Wein holen; Sie brauchen mir nur zu zeigen, wo der Keller ist. Sind Sie da?« fragte sie mit zitternder Stimme, als er nichts erwiderte.

Er ließ einige Sekunden verstreichen, bevor er antwortete.

»Ich bin da«, sagte er schließlich, ohne sich zu rühren. »Hast du mir sonst noch etwas zu sagen?«

»Wenn Sie wollen«, schlug sie schüchtern vor, »kann ich die Streichhölzer aus der Küche holen; die Treppe finde ich schon, wenn ich der Wand folge.«

»Und den Keller«, sagte er plötzlich, »findest du den auch, wenn du der Wand folgst? Ja? Du kleines Luder!«

Er hörte ihren vor Angst und Erregung keuchenden Atem. Mit einem jähen Satz lief sie ein paar Schritte auf die Treppe zu, drückte sich an die Wand, um an ihm vorbeizugelangen. Im Nu packte er sie beim Genick und schrie:

»Aha! du kleine Schlange, du wolltest davonlaufen, nicht wahr? Deinen Herrn betrügen! Na warte, ich werde dich Gehorsam lehren!«

Das Kind brüllte und ließ den Kerzenhalter fallen, der dem jungen Mann vor die Füße rollte. Er sprang zurück, trat auf die Stufen der Treppe zu, die er flink emporstieg. Sie blieb allein im Dunkeln.

(Juni 1930)

Endlich gelangte ich ans Ende des Korridors. In meiner Aufregung fand ich zuerst meine Tür nicht und irrte trunken vor Schrecken umher. Dann war ich plötzlich in meinem Zimmer.

Es hatte jenen unschuldigen Ausdruck ahnungsloser, sich noch glücklich fühlender Leute, denen man gleich ein Unheil verkünden wird. Aber mir schien, daß die mich beherrschende schreckliche Angst sich in einem Augenblick den Wänden mitgeteilt hätte, denn sie wirkten plötzlich blaß und erschrocken, wuchsen ins Maßlose wie Menschen, die vor Entsetzen die Arme heben, und sie wichen vor mir zurück.

Unten drängte sich die Menge ins Haus wie ein über die Ufer getretener Strom. Sie stiegen die Treppe empor, und ich sah mein Auge erstarren, sah durch die Wände, wie die menschliche und dröhnende Flut sich in feindseligen Wogen über die Stufen ergoß. Ein von Hunderten Stimmen gebrüllter Schrei drang bis zu mir: »Mörder!«

Der Mörder, ich. Aber was hatten nur diese entsetzlichen Wände? Die hintere, die dem Fenster gegenüberliegende, war auseinandergeklappt wie ein aufgeschlagenes Buch. Die anderen reihten sich stoßweise auf, und das Zimmer nahm die Form eines ungleichschenkligen Dreiecks an. Ich lief zum Fenster, wollte es öffnen, um über die Dachrinnen zu fliehen, aber es wurde immer kleiner, als würde die Wand es verschlingen. Schließlich verschwand es ganz, und ich hämmerte wie ein Wahnsinniger mit den nackten Fäusten an die Wand. Vor Schrecken sah ich überhaupt nichts mehr, und doch war es hell. Auf dem Flur begann man mich zu suchen. Ich hörte dumpfe Rufe, Rütteln an den Türen, und ich blickte erschaudernd auf das Türschloß meines Zimmers. Doch dann, als ich mich umdrehte, sah ich, daß die geborstene Wand sich geöffnet hatte: Durch den schmalen Spalt erschien der Himmel. Da lief ich dem Licht zu, aber es entfernte sich ständig von mir, und die Wände, die Seiten des Dreiecks, wurden immer länger und liefen mit mir. So rannte ich während einiger Minuten, bis ich plötzlich das Grauenhafte dieser Situation gewahr wurde und wie eine Masse zwischen dem Tisch und dem Fußende des Betts zu Boden stürzte.

Daß ich wieder zu mir kam, kann ich nicht sagen, denn meine Seele hatte nicht das Bewußtsein der gleichmäßigen und raschen Bewegung verloren, die mich fortriß. Es war mir, als sei ich unwägbar geworden, als schwemmte mich eine ebenmäßig wogende Strömung davon, und ich hatte den Eindruck einer unermeßlichen Tiefe unter mir, einer freundlichen allerdings, die nichts von der feindseligen Tücke der Meerestiefe verspüren ließ, und ich fühlte weder die Kälte noch die schneidende Schärfe des Wassers, sondern eine Berührung, die ich unmöglich beschreiben kann, weil sie keiner Wahrnehmung in unserer Welt der Sinne entspricht, und die ich nur etwa mit dem Summen eines gespannten Seils vergleichen könnte, das man zupft.

Soll ich sagen, daß ich die Augen aufschlug und daß ich sah? Aber welchen Sinn hätten diese Worte? Ich werde sagen, daß das Gefühl eines grenzenlos weiten Raums mich durchdrang, genau so, wie ein Lichtstrahl eine Scheibe durchdringt. In diesem Raum wurde ich aufgenommen, ergriffen und aufgelöst, denn mein Körper war verschwunden, und ich war nur noch ein von Landschaften, Temperaturen und der Luft durchzogenes Empfinden.

Alles war eine wunderbare, endlose Ebene, und auf einmal war dieser quälende Wunsch nach Unendlichkeit, der mein Leben vergiftet hatte, in mir gestillt. Überall erstarb der Blick, ohne den Horizont zu finden, jene abscheuliche gerade Linie, die alles hinter sich verschließt und tötet. Die Ebene strahlte ein übernatürliches Licht aus, in dem unbekannte Farben spielten, und nicht etwa jene gewöhnlichen Farben, die wir verwenden, denn unsere Malerei ist niedrig und gemein, sondern Farben, unter denen man eine unermeßliche Welt anderer, edler Farben erriet; sie vermischten sich nicht, erschienen nacheinander, schossen kreisend und in regelmäßigem Rhythmus aus den Tiefen empor, aus denen ein blendendes Licht drang. Über mir drehten sich langsam die ungeheuren Planeten, die wir von der Erde aus erblicken, und sie beschrieben drei konzentrische Kreise, von denen der kleinste mir so nahe kam, daß ich die nächstliegenden Planeten in all ihren Einzelheiten sehen konnte. In den Farben der Ebene schimmernd, verbreiteten sie Klänge von einer Harmonie, die das menschliche Gehirn nicht zu fassen vermag und die den von ihnen reflektierten Farben entsprach. Ein jeder von ihnen ertönte in einem Zusammenspiel wunderbarer Stimmen und Instrumente, und sie alle vereinigten sich zu einem herrlichen Gesang, von dem ich trotz der ungeheuren Distanz, die mich von den entferntesten trennte, die leisesten Modulationen vernahm. Durch die Einwirkung dieser universellen Harmonie wurde das Element, das wir Luft nennen, durch mannigfache und tiefe Akkorde einer wollüstigen Musik ersetzt, die sich gemäß unvorstellbarer Rhythmen simultan entwickelte und die man zu atmen schien.

Allmählich hatte ich mich an dieses unglaubliche Schauspiel gewöhnt, und mit meinem schärfer und durchdringender gewordenen Wahrnehmungsvermögen entdeckte ich eine Menge neuer Dinge, die ich in der Folge so, wie sie mir erschienen, beschreiben werde.

Der erste Planet, der sich mir näherte, war von einer traurigen Farbe und ließ in einer langen Phrase eine klagende Musik ertönen, die dann von allen anderen Planeten in kurzen Intervallen wiederaufgenommen wurde, jedoch mit stets wechselndem Klang und Tempo, so daß dieser melancholische Gesang jeweils anschwoll und schließlich in eine Jubelhymne ausbrach, die bis in schwindelerregende Weiten hallte, um dann von den entferntesten Planeten in einem tieferen Register beendet zu werden. Jetzt stimmten die des zweiten Kreises sie an, beschleunigten das Tempo, und die letzten der am nächsten liegenden Planeten krönten zum Schluß diese übernatürliche Musik mit Klängen einer stürmisch tobenden Freude, deren Echo wiederum den Auftakt zu einem neuen Gesang gab. Als ein Planet düster und sinnend an mir vorbeischwebte, hörte ich eine Stimme, die mich rief. Ein auf dem Gipfel des Planeten hockendes Fabelwesen machte mir Zeichen. Sein Körper war aus Metall, und aus seinem langen Hundskopf ertönte eine tiefe Stimme.

»Du bist bestimmt ein Geist von der Erde«, sagte er, »und deshalb bediene ich mich deiner unvollkommenen Sprache, um mich dir verständlich zu machen. Welch eine Verwirrung hat dich zu uns verschlagen, wo doch hundert verschiedene Religionen dir angenehme Gärten boten?«

Eine große Verwirrung hatte mich ergriffen, und ich vermochte nicht zu antworten. Das hundsköpfige Wesen entfernte sich langsam.

Dann rief mich, die triumphale Musik übertönend, eine mächtige Stimme an. Sie kam von einem hünenhaften Greis, dessen Haar und Bart aus klarem Wasser sich in einer Flut von Kristall über einen flammend hellen Planeten ergossen.

»Es muß wohl irgendeine dir treue Gottheit gewesen sein, die dich zu uns führte. Hermes vielleicht, wenn nicht gar der Gott der Juden, dessen Anmaßungen mir wahrlich stark übertrieben scheinen. Du armer Geist! Was hast du hier bei uns zu suchen? Möchtest du nicht, daß ein geflügelter Bote dich auf die glücklichen Inseln oder in Jehovas Himmel bringt?«

Der Greis war bereits in die Regionen einer ruhigeren Musik entschwunden, und ich war bestürzt, womöglich fort zu müssen, denn alles, was ich wahrnahm, versetzte mich in namenloses Entzücken.

Ein vorüberziehender Knabe aus schwarzem Marmor

tröstete mich. Er lag bäuchlings auf einem durchscheinenden Planeten, in dessen Innerem man verschwommen kriechende Ungeheuer erkannte.

»Fürchte nichts«, sagte er, »ich werde für dich die Gunst einer beschränkten Wahrnehmung erbitten, die dir den Genuß der Wahrheit in ihren gröbsten Erscheinungsformen gestattet.«

Diese barmherzigen Worte machten mir wieder Mut, und ich erkühnte mich zu sprechen.

»Oh, du gütige Gottheit, könntest du nicht ein wenig bei mir bleiben?«

»Ich will mein ewiges Vergnügen nicht unterbrechen und vermindern«, antwortete er mir. »Aber wenn es dir gefällt, kann ich dich mitnehmen und dir all die Freude zeigen, die ein Mensch zu ertragen vermag, ohne daß sie ihn zerbricht und vernichtet.«

Im gleichen Augenblick packte er mich mit seiner mächtigen Hand und setzte mich auf seinen Kopf.

»Schau dich jetzt um«, sagte er.

Die geheimnisvolle Ebene war verschwunden, und an ihrer Stelle tobte ein stürmisches Meer mit schwarzen, von Schaumkämmen bedeckten Wogen. Ich stieß einen Schreckensschrei aus und klammerte mich an die Mähne des Knaben.

»Was fürchtest du?« fragte er. »Ist deine Ungewißheit so groß, daß du wirklich auf einer Ebene zu ruhen glaubtest? Warst du dir denn nicht der glückseligen Sinnestäuschung bewußt, die dir die Wahrheit verbarg?«

»Oh schützender Gott!« rief ich aus. »Wenn es wahr ist, daß die Ebene, auf der ich ruhte, nur ein Schein war, könnte dann nicht dieses sturmgepeitschte Meer auch nur ein Schein sein, hinter dem sich eine wunderbare Landschaft verbirgt?«

»Es ist wahr«, erwiderte der junge Gott, »daß dieses Meer ein Schein ist, hinter dem sich noch ein dritter verbirgt. Aber du bist sehr verwegen, ihn kennen zu wollen. Begnüge dich einstweilen mit dem Symbol dieser Wogen;

vielleicht werden sie verschwinden, um dir ein phantastisches Schauspiel zu offenbaren, das der wesentlichen Wahrheit näher kommt, wenn es auch immer noch weiter von ihr entfernt ist, als man es sich vorzustellen vermag.«

Jetzt betrachtete ich das Meer, und ich erkannte, daß es aus den Wünschen der Menschheit bestand, aus all den unerfüllten Wünschen, die sich zahllos in der Form schäumender Wogen mit wildem Ungestüm übereinander stürzten. Und als ich auf die trüben Fluten starrte, schien es mir, als bedeckten sie sich mit einer Vielfalt von Gesichtern, die sich den Planeten zuwandten. Ihre Blicke streckten sich den Tiefen des Himmels entgegen, und ihre von Schmerz verzerrten Münder schrien.

Da packte mich das Mitleid, und Tränen stiegen in mir auf. Doch der Gott sprach zu mir:

»Verdränge diese unwürdigen Gefühle«, sagte er, »und betrachte noch einmal diese tosenden Fluten.«

Aufs neue blickte ich hinunter, und jetzt sah ich, daß der Grund des Ozeans von all den Energien durchwühlt wurde, die die Menschen wegen des Todes nicht hatten freisetzen können. In den Abgründen kämpften gewaltige Titanen gegen das Wasser an, und ihre Anstrengungen waren so schrecklich, daß der Tumult an der Oberfläche im Vergleich dazu wie ein schwaches Plätschern wirkte. Dann verschwanden die Titanen, und die Gesichter häuften sich wieder flehend und bleich auf den Wogen. Voller Verachtung spuckte ich aus.

Aber das Licht nahm rasch ab, wie bei Tagesende in den Tropen, und auch die Musik verklang. Eine gespenstische Nacht verfinsterte den Himmel, und Stille trat ein. Ach ihr Menschen der Erde, die ihr nicht wißt, was Stille ist, hättet ihr diese da wahrgenommen! Sie war voller prophetischer Stimmen, die sich mit folgenden Worten an die reglos gewordenen Planeten richteten:

»Ihr wahren Götter, es ist Zeit, unserem unsterblichen Vergnügen Abwechslung zu schaffen. Aber damit die

Freude der Ewigen keine Unterbrechung erfahre, wie es in den Büchern steht, die wir später schreiben werden, laßt uns den einfallsreichen Fir, den Sohn der Nephele bitten, uns einstweilen zu zerstreuen, während wir über neue Dinge nachdenken.«

Und da sah ich die Planeten zart in der Nacht schimmern. Die fernen Gesänge der hintersten Gestirne wurden von den näheren Planeten aufgenommen, bis sie zu uns gelangten. Der junge Gott, der mich in sein Haar gesetzt hatte, stimmte die wunderbare Hymne dieser vielen Stimmen an und gab sie weiter an den Greis mit dem von kristallklarem Wasser triefenden Bart.

»Das ist der seltene und kostbare Augenblick«, erklärte mir der Gott, »da die Ewigen ihre Freude steigern, indem sie die Natur verändern. Betrachte nun die Spiele Firs, des Einfallsreichen, des Sohns der Wolken.«

Fir sprang in die Mitte des kleinsten der drei Kreise. Sein Körper war eine lange Flamme. Wie eine Säule streckte er sich empor, höher und höher, bis er das ganze Firmament stützte, und dann breitete er sich wie eine junge Palme in Garben aus. Darauf krümmte er sich zu einem die Planeten umlaufenden Kreis, in dessen Mittelpunkt er lange Feuerstrahlen sandte, so daß er ganz wie ein Flammenrad aussah, dessen ungeheure Felge den größten der drei Kreise einschloß. Und dieses gewaltige Rad begann sich zu drehen. Während Firs Bewegung nun die Planeten in einem fröhlichen Wirbel davontrug, priesen diese die Vortrefflichkeit dieser Erfindung. Und die geheimnisvolle Stimme des Gottes sprach wieder zu mir:

»Bewundere die Weisheit Firs, der dafür sorgt, daß wir alle im gleichen Maße an diesem entzückenden Spiel teilhaben können.«

Aber bald hielt Fir ein und verwandelte sich in einen Feuerbaum, an dessen Äste sich die Planeten wie Früchte hängten, und Fir schüttelte seine Äste, und die Planeten fielen wie Äpfel im irdischen Oktoberwind, aber sowie sie den harten Boden berührten, der die Decke des fühl-

baren Universums ist und den man das Vakuum oder den
»luftleeren Raum« nennt, sprangen sie wieder jauchzend
an ihren Platz zurück.

Plötzlich verschwand Fir, und die Stille sang inmitten
der Planeten wie ein Kind. Dann erfüllte die prophetische
Stimme den Himmel mit einem gewaltigen Dröhnen und
sagte:

»Die Ungeheuer des Afaftel müssen befreit werden.«

Afaftel war der Knabe, der mich in seinem Haar aufgenommen hatte, und er sagte zu mir:

»Begreife, du Sterblicher, was du nun sehen wirst. Jeder
Gott hält in seinem Planeten die drei Wünsche eingeschlossen, die bei seiner Geburt leitend waren. Die meinen sind die Wünsche der Jugend, der Kraft und der
Geschwindigkeit.«

Der Planet öffnete sich oben, in der Nähe seines Gesichts, drei Tiere sprangen unter die Gestirne und streckten sich. Das erste war ein Vogel Greif mit gläsernem
Gefieder, und er sang:

»Endlich hat Afaftel mich auf Befehl des gütigen Propheten befreit.«

Dann flog er zwischen den Planeten hindurch bis zum
letzten Kreis und darüber hinaus, kehrte wieder zum ersten zurück, umschwirrte jeden Planeten in einer Reihe
von harmonischen Drehungen, und das alles in weniger
als einem Augenblick.

Das zweite Tier war ein Stier mit flammenden Hörnern
und eisendrahtigem Fell, und er sang mit heller Stimme:

»Auf Befehl des gütigen Propheten ist meine Stunde
gekommen.«

Er übte seine Kraft. Zuerst stellte er sich in die Mitte
der Planeten und wuchs ins Maßlose. Seine Hufe schlugen im luftleeren Raum auf, welcher wie eine Bronzeplat-
te dröhnte, und sein Kopf stieß ans Firmament. Dann
stürmte er im Galopp durch den ganzen Himmel und ließ
die fernsten, das heißt die der Erde am nächsten stehenden Sterne erzittern.

Das dritte Tier war eine Schlange mit dem Kopf eines jungen Mädchens. Ihr Haar, eine wie Opal schimmernde Kaskade, ergoß sich mit einem köstlichen Rauschen. Ihr Körper von entsetzlicher Länge war mit feinen Silber- und Kupferschuppen bedeckt. Während sie sich ringelte, sang sie:

»Endlich, nach den vorgeschriebenen dreimal zehn Jahrhunderten, ist mir für einige Stunden die Freiheit gewährt. Genieße, Afaftel, das Schauspiel meiner Ausgelassenheit, und dir sei Dank, du gütiger Greis.«

Damit sprang sie in die Mitte des kleinsten der drei Kreise und verschwand wie im Schoße eines tiefen Wassers; und bald erschienen an der Oberfläche des luftleeren Raums, der das Reich der Hellenen von der für uns nicht sichtbaren planetarischen Welt trennt, sechs mit Eichenlaub bekränzte kleine menschliche Köpfe von entzückender Schönheit. Drei waren blond, mit kurzem Haar, gerundetem Gesicht und schwarzen Augen ohne Lider, und diese trugen Kränze aus Silberlaub. Die drei anderen hatten dunkles Haar, ovale Gesichter und graue Augen mit schweren Lidern; diese trugen Kränze aus Kupferlaub. Als sie auftauchten, sah man, daß feine metallische Schuppen ihre Körper bedeckten und daß sie mit dem Körper der großen Schlange verwachsen waren, deren Jungmädchenkopf mit seinem entlang der Pfade des Himmels rieselnden Haar inmitten der sechs kleinen Schlangen lächelte.

Snàr, die Schlange, reckte sich dann auf der Spitze ihres Schwanzes empor und schaukelte sanft inmitten der Planeten, doch plötzlich verwandelten sich die sechs bekränzten Köpfe in Blütenblätter und der Jungmädchenkopf in einen Fruchtknoten; jetzt bildete die Schlange eine ungeheuerliche Blume, in deren Mitte ein mit einem Speer bewaffneter roter Mann tanzte und dabei im Takt mit dem Speer auf seinen eisernen Schild schlug. Auf einmal verschwand die Blume, und der Krieger ließ seinen Schild fallen, auf den er dann mit beiden Füßen sprang. Der Schild begann sich mit ihm im Raum zu drehen, drehte sich, bis fünf Poeten ihn durch ihre Beschwörungen in seinem Sturz aufgefangen und im Himmel befestigt hatten. Sie waren groß, mit Federn bedeckt, eine blendende Sonne strahlte unter ihrem Bauch, und Eichenwälder wogten auf ihren Häuptern.

Aber der rote Mann sprang vom Schild und stürzte in die Tiefe, stürzte, bis seine Füße das Vakuum gerade oberhalb der Ebenen von Walhalla berührt hatten. Sogleich schoß er wieder mit aller Kraft empor, und man bemerkte, daß sein Wuchs höher und seine Haut heller geworden waren. Aufs neue fiel er, stampfte auf das Vakuum, schnellte zehnmal höher empor und war jetzt so groß, daß sein Kopf an das Himmelsgewölbe stieß, welches wie ganze Hekatomben geopferter Stiere brüllte. Als er zum drittenmal sprang, landete er auf dem Schild, das dank der Beschwörungen der Poeten siebenmal dicker und siebenmal größer geworden war. Die Haut des Kriegers wurde elfenbeinfarben, und ein Blitze speiender Drache mit flammendem Maul zierte sein Haupt. Nun fing er zu tanzen an, und sein Körper erschien so schön, daß das aus einer Höhle im Raum dringende Licht sich ihm anheften wollte, aber seine Muskeln schickten es zurück, und es glitt über seine Glieder wie ein breiter Fluß, der Stromschnellen entgegeneilt.

Da begannen die Planeten mit ihren Millionen wunderbarer Stimmen zu psalmodieren, um die Schönheit der Wünsche Afaftels zu preisen. Und dann sang wieder die Stille wie ein Kind:

»Es müssen die Wünsche von Swar und Nibroun befreit werden, und auch die von Frus, Roun und Pali-Rona, dem Jäger der Götter.«

Und die Planeten öffneten sich von oben, und ihnen entsprangen Ungeheuer aus Metall und Fleisch, durchsichtige Hippogryphen, Frauen mit Lichthaar und geäugtem Körper, Flüsse, die Wolken mit sich schwemmten, Bäume, die ein Laubwerk aus langen, gekrümmten bunten Federn schmückte.

Aufs neue ertönte die Stimme und befahl, die Wünsche aller Planeten zu befreien. Jetzt erschienen Männer, die Köpfe in ihren ausgestreckten Fäusten trugen, aus denen seltsame, unheilverkündende Stimmen drangen, Fische, die sich bis ins Unendliche vermehrten und Form und Farbe wechselten, obgleich sie immer dieselben blieben, wütende Räder, aus deren Nabe ein prophetischer Mund schrie, Stürme mit Wolkenmähnen und elektrizitätsgeladenen Schwingen, die die Luft peitschten und in einer leidenschaftlichen Musik erbeben ließen.

Die leichter gewordenen Planeten schwebten den höheren Klüften zu, und die Ungeheuer stürzten sich mit Freudengebrüll durch den leeren Raum. Zuerst trieb sie ihr wirres Ungestüm in alle Richtungen, aber allmählich schlossen sie sich in Gruppen zusammen und folgten einer konzentrischen Bahn, und da der Dämon Laûf ihnen den Geist der Geschwindigkeit eingeflüstert hatte, bewegten sie sich so schnell, daß man sie gar nicht mehr voneinander unterscheiden konnte und daß sie wie ein riesiges, durch den Raum wehendes Fahnentuch erschienen.

Unterdessen tanzte der Krieger immer noch auf dem gewaltigen Schild, und die Poeten priesen weiterhin die Schönheit seines Antlitzes und seines Körpers. Doch plötzlich blieb er stehen und bot sich wie ein Gott auf einem Altar der Anbetung der Ungeheuer dar, deren Kreis sich ihm näherte. Als dieser in seiner Drehung die Ränder des Schilds erreichte, sah man, daß er sich in eine Jungfrau mit blassem Leib verwandelt hatte, deren Haar um ihre Fußgelenke geflochten war und die sich so in den Gefilden der Ewigkeit drehte.

Da ergriff der Krieger sie mit seinen mächtigen Armen, ihr Haar löste sich, sie nahmen einander bei der Hand und stiegen in die höheren Welten empor.

Sowie sie in den Tiefen des vierten Universums verschwunden waren, das sich öffnete, um sie einzulassen, zerbarst der Schild mit einem schrecklichen Lärm, und die Poeten flatterten schwerfällig den Höhlen des Raums zu. Das Licht verlosch, und die geheime Stimme sprach zu mir:

»Die von den Wünschen der Ewigen geschaffenen wunderbaren Wesen sind in das vierte Universum emporgestiegen, um die Zahl der Erwählten unter den wahren Göttern zu mehren.«

Nach einer Weile fuhr er fort:

»So groß ist der Überfluß der Wünsche bei den Ewigen, daß das vierte Universum bereits voll von ähnlichen Paaren wie dem ist, dessen Aufstieg zu sehen dir vergönnt war.«

Plötzlich wurde meine Aufmerksamkeit auf die ungewöhnliche Bewegung der Wellen gelenkt, und als ich sie eingehender betrachtete, sah ich, daß die sie bildenden menschlichen Gesichter einen Ausdruck von Wut und Verzweiflung angenommen hatten und daß sie lange und grausame Zähne bleckten.

»So wendet sich ihre Wut gegen sich selbst«, sagte der marmorne Gott, »denn es sind die armen Wünsche, die sich auf Erden nicht hatten befreien können!«

Und ich sah, wie die Wünsche einander mit den Zähnen zerfleischten. Ihr Blut floß dick und schwarz, und das Brüllen des Meeres hatte menschliche Töne. Doch bald verflüchtigte sich diese schaurige Vision, und ich erblickte Titanen, die erschöpft vor Müdigkeit im Raum lagen. Riesige Dämonen eilten mit Peitschen herbei, züchtigten sie für ihre Trägheit und trieben sie zu den Planeten der niedrigeren Welten.

»Dort werden sie am meisten zu leiden haben«, sagte der Knabe aus Marmor. »Denn wenn sie sich auch hier – allerdings vergeblich – austobten, so werden sie auf Erden in Ketten schmachten müssen, bis irgendeine großmütige Nation sie befreit und als Tyrannen akzeptiert.«

Meine Blicke schweiften durch den Raum und stießen sich am Vakuum, aber der Knabe aus Marmor sprach ein Wort, und das Vakuum zerbarst mit einem entsetzlich zischenden Geräusch. Jetzt drang mein Blick weiter, irrte jedoch lange unter den Planeten herum. Endlich erblickte ich die Erde, die sogleich mit einer phantastischen Geschwindigkeit größer wurde. Zuerst erkannte ich die Meere und die Kontinente, dann die Länder und auf einmal sogar auch die Häuser der Städte.

Im Mittelpunkt der Erde sah ich einen monströsen Greis, der sich sitzend, die Hände auf den Knien, von rechts nach links wiegte und so die Weltkugel in eine kreisförmige Bewegung versetzte. Um die Erde herum schwirrte in rasendem Tempo ein anderer Greis, und die vom Wirbel seines Flugs mitgerissene Erde drehte sich wie wahnsinnig um sich selbst und um einen phosphoreszierenden gläsernen Nagel, den ein Ewiger in dieser Ecke des Himmels eingeschlagen hatte, auf daß man seinen Ruhm kenne.

»Der Dämon im Mittelpunkt der Erdkugel«, so erklärte mir der schwarze Knabe, »heißt Hridaya, und sein Reich erstreckt sich in die Tiefe. Er trägt auch den Namen Tith, und er sorgt dafür, daß die Erde weder in die oberen noch in die unteren Abgründe fliegt, und das bewirkt er durch seine Bewegung von links nach rechts. Er ist der Sklave des Ewigen. Der um die Erde schwirrende Dämon heißt Karah, und sein Reich erstreckt sich in die Weite. Er trägt auch den Namen Spar, und er sorgt dafür, daß die Erde nicht zu den äußeren Höhlen der glückseligen Vernichtung fliegt. Das bewirkt er durch den rasenden Flug, mit dem er die Erde umhüllt. Auch er ist ein Sklave des Ewigen. Sie sind die Dämonen, die eure Erdkugel gefangen halten.«

In diesem Augenblick schloß das Vakuum sich wieder.

»Oh schützender Gott«, sagte ich nach einigem Nachdenken. »Alles, was ich hier sehe, verwirrt mich. Unter welchem Schein siehst du das wunderbare Universum, in dem wir uns befinden? Sag es mir, damit ich ermessen kann, um wieviel vollkommener die Intelligenz eines Gottes als die eines Sterblichen ist.«

Ich hätte es mir länger überlegt, wenn ich das schreckliche Ergebnis meiner unbesonnenen Worte hätte vorausahnen können.

»Obwohl das Mitleid meinem Herzen fremd ist«, schalt mich der in seinem Stolz verletzte Gott, »werde ich dich nicht von meinem Haupt stürzen, wie du es eigentlich für die Frechheit deiner Frage verdient hättest. Glaubst du, wir seien so beschränkt wie du und unfähig, die überraschendsten Dinge in ihrer wesentlichen Natur zu betrachten? Den Schein gibt es nur für die Geister der Erde. Wisse, daß du nichts von dem gesehen hast, was sich hier seit deiner Ankunft ereignete. Die wunderbarsten Schauspiele blieben deinen Blicken hinter jenen Schleiern verborgen, die unsere aus dem fühlbaren Universum stammenden Dämonen gewoben haben. Schätze den Sterblichen, der du bist, glücklich, wenigstens die finstersten und gröbsten Illusionen weichen gesehen und dich ein wenig der schreienden Flammenglut *Wahrheit* genähert zu haben.«

Infolge des Schreckens verlor ich das Bewußtsein und fiel von der Mähne des Gottes. Aber in der Nacht, die mich umgab, schien es mir, als ob ein mächtiger Luftstrom mich auf seinen Wogen trug. Mit einem entsetzlichen Zischen brach er durch das Vakuum, das sich ächzend auftat; dann schoß er noch einige Zeit unter den tiefsten Planeten des niedrigsten Universums umher ...

Ich schlug die Augen auf und war in meinem Zimmer. Wütende Fäuste rüttelten an der Tür. Als sie nachgab und haßverzerrte Gesichter in den Spalten des zersplitternden Holzes erschienen, machte ich eine große Anstrengung, rannte zum Fenster, stellte mich auf den Sims und sprang.

Während ich durch die Lüfte sauste und dann meinen auf dem Boden zerberstenden Körper verließ, entwich mein Geist, vermochte jedoch nie das dritte Universum wiederzufinden, und so irre ich in dem der Mörder herum.

(*10. März 1923*)

20. November 1839. Ich erhole mich langsam; das Fieber ist gesunken, und ich habe die Erlaubnis zu lesen, mache aber keinen Gebrauch davon. Ich habe schon zuviel gelesen, weiß nur zu gut, daß alle Bücher dieselben sind und daß es auf der Welt keine zwei gibt, die sich völlig voneinander unterscheiden; sie langweilen mich, und ich kenne sie alle. Ach, wenn mich doch nur irgend etwas überraschte! Das wünsche ich mir leidenschaftlich, und, o Gott, ich würde sogar eine unangenehme, grausame Überraschung hinnehmen, solange es eine Überraschung wäre, solange sie mir den Kitzel des Erstaunens bescherte, mich in Verwirrung stürzte und mich aus mir herausgehen ließe.

25. November 1839. Ich hatte befohlen, alle Spiegel zu entfernen, und vertraue mich zur Rasur der Pflege meines Kammerdieners an. Seit meiner letzten Krankheit, die gerade der Spiegel ziemlich genau symbolisiert, ist es mir peinlich, mein Ebenbild zu sehen, denn litt ich nicht an meiner eigenen Gesellschaft? War ich nicht in der Tat von mir selbst besessen, wie etwa ein Mensch, den man gezwungen hätte, ewig vor einem Spiegel zu sitzen, und den schließlich sein eigener Anblick anwidert? Und doch hat irgendein Narr mir einen Spiegel geschenkt. Vielleicht war es ein Witzbold, der sich bei meiner Dienerschaft nach meinen Gewohnheiten erkundigt hat und so von meiner Abscheu vor diesem Gegenstand erfuhr. Die Welt ist voller solcher Wohltäter! Immerhin muß ich zugeben, daß der Spiegel von schöner Farbe ist, allerdings ein wenig fleckig, was aber wiederum auf ein hohes Alter schließen lassen könnte. Der Rahmen ist ganz hübsch, wenn auch recht gewöhnlich, aus vergoldetem Gips, mit Laubwerk und Früchten. Randbemerkung: Ich muß bald aufhören, dieses Tagebuch zu führen, das auch eine Art Spiegel ist.

Noch immer 25. November, 10 Uhr abends. Ich habe mich angeschaut. Das ist eine Schwäche. Morgen werde ich Befehl erteilen, diesen Spiegel wie die anderen wegzuschaffen, aber den Rahmen, der noch gut ist, werde ich behalten. Es schien mir, daß ich noch ganz angenehm aussah, obgleich die Krankheit mich sehr mitgenommen hat. Vielleicht hätte ich ein glücklicheres Leben gehabt, wenn ich meinen Neigungen gefolgt wäre. Vierzig Jahre alt muß man werden, um einzusehen, daß die Versuchungen der ersten Jugend nicht schlecht sind und daß es vielleicht sehr gut wäre, ihnen plötzlich nachzugeben. Randbemerkung: Ich sollte es mir verbieten, die Worte *ich*, *mein* und *mich* zu schreiben, die mich im schlechten Sinne beeinflussen.

28. November. Dr. Germain ermutigt mich, zu schreiben, um mir die Zeit zu vertreiben und meinen Geist vom gewöhnlichen Lauf seiner Gedanken abzulenken. Er ist ein kultivierter Mann von gutem Rat. Als ich ihn fragte, mit welcher Art Werk ich mich seiner Meinung nach beschäftigen sollte, antwortete er, etwas frei Erdichtetes sei am besten, vorausgesetzt, daß ich in keiner Weise von mir selbst spräche, und er schlug mir als Modell die Bücher der Mythologie oder die Erzählungen aus dem Orient vor, die, obgleich Lügengespinste und unglaubliche Fabeln, sehr unterhaltsam seien. Da gab ich ihm zu bemerken, daß mir jede Begabung für diese Art literarischer Übung fehle, was ihn in Verlegenheit versetzte. Schließlich fragte er mich, warum ich nicht einfach beobachtete, wie meine Dienerschaft ihre Zeit verbringe, um dann durch Intuition ihre Geheimnisse, ihre kleinen Intrigen und all die Gemeinheiten zu entdecken, aus denen das Dasein dieser Leute beschaffen sei. Ich lachte, aber er schien sehr ernst und sagte, man könnte aus den Abenteuern meiner Diener eine vortreffliche Geschichte machen, denn, so fügte er hinzu, er sei sicher, daß sich unter ihnen alle möglichen Dinge abspielten, von denen ich keine Ahnung hätte. Ich bestritt nicht, daß meine Diener Pläne im Schilde führten, von denen ich nichts wisse, und sich miteinander in unergründliche Händel einließen, bezweifelte jedoch, daß so etwas von großem Interesse sein könnte.

10. Dezember. Seltsam, wie amüsant die kleinliche Beschäftigung, den Dienstboten nachzuspionieren, schließlich werden kann, wenn man es geschickt anstellt. So habe ich herausgefunden, daß man mich mit einer Unverfrorenheit bestiehlt, die ich nie für möglich gehalten hätte. Die an sich unbedeutenden Diebstähle sind in Ordnung, aber die Unverschämtheit der Diebe ist nicht zu fassen. Mein Kammerdiener Jacques, der mich rasiert, durchkramt meine Taschen, während ich mir das Gesicht wasche. Ich werde mich hüten, ihn bei seinen Schlichen zu stören, weil ich sehen möchte, welche Grenzen er seiner Kühnheit gesetzt hat. Seit fünf Jahren habe ich ihn in meinem Dienst, und er dürfte inzwischen recht wohlhabend geworden sein.

15. Dezember. Jacques erfreut sich ganz ohne Zweifel der Gunst des Zimmermädchens, mit dem er mitwisserische Blicke austauscht. Jetzt habe ich eine Erklärung für jenes nächtliche Kommen und Gehen, über das ich mich seit einiger Zeit gewundert habe.

17. Dezember. Indem ich vorgab, bei Tisch zu dösen, überraschte ich Anna dabei, wie sie Jacques einen Zettel zusteckte, und als er diesen entfaltete, um von dem Inhalt Kenntnis zu nehmen, bewegte ich mich ein wenig, da ich sehen wollte, ob er ein ebenso gewandter Liebhaber wie ein geschickter Dieb ist. Als Anna mich hörte, eilte sie hinaus. Jacques ließ den Zettel mit der Serviette, die er über dem Arm trug, auf den Teppich fallen, las die Serviette auf, aber das Briefchen schien verschwunden zu sein. Zuerst glaubte ich, er habe es in seinem Ärmel verborgen, doch er bediente sich ganz frei seiner Hände. Es war auch nicht in der Serviette, wie ich dann vermutete, denn er warf diese lässig auf eine Anrichte, und als sie sich auseinanderfaltete, sah ich, daß sie nichts enthielt. Schließlich entdeckte ich dann das versteckte Briefchen, das ein wenig aus seinem Schuh herausragte. Beim Auflesen der Serviette hatte er es dort hineingesteckt, und ich muß gestehen, daß er sich dabei sehr geschickt anstellte.

27. Dezember. Wie es scheint, habe ich mich geirrt, und Anna ist nur eine Kupplerin. Nicht sie ist es, für die Jacques sich interessiert; sie dient nur dazu, ihm bei seinen Plänen behilflich zu sein, welche diese auch immer sein mögen, und sie tut es aus Gründen, die mir unbekannt sind. Vielleicht läßt sie sich dafür in klingender Münze oder sonstwie bezahlen. Gestern beobachtete ich sie von meinem Zimmer aus in dem kleinen Hof neben dem Gemüsegarten, als sie sich wahrscheinlich vor allen Blicken verborgen glaubten, und nichts in ihrem Gebaren ließ auf die Gefühle schließen, derer ich sie zu verdächtigen bereit war. Da sah ich wohl ein, daß ich mich getäuscht hatte.

29. Dezember. Annas Liebhaber ist der Kutscher Georges. Das steht fest. Ich habe gesehen, wie er sich bei Einbruch der Nacht zu ihr begab. Er ist übrigens gut gewachsen und jung, also besteht kein Grund zur Annahme, daß er in seinen Unternehmungen kein Glück hat, und er wird es bestimmt nicht bereuen, zu Anna hinaufgestiegen zu sein.

30. Dezember. Es wird immer schwieriger, Jacques zu folgen. Seine Vorsicht grenzt an Geheimnistuerei, und all mein Spähen an den Türen der anderen Frauen ist vergeblich. Doch da auch sein Gesicht äußerst angenehm wirkt, ist es unvorstellbar, daß ihm nicht die gleichen Erfolge wie Georges beschieden sind.

4. Januar. In der Abenddämmerung hat er sein Zimmer verlassen, und ich erwartete, daß er den Hof überqueren würde, hinter dem die Wohnungen der Frauen im Gesindequartier liegen, aber er tat nichts dergleichen. Er blieb im Hause. Nun ist aber Anna die einzige Frau, die im Hause wohnt. Sollte ich im vorigen Monat doch richtig geraten haben? Oder teilt er sie sich mit Georges? Abkommen dieser Art habe ich gekannt ...

7. Januar. Schon wieder ein Irrtum. Nicht Anna, sondern Josette ist die Mätresse von Jacques. Ich habe sie gestern nachmittag in dem kleinen Hof miteinander reden sehen. Obgleich ich ihre Worte nicht hörte, war es mir klar, daß sie ihr Gespräch mit viel Leidenschaft führten. Ich glaubte zu verstehen, daß Josette ihm für irgend etwas dankte, und daß Jacques ihr seinerseits äußerste Erkenntlichkeit beteuerte.

8. Januar. Und doch wohnt Josette gegenüber, während Jacques das Haus nicht verläßt. Muß ich es aufgeben, diese Intrige verstehen zu wollen? Immerhin habe ich mich versichert, daß Anna fast jeden Abend Georges bei sich empfängt.

10. Januar. Sah Anna um drei Uhr früh aus dem Gesindequartier heimkehren.

11. Januar. Aufs neue und etwa um die gleiche Stunde überraschte ich sie, wie sie aus dem Gesindequartier kam und sich ins Haus begab. Werde ich beim Beobachten ihres Tuns die ganze Nacht verbringen?

12. Januar. Aber was hat dann dieses Licht zu bedeuten, das man in Annas Zimmer sieht? Will sie damit jemanden irreführen?

15. Januar. Jacques ist blaß, hat Ringe unter den Augen und versieht seinen Dienst halb schlafend. Und doch bin ich sicher, daß er das Haus nie nach acht Uhr abends verläßt. Darauf könnte ich schwören. Wie soll ich mir das erklären?

17. Januar. Ich glaube zu verstehen, aber wie konnte ich ahnen, daß sich derartig schmutzige Dinge in meiner Umgebung abspielen? Unter meinem Dach? Warum bin ich so darauf erpicht, diesen Leuten nachzuspionieren? Ist es nicht – oh Schande –, weil ich mich in ihnen wiederfinde? Waren nicht all ihre Gedanken und Leidenschaften die meinen, und sind sie es nicht noch? Wieviel Mut oder wieviel Feigheit gehört dazu, ein solches Geständnis abzulegen? Ich möchte sterben, sterben, sterben ...

(4. Dezember 1922)

Eines Tages, als ich ihn in der Stadt glaubte, schlich ich mich in sein Zimmer, um zu sehen, was er sah, wenn er allein war. Er hatte mir ausdrücklich verboten, es zu betreten.

Es war ein großes Zimmer mit blaßgrün gestrichenen Wänden. Das in einer Ecke stehende Metallbett mit seiner grauen Decke war von militärischer oder asketischer Strenge. Der Tisch, auf dem sich Papiere und Wörterbücher häuften, war ein einfacher Küchentisch, der Stuhl ein mit Stroh überzogener Schemel. Bücherregale nahmen den Raum zwischen dem schwarzen Marmorkamin und dem etwas aus den Fugen geratenen hohen Fenster ein, das auf die Straße hinausging, hinter der man die Masten der Schiffe im Hafen erblickte. Kein Teppich auf dem Fußboden mit den auf Glanz polierten Parkettfliesen. Ein grelles Licht drang durch die gardinenlosen Scheiben, doch trotz des schönen Wetters draußen und obgleich die Sonne die Mauern der Häuser erwärmte, war mir kalt in diesem leeren Zimmer. Nichts wirkt so spartanisch wie diese Art der Behausung, in der sich der der Jugend innewohnende Hang zum Absoluten kundtut. Doch als ich mich mit einem gewissen Vergnügen, aber auch ein wenig beunruhigt, umschaute, blieb mein Blick plötzlich an einem Gegenstand haften, den ich zuerst wahrscheinlich nur deshalb nicht bemerkt hatte, weil er zu groß und irgendwie zu sichtbar war: ein nach vorn geneigter Spiegel in einem Goldrahmen; er öffnete in der Wand so etwas wie ein zweites Fenster, das dem ersten gegenüber lag und in dem man ebenfalls die Giebeldächer der alten Louis-XIII-Häuser und die sanft auf den Wellen schaukelnden Schiffsmasten sah.

Wie schön das alles in den Tiefen dieses Spiegels erschien! Mein Kopf und meine Schultern hoben sich darin wie ein Schatten ab, über dem etwa auf der Höhe der Schornsteine ein blauer, sich smaragdgrün verfärbender Himmel strahlte.

Die in diesem Teil des Hauses herrschende Stille beeindruckte mich. Nur unsere alte Dienerin schlief auf dieser Etage in einem der benachbarten Zimmer, aber tagsüber hielt sie sich dort nie auf. Ein kaum vernehmbares Geräusch ließ mich das Kommen und Gehen im Erdgeschoß erraten, aber da, wo ich mich befand, schien es mir, als sei das Leben wie eine nicht mehr tickende Uhr stehengeblieben, oder eher, als habe ein neues, ein geheimes Leben, das Leben Fabiens, hinter der von mir überschrittenen Schwelle begonnen. Das Zimmer war nicht leer, wie ich vorhin sagte. Selbst in seiner Abwesenheit war er da. Ich sah die Geste, mit der er seine Bücher übereinandergestapelt hatte, und diese Geste wurde zu einer Hand. Das Gefühl, nicht allein zwischen diesen vier Wänden zu sein, machte sich so deutlich spürbar, daß ich mich fragte, ob ich nicht wieder gehen sollte; aber es schien mir zu schade, so weit vorgedrungen, ohne bis zum Schluß geblieben zu sein, und das Zimmer mit dem Bedauern, nicht alles gesehen zu haben, zu verlassen.

Meine Neugierde war aufs äußerste erregt. Ich schämte mich ihrer und brauchte eine Weile, um mein Gewissen zum Schweigen zu bringen und mir die würdelose Geste zu erlauben, eine Schublade zu öffnen, indem ich all den anerzogenen Begriffen von Ehre Gewalt antat und die Hände an die Griffe einer Kommode legte. Fast sogleich stieg mir die Schamröte ins Gesicht, denn es war mir, als hätte Fabien mein Vorhaben erraten und Vorsorge getroffen. In der Tat waren die Schubladen verschlossen, und nicht nur diese, sondern auch alle anderen dieses Möbels.

Raschen Schritts durchquerte ich das Zimmer und zog das Schubfach des Tischs auf. Es ließ sich leicht öffnen, da es kein Schloß hatte, aber es war leer. Meine Bestürzung war so groß, daß mir ein Ausruf entwich. Um die

Wahrheit zu gestehen, weiß ich nicht, was ich bei Fabien zu finden hoffte, aber er gehörte nun einmal jener geheimnisvollen Welt der Älteren an, von der ich fast nichts wußte, und unter den Älteren erschien er mir auf undefinierbare Weise einzigartig.

Ich versuche, dem Kind, das ich damals war, keine Gefühle zuzuschreiben, die seinem Alter nicht entsprechen, aber ich erinnere mich, daß die Faszination, die Fabien auf mich ausübte, von der Tatsache herrührte, daß er niemandem von meiner Familie oder meinen Freunden ähnelte. Deshalb fürchtete ich ihn auch ein wenig, und am Tage, da ich mich erkühnte, in seinen Sachen zu kramen, pochte mein Herz mehrmals mit dumpfer Gewalt.

Nachdem ich mich überall umgeschaut und nichts gefunden hatte, schickte ich mich zum Fortgehen an, aber da sah ich den Schrank, in dem er seine Kleider aufhängte. Es war ein Spind, wie es sie in den alten Provinzhäusern gibt, mit einer Tür, die schlecht schließt, weil das Holz sich geworfen hat. Diese Tür machte ich weit auf, um besser zu sehen. Drei oder vier Anzüge, die ich alle wiedererkannte, hingen an Kleiderbügeln. Ich glaube, ich hätte sie auch im Dunkeln wiedererkannt, denn ihr Geruch war mir vertraut. Man mag sagen, daß ich eine feine Nase hatte, aber dazu muß ich erklären, daß mein Vetter den Lavendelduft liebte und fast immer ein paar getrocknete Blüten in den Jackentaschen trug. Und dieser Geruch war etwas, das ihn für mich definierte, das heißt, es gehörte zu seinen Charakterzügen, stets ein bißchen nach Lavendel zu duften. So verursachte es mir auch ein seltsames Vergnügen, mit den Fingern über seine leeren Ärmel zu fahren. Ich lachte sogar darüber, ohne zu wissen warum. Und ich stellte mir vor, daß er da sei. Diese Anzüge riefen in mir die Erinnerung an seine Art, sich zu bewegen wach, an sein Aussehen, an Worte, die er gesagt hatte und die ich glaubte, vergessen zu haben, und einer mir unerklärlichen Regung folgend, rieb ich mir die Wange mit dem rauhen Stoff eines seiner Anzüge.

Gerade in diesem Augenblick hörte ich jemanden kommen. Die Haustür hatte sich leise geschlossen, und die leichten Schritte, die wir alle kannten, eilten bis zur ersten Etage empor. Die Kehle war mir wie zugeschnürt, und ich glaubte, das Bewußtsein zu verlieren. Das Zimmer zu verlassen war nicht mehr möglich, denn wohin hätte ich gehen können, ohne ihm über den Weg zu laufen? Er wußte sehr gut, daß ich auf der zweiten Etage nichts zu suchen hatte, und wenn er mir auf der Treppe begegnet wäre, hätte er sofort verstanden, daß ich nicht aus Catherines Zimmer kam, und Fabien war nicht einer, den man anlügen und damit durchkommen konnte.

Ich zog die Tür des Schranks von innen zu und drückte mich an die Wand, bedauerte, daß diese Tür nicht besser schloß, denn es blieb ein kleiner Spalt offen, und ich fürchtete, er würde mich sehen. In Wirklichkeit war es gerade das Gegenteil, denn ich wurde gewahr, daß ich zwar alles, was sich in einem Teil des Zimmers abspielte, beobachten konnte, daß aber die Dunkelheit des Schrankes mich völlig verbarg. Einen kurzen Augenblick später hörte ich Fabien eintreten.

Leise machte er die Tür des Zimmers zu, und noch leiser drehte er den Schlüssel im Schloß. Daß er das tat, hätte mich eigentlich nicht überraschen sollen, aber es beunruhigte mich noch mehr, und ich gab mir alle Mühe, so still zu sein, daß man nicht einmal meinen Atem hörte. Zwei oder drei Schritte führten Fabien in die Mitte des Zimmers. Dort blieb er stehen und verhielt sich völlig reglos. Aus dem Fenster ihm gegenüber fiel das Licht der Dämmerung und verlieh seinem schwarzen Haar einen solchen Glanz, daß es wie Wasser in der Sonne schimmerte. Die Hände vor sich verschränkt, den Blick auf den Hafen gerichtet, verweilte er so lange in dieser Haltung, daß ich mich fragte, was er sich anschaute, aber wahrscheinlich sah er nichts von dem purpurnen Himmel, der sein Gesicht in einem flammenden Widerschein aufleuchten ließ, und in seinen Augen sah ich keinen anderen

Ausdruck als den einer ernsthaft-traurigen Aufmerksamkeit, deren Gegenstand mir verborgen blieb.

Je mehr Zeit verstrich, desto peinlicher empfand ich die Schuld, die ich auf mich lud, indem ich meine Anwesenheit nicht kundgab. Jetzt verstand ich, wie ungerecht es sein kann, einen Menschen heimlich zu beobachten, der sich von der Einsamkeit geschützt glaubt, aber es fehlte mir der Mut, und je länger ich wartete, desto seltsamer erschien mir dieser junge Mann, der da reglos inmitten seines Zimmers stand, als ob ein plötzlicher und allmächtiger Gedanke ihn auf dem Boden festgenagelt hätte, und in einer Weise, die ich nicht zu erklären vermag, war diese Reglosigkeit so überwältigend und entsprach etwas so tief Innerlichem, daß sie dem Zimmer, in dem er verweilte, eine ganz neue Eigenschaft verlieh: Man hätte meinen können, daß diese Möbel hier seit hundert Jahren standen, ohne je den Platz gewechselt zu haben, und daß diese zugleich poetische und banale Szenerie nur auf die Minute gewartet hätte, da Fabien vor dem Fenster gegenüber dem Hafen stehen würde, auf ihn gewartet wie eine Falle, die auf ihre Beute lauert. Alles, was dieses Schauspiel so unwirklich machte, beeindruckte mich viel stärker, als ich es hätte ausdrücken können, denn ich war damals noch viel zu jung, um zu verstehen, was ich während dieser langen Minuten empfand. Wenn ich es genauer erklären sollte, würde ich sagen, daß ich plötzlich Angst hatte, weil es mir erschien, als betrachtete ich nicht mehr eine lebendige Person an einem mir vertrauten Ort, sondern ein Gemälde. So war das, was meine Augen wahrnahmen, nur in dem Maße wirklich, wie das, was auf einem Bilde dargestellt ist, wirklich sein kann. Diese Idee drang mir mit einer sonderbar scharfen und zwingenden Klarheit ins Bewußtsein, und ich hatte das Gefühl, mich an der Grenze zweier Welten zu befinden.

Wahrscheinlich unterlag ich zum großen Teil einer Sinnestäuschung. Unser Zeitbegriff ist so veränderlich, daß eine Sekunde, je nach den Umständen, unter denen wir

sie wahrnehmen, ganze Stunden dauern oder sogar still-
stehen kann, was insbesondere auf den Fall zutrifft, von
dem ich spreche. Es ging so weit, daß mir meine eigene
Reglosigkeit ebenso magisch bedingt wie die Fabiens erschien, aber dann wurde ich plötzlich des fast unmerkli-
chen Geräuschs meines Atems gewahr, und das beruhigte
mich ein wenig.

Von allen Gedanken, die mir durch den Kopf gingen,
ängstigte mich am meisten der, daß die Haltung des jungen Mannes weniger die Natur eines zutiefst beschauli-
chen Charakters verriet, sondern eher einen Menschen,
aus dessen Gehirn der Wahnsinn jeden Augenblick ausbrechen konnte. Und doch war das ruhige und inbrünsti-
ge Gesicht Fabiens nicht das eines Irren. Seine zugleich
schwarzen und golden schimmernden Augen hatten etwas Stilles und Verinnerlichtes; anders kann ich die Wirkung, die sie auf mich ausübten, nicht beschreiben; weder
Geheimnisvolles noch hypnotisierende Kraft lag in diesem aufmerksamen Blick, nur ein Abgrund von Stille.
Dieser Zug seines Gesichts war der bemerkenswerteste
und verlieh den anderen eine Sanftmut, die sie sonst vielleicht nicht gehabt hätten. Denn die kohlschwarzen
Brauen und der breite Mund von der Farbe rohen Fleisches hoben sich wie scharfe Flecke auf dieser gebräunten
und von der Dämmerung rosa geschminkten Haut ab,
während sich die stolze Mähne in dichten und kurzen
Locken kräuselte, die sich wie Ringe um die Finger wik-
kelten (meine Mutter war ihm eines Tages mit den Händen durch das Haar gefahren). In diesem Gesicht von
heidnischer Schönheit verbreitete der irgendwie dem Un-
sichtbaren zugewandte Blick eine Art vergeistigter Melancholie und jene Sanftmut, die ich beschrieb. Mein älte-
rer Bruder sagte zuweilen, Fabien ähnle einem Faun, dem
man soeben den Tod des großen Pan verkündet hätte,
oder einem getauften Faun, und es gab zwar Augenblik-
ke, in denen man recht gut verstand, was er damit sagen
wollte, aber gewöhnlich trafen diese Vergleiche daneben.

Sein Gesicht war wie jene unbekannten Gesichter, von denen man intuitiv weiß, daß sie dem der Mutter ähneln, denn diese Stirn und diese Wangen bewahrten das Andenken zahlloser Küsse, und man erriet leicht, daß eine glühende und ungestillte Zärtlichkeit diesen rebellischen Kopf umschwebte.

Warum sollte ich es hier nicht sagen: Indem ich mich in seinem Zimmer und sogar in seinen Kleidern versteckte, in denen ich seinen Geruch atmete, gab ich da nicht der einfachsten Form der Liebe nach, das heißt einer leidenschaftlichen Bewunderung, die ich mir kaum einzugestehen wagte? Ich hatte ihn jahrelang am Tisch meiner Eltern gesehen, aber von dem Ort aus, an dem ich mich befand, schien es mir, als sähe ich ihn zum erstenmal, und vielleicht hatte ich recht, denn er glaubte sich allein.

Allein war er nicht so, wie wir ihn gesehen hatten. Es offenbarte sich mir jemand, den ich nicht kannte, der mir aber meine letzte Freiheit nahm. Wie hätte ich die Augen vom Anblick dieser Wangen abwenden können, auf denen das Licht erstarb? Es schien mir, als sei ich nur noch ein Blick, aber ein Blick, auf den sich auch ein bißchen alle anderen Sinne übertrugen; mein Mund legte sich auf seine Augen, wie um einen brennenden Durst zu stillen, und wer hätte sagen können, ob dieser Durst nach dem Körper oder nach der Seele lechzte? Ich war zu Tode betrübt, weil uns drei Schritte gewissermaßen wie drei Meilen voneinander trennten, aber das fremde Glück hätte mir wenig im Vergleich zu dieser Traurigkeit bedeutet, an der ich mich berauschte und die eine Art Glück war.

Wie finster war die mich umgebende Nacht, und wie stark dieser Lavendelduft, der die Distanz zwischen uns aufhob! Das plötzliche Knarren einer Parkettfliese schreckte weder ihn noch mich auf.

Seit wann wir uns so reglos und beide wie auf der Lauer in der Stille des alten Hauses verhalten hatten, wußte ich nicht mehr, aber ich sah die Sonne hinter den Schultern

Fabiens versinken, und sein Gesicht tauchte in den Schatten.

Große schwarze Hände schienen sich um diesen strahlenden Kopf zu schließen, und dann erschien er wieder wie ein dunkler Fleck auf dem hellen Hintergrund der Wand. Es verging noch einige Zeit, und das Tageslicht zog sich allmählich aus dem Zimmer zurück, obwohl es jenseits der Schieferdächer immer noch wie Taubenflügel schimmerte. Jetzt vermochte ich Fabiens Züge nicht mehr zu erkennen, aber man hätte meinen können, daß er gerade auf diesen Augenblick der um ihn aufsteigenden Dunkelheit wartete.

Die Hände aus der Verschränkung lösend, setzte er sich an den Tisch, dessen Schubfach ich geöffnet hatte. Zuerst glaubte ich, er würde schreiben, denn er schob einen Stapel Papiere beiseite und griff zu einer Feder, aber konnte er im Dunkeln schreiben, und war er sich überhaupt seines Tuns bewußt? Plötzlich sah ich ihn über den Tisch gebückt, die Fäuste in der Höhe der Lippen, und er flüsterte diese Worte, die durch die Stille bis zu mir drangen:

»Ich liebe dich, verstehst du? Ich liebe dich.«

In diesem Augenblick ertönte Gelächter. Es waren Spaziergänger, die vor unserem Haus vorbeikamen, und ihre fröhlichen Stimmen hallten auf der stillen Straße.

(22. September 1944)

Das Duell

Eine weite stille Ebene im Dämmerlicht. Kein Hauch bewegt das dichte Gras. Die Luft ist reglos, die Vögel schweigen, und es ist, als wartete alles auf die Erscheinung eines Wunders am dunkler werdenden Himmel; doch nichts geschieht, und das Licht versinkt allmählich am roten Horizont, hinter einem langgestreckten Kornfeld, dessen Ähren noch für einen kurzen Augenblick wie Lanzen schimmern. So mild ist die einbrechende Nacht, so zart und friedlich, daß auch der gewaltsüchtigste Mensch, führten seine Schritte ihn in dieses unschuldige Halbdunkel, all seinen Groll vergessen würde. Es ist, als habe das Böse in einer des Hasses müden Welt vorübergehend die Waffen gestreckt. Und plötzlich geht ein Beben durch das Feld, das Gras erzittert und kräuselt sich, eine Unruhe bemächtigt sich der Ebene, und die ersten Sterne steigen am schwarzen Himmel auf.

Einige Minuten lang ist nur das mächtige Raunen dieser dumpf stöhnenden Stimme zu hören, die wie auf der Suche nach jemandem von einer Ecke des Ortes zur anderen weht. Endlich erdröhnt die Erde, und eine kleine Truppe Berittener nähert sich auf einer von Bäumen gesäumten Allee. Sie sind sieben, und sie reiten im Trab. Zwei von ihnen treiben plötzlich ihre Pferde an, galoppieren bis etwa zur Mitte der Ebene an eine Stelle, wo das Gras niedergebrannt ist, steigen ab und zünden Laternen an. Bald darauf finden sich auch ihre Gefährten dort ein.

All diese Männer reden mit einer Art verhaltener Erregung zueinander und scheinen im Begriff, sich zu streiten, aber einer von ihnen, er ist größer und älter als die anderen, spricht ein paar Worte in gebieterischem Ton und bringt sie zur Ruhe. Jetzt sieht man sie zwei kleine sich voneinander trennende Gruppen bilden. Aufs neue ergreift der ältere Mann das Wort, und er spricht mit trauriger und fester Stimme. Alle hören ihm zu, außer einem kleinen lebhaften und erregten Mann, der plötzlich seinen Hut zu Boden schleudert und sich einen langen dunklen Mantel von den Schultern reißt; in der gleichen Hast entledigt er sich seines mit Metallknöpfen bestückten Rocks, klatscht dann in die Hände, wie um zu bitten, daß man sich beeile. Sein kurzgeschnittenes schwarzes Haar und eine Art trockene Präzision in den geringsten seiner Bewegungen lassen auf eine lange Gewohnheit der militärischen Disziplin schließen. Zugleich wohlgemut und wütig streicht er die Hemdsärmel über die kräftigen und behaarten Arme, wirft einen Blick wilder und unbezähmbarer Ungeduld in die Runde, der seinem sonnengebräunten kleinen Gesicht etwas eher Tierisches als Menschliches verleiht.

Ihm gegenüber hilft man einem hochgewachsenen blonden jungen Mann aus dem Mantel, dann aus seiner Frackjacke und englischen Weste von makellosem Schnitt. Jetzt steht auch er in Hemdsärmeln da. Er lächelt den auf ihn Einredenden zu, scheint jedoch kaum zu verstehen, was man ihm sagt. Der Wind fährt ihm durch das Haar und zerzaust es; er achtet nicht darauf. In einer instinktiven Geste legt er eine seiner sehr schönen Hände an die Brust und dreht sich immer wieder um, ohne ersichtlichen Grund. Das ein wenig ungewisse Licht der Laternen hebt die vollkommene Ebenmäßigkeit seiner Züge hervor, denen die Blässe der Stirn und der Wangen eine solche Starre verleiht, daß man bei seinem Anblick an ein Gesicht aus Marmor denkt. Und plötzlich, er weiß nicht wie, hält er einen Degen in der Hand, steht allein inmitten eines Kreises vor einem Mann, der ihn nicht aus den Augen läßt.

In diesem Augenblick schweigen alle. Ein Zeichen wird gegeben, und man hört das unheilvolle Klirren von Stahl gegen Stahl. Es ist ein sonderbares und geschwätzig klingendes Geräusch, denn einer der beiden Männer muß sterben, und der noch eine Weile unschlüssig zögernde

Tod redet in dieser Sprache der Degen. Wird er den Jüngeren oder den Kräftigeren nehmen?

Plötzlich stolpert der eine, stößt, wie es scheint, gegen einen Stein, aber nein, er richtet sich wieder auf; und der andere wiederum hält inne, macht ein erstauntes Gesicht. Die Laternen lassen nur die weißen Flecke der Hemden erkennen. Der Stehende ist tot, er taumelt, stürzt, liegt auf dem Rücken, und man sieht, wie sich an der Stelle des Herzens eine schwarze Insel ausbreitet. Der Wind weht ihm sein blondes Haar ins Gesicht. Doch der Tod ist seltsam, denn der andere, der Wütige, faßt sich auch an die Brust und sinkt in die Knie. Er wurde getroffen, er will etwas sagen, aber nur Worte aus Blut dringen aus seinem Mund.

»Da ist nichts mehr zu machen«, flüstert einer der abseits stehenden Männer. »Wir müssen ein Grab an Ort und Stelle ausheben lassen und sie beide gemeinsam beerdigen. Die Liebe hat sich nicht entschieden, und Miss de Vere kann aufs neue ihr Spiel mit anderen Herzen treiben.«

(Mai 1924)

Niemand wußte mehr, warum das Zimmer rot war. Nur Françoise hätte sich mittels einer Gedächtnisübung noch daran erinnern können, aber sie hatte andere Gedanken im Kopf. An diesem Februarmorgen betrachtete sie bereits einige Minuten lang den unteren Teil eines korallenfarbenen Vorhangs, über den ein schräger, breiter Lichtstreifen fiel.

»Es ist doch zu dumm«, sagte sie schließlich. »Ich muß die Vorhänge wechseln. Was halten Sie davon?«

Die Frage blieb ohne Antwort. Und dabei richtete sie sich an einen jungen Mann, der, die eine Hand in der Hosentasche, in der anderen eine Zigarette, in der Mitte des Zimmers stand. Sein Anzug aus dunkelgrünem Tuch hob den goldenen Widerschein des Haars auf dem Gesicht hervor, und das Bemühen um Eleganz war offenbar. Nach einer Weile erhob sich Françoise. Groß und kräftig gebaut, gemahnte sie unwiderstehlich an ein Standbild, und das sowohl angesichts der Proportionen ihrer majestätischen Figur als auch in ihren langsamen Gesten, die an gewisse Posen der antiken Kunst erinnerten.

»Haben Sie mich gehört?«

»Ja ... Nein. Ich war in Gedanken anderswo.«

»Darf man wissen, wo? Das muß ja hochinteressant sein.«

Sie blickte ihn mit ihren schwarzen Augen an und trat auf ihn zu, wobei der Fußboden unter ihrem Gewicht knarrte.

»Ist irgend etwas nicht in Ordnung?« fragte sie mit einer plötzlich beunruhigten Stimme.

Ihr ein wenig schweres, jedoch vollkommen ebenmäßiges Profil hob sich vom weißen Musselin der Fenstergardinen ab; ihr Doppelkinn trat klar hervor, wie sehr sie sich auch bemühte, den Hals zu strecken.

Jetzt trennte sie nur noch ein Schritt von dem jungen Mann, der seiner Zigarette einen tiefen Zug entnahm, bevor er antwortete:

»Nichts ist in Ordnung, und es hat keinerlei Bedeutung.«

Zwischen ihnen schwebte eine leichte Rauchwolke, die Françoise in die Augen drang und sie blinzeln ließ.

»Haben Sie Ärger?«

»Wer hat schon keinen Ärger?«

Sie atmete leicht keuchend und mit halboffenem Munde.

»In Ihrem Alter«, sagte sie schließlich, »hat man Kompensationen.«

Dieses Wort entfuhr ihr wie ein Geständnis, und ihre vollen Wangen erröteten, aber er blieb unberührt, und seine hellgrauen Augen schienen sie nicht zu sehen. Man konnte bezweifeln, daß er sie überhaupt gehört hatte. Am liebsten hätte sie ihm zugeschrien: »Ich nehme Kompensationen zurück!« Aber was sie am meisten ärgerte, war seine Art, sie aus der Fassung zu bringen und sie Dinge sagen zu lassen, die sie dann als peinlich empfand. Anderen gegenüber beherrschte sie sich besser.

»Wenn Sie jetzt nicht glücklich sind, wann werden Sie es dann sein?« fragte sie mit jäher Beredsamkeit. »Sie werden es später einmal bereuen, und zwar bitter bereuen, darauf gebe ich Ihnen mein Wort. Und dann werden Sie sich erinnern ...«

Mit Schrecken erkannte sie da den Beginn dessen, was er eine Predigt nannte. »Ich rede dummes Zeug«, sagte sie sich. »Wenn er mich nicht unterbricht, werde ich ihm sagen, was ich denke – als ob er es nicht bereits wüßte ...«

»Fahren Sie fort«, sagte er mit seiner höflichen und spöttischen Stimme.

»Sie sind unausstehlich.«

Françoise wußte nicht mehr, worauf sie hinauswollte. Das Verhalten des jungen Mannes ging ihr auf die Nerven. Er rauchte immer noch ganz unverfroren.

»Und was noch?« fragte er.

»Nichts. Das genügt. Lassen Sie mich in Ruhe! Und rauchen Sie gefälligst nicht in diesem Salon. Ich hasse das. Der Geruch setzt sich in den Vorhängen fest. Verstanden?«

Er trat ans Fenster, öffnete es und warf die Zigarette in den Hof. Wie ein Arbeiter, fand sie. Als er zurückkam, hatte sich der Blick in diesem besonnten Gesicht getrübt.

»Ich werde die Vorhänge wechseln«, sagte sie unwillkürlich.

»Werden Sie wieder dieselbe Farbe nehmen?«

Der völlig gleichgültige Ton seiner Stimme verletzte sie noch mehr als die Ironie von vorhin.

»Nein, ich will ...«

Was würde sie wohl sagen? Er blickte sie an, wartete auf die Folge, aber sie wußte gar nicht mehr, was sie sagen wollte.

»Nun? Dieses Mal höre ich Ihnen zu.«

Als er aufs neue lächelte, wurde es heller im Zimmer.

»Ich will so wie Sie ...«

»Ich will aber gar nichts, es sind nicht meine Vorhänge.«

Wieder hatte er die Hände in den Hosentaschen vergraben. Sie war zu sagen versucht: »Golden, wie Sie, wie Ihre Gegenwart, wie ...« – »Du solltest lieber den Mund halten, meine Liebe«, rief eine kleine innere Stimme ihr zu, aber sie hörte, wie ihre Lippen den verbotenen Satz fortsetzten.

»Wie Ihr ...«

Er musterte sie spöttisch.

»Wie Ihre Jacke«, sagte sie schließlich. »Dieses Grün.«

»Das ist zwar sehr dunkel für dieses Zimmer«, gab er zu bemerken, »aber wenn es Ihrem Geschmack entspricht ...«

»Was halten Sie davon? Nichts, natürlich. Mein Salon ist Ihnen ja völlig egal!«

Und plötzlich geriet sie in Wut.

»Wenn Sie Ihre Fragen selbst beantworten«, wurde ihr erwidert, »dann wüßte ich nicht, warum ich Ihnen noch länger zuhören soll. Schließlich bin ich ja nur das Patenkind Ihres Gemahls«, – und mit dem Lächeln, das sie in Verlegenheit versetzte – »Ihres verstorbenen Gemahls.«

»Lassen Sie mich gefälligst in Ruhe mit meinem Mann.«

»Nun gut. Ich gehe jetzt. Soll ich diese Woche wiederkommen?«

Am liebsten hätte sie ihn mit Banknoten geohrfeigt. Warum mit Banknoten? fragte sie sich. Aber da hatte er bereits den Salon verlassen, ohne auf eine Antwort zu warten. Sie hörte, wie sich die Tür hinter ihm schloß, und fand sich auf dem Balkon wieder, bevor er aus dem Hause trat. Als er in der Mitte des Hofes war, rief sie ihm plötzlich »Samstag« zu. Er hob den Kopf, blickte zu dem bauchigen Balkon empor, und sie sah ihn lächeln.

»Ich erwarte Sie«, sagte sie leiser, als seien sie nicht allein und als werfe sie ihm die Worte in aller Eile aus dem Fenster nach.

Dann hörte sie das dumpfe Knarren des sich schließenden Haustors und dachte aufs neue an die Zigarette, die er mit einem Schnipser in den Hof geworfen hatte.

(9. Februar 1951)

Die Treppe

Im Winter, um die Dämmerstunde, gab es immer einen Augenblick, da das Zimmer ganz weiß wurde. Es währte kaum länger als der Gedanke daran. Obgleich der Himmel hinter den kleinen Scheiben der hohen Fenster dunkler wurde, schien es, als ob das Licht in dieser blauen Stunde an den Holztäfelungen haften blieb, ein etwas fahles Licht, das sich auf den großen hellgrauen Paneelen zwischen den falschen Säulen und ihren angemalten Kranzkarniesen verbreitete. Und dann versanken die Sessel aus poliertem Holz, die Chrysanthemensträuße in den Kristallvasen und alle Gegenstände im Dunkel wie auf dem Grunde eines stillen Wassers. Die seltsame, über die Wände des Salons gleitende Helle leuchtete am lebhaftesten immer gerade in jenem Augenblick, da sie zu verschwinden begann. Dann sah das auf den Formen der Deckenleisten oder auf dem vergoldeten Rahmen eines Gemäldes verweilende Auge plötzlich nur noch das unbestimmte, in einer Art dunklem Pulverstaub erzitternde Bild.

Robert erwartete diese Sekunde mit einiger Neugier, jedoch ohne großes Vergnügen. Aus seiner noch nahen Kindheit hatte er eine leichte Furcht vor der Nacht bewahrt. Und doch blieb er reglos und wie fasziniert von diesem Versinken des Tageslichts. Bald sah er im großen Spiegel nur noch die Umrisse seines Kopfes und seiner Schultern. Noch ein wenig, und dann löste sich auch diese Form im Dunkel auf.

Er rief. Niemand antwortete, aber in weiter Ferne, auf der ersten Etage des Hauses, ging eine Tür auf und zu.

In der nun folgenden tiefen Stille vernahm er ein anhaltendes Geräusch, das wie das Summen einer Fliege klang. Es war unsinnig! Nach all den Jahren verspürte er immer noch die gleiche Scheu, die ihn als Kind in dunklen Räumen befallen hatte, und er zwang sich, kein Glied zu rühren. Da hörte er die Schritte auf der Treppe.

Wo sollte er hin? Aber es war doch niemand im Haus. Und doch kam da jemand herunter, stieg regelmäßigen Schritts die Treppe herab, das heißt nicht ganz – war es der linke Fuß, der jeweils eine Stufe zu überspringen schien? Und Robert fühlte entsetzt seinen Atem stocken, als er sich den Unbekannten auf dem Treppenabsatz vorstellte. Trapp trapp hallten die Schritte, gleichmäßig, fast gleichmäßig. Lautlos erhob er sich und blieb eine Sekunde reglos in der Dunkelheit stehen. Die Treppe der Angst bohrte sich in ihn ein, und unaufhörlich schoß das Blut die Stufen hinab.

(1. Oktober 1926)

Die Frau blickte zur Tür, und der Junge blickte zur Frau. Plötzlich ging ihnen der gleiche Gedanke durch den Kopf, wenn auch jedem auf seine Art. Es war eine Begegnung, die ihnen nie, weder jetzt noch später, zu Bewußtsein kam. »Eines Tages«, sagte sich Ariane, »wird ihm etwas zustoßen, etwas, das ich ihm nicht wünsche ... Eines noch fernen Tages, im Laufe eines jener seltsamen Kriege, trifft ihn eine verlorene Kugel ... Und das wird das Ende eines bösen Traums sein.« – »Eines Tages«, sagte sich Emile, »wird sie sterben. Sie ist ja so alt ... Falls nötig, könnte man ein bißchen nachhelfen ... Und dann wird diese Tür, die sie anstarrt, sich auftun, um sie in ihrer Kiste durchzulassen.«

Plötzlich lachte er, und es war ein stummes Lachen, das sein in den Ferien braungebranntes kleines Gesicht in Furchen zog. Ariane gab vor, es nicht zu sehen. Ihr Blick glitt über sein struppiges Haar hinweg, als wollte sie diese ihr so sonderbar lästige und doch wieder unentbehrliche Gegenwart verdrängen, aber dann sah sie die Fältchen um die Augenwinkel und den großen Mund des Jungen und dachte: »Lasterhafter Bengel. Schon vom Leben gezeichnet.«

Sie saß im Lichtschatten. Gleich einem Glorienschein durchdrangen hinter ihr die Strahlen der Oktobersonne den das Fenster verhüllenden weißen Nebelschleier. Wie ein Götzenbild thronte sie aufrecht und regungslos in ihrem roten Samtsessel, und ihr gefärbtes Haar leuchtete im Glanz winziger Lichtpfeile. Ohne so alt zu sein, wie sie Emile erschien, der sie mit den Augen eines Vierzehnjährigen sah, hatte sie von der Jugend nur den ein wenig verschmitzten Unschuldsblick ihrer blauen Augen und einen glatten, straffen Teint bewahrt. Das etwas zu dick auf die Wangen aufgetragene Rouge konnte nicht über die Tatsache hinwegtäuschen, daß sie über fünfzig war und Fett ansetzte. Die kleine, fast kecke Spürnase blieb zwar noch die einer hübschen Frau, aber der Mund war schmal und argwöhnisch geworden. In diesem feisten Gesicht erstarb und festigte sich etwas. Irgendwie gemahnte sie an ein solide aussehendes Haus, das plötzlich einstürzen könnte. Zuweilen wurden ihre Augen ein wenig starr. Sie schien auf das kommende Unheil zu warten und zu lauern, während sie die grellen Flecke des Sonnenlichts auf der hellgrau gestrichenen Tür betrachtete. Denn diese sich unmerklich bewegenden Flecke faszinierten Ariane, als ob sie in ihnen den Sinn einer aus fernen Regionen kommenden Botschaft entdecken würde.

Das Zimmer, in dem sich diese Szene abspielte, zeugte von Behaglichkeit und kleinen Manien: die rot gepolsterten Möbel aus dunklem Holz, die granatfarbenen Vorhänge, die aufgepufften und harten Kissen überall dort, wo das Kreuz einer Stütze bedarf, an den Rückenlehnen der Sessel und in den Ecken eines langen Sofas, auf dem fünf Personen Platz gefunden hätten. Das Bett in einem von Gehängen verdunkelten Alkoven war mit einer großen quadratischen Brokatdecke überzogen, die diesem Teil des Zimmers ein prunkvolles Gepräge verlieh, und auf dem Marmortischchen in der Mitte eines stierblutfarbenen Teppichs fügte ein Zinnienstrauß dem Raum eine korrekt-frohsinnige Note hinzu. Korrekt war übrigens alles in diesen vier Wänden. Das Ticken einer kleinen schwarzen Penduluhr zerhackte die Zeit sehr diskret in winzige Scheiben, und zwei alte Porträts, ein junger Mann mit Stehkragen und ein hübsches Mädchen mit bloßen Schultern, beobachteten die Leere mit aufmerksamen Augen.

Gewöhnlich genügte es Ariane, den Blick in die Runde schweifen zu lassen, um sich in diesem Zimmer, wo alles ihr so vertraut war, ihrer sicher zu fühlen, aber heute störte sie der Widerschein der untergehenden Sonne, der in der Stille wie tausend Zimbeln zu hallen schien. Zudem verursachte ihr die Anwesenheit dessen, den sie den Bengel nannte, ein peinliches Unbehagen. Eigentlich hätte es nur eines einzigen Wortes bedurft, um ihn loszuwerden, aber dieses Wort sagte sie nicht. Denn die Einsamkeit liebte sie noch weniger.

»Warum hast du eben gelacht?« fragte sie plötzlich.

Er saß auf dem Teppich, ihr fast zu Füßen, die Beine verschränkt, das Kinn auf die Faust gestützt. Sein Gesicht nahm einen duckmäuserischen Ausdruck an.

»Ach, es ist eine Geschichte, die man mir erzählt hat«, sagte er. »Möchten Sie sie hören?«

»Nein, ich mag deine Geschichten nicht.«

»Aber diese ist sehr anständig, außer dem Schluß vielleicht.«

»Nein. Ich habe nein gesagt.«

Sie senkte den Blick und wurde von einer Art Mitleid ergriffen, als sie seine schmächtigen Schultern sah. Im Gegensatz dazu schienen die braungebrannten Beine wahre Männerbeine zu sein. Ganz offenbar langweilte er sich. Und doch blieb er da, um dieser Frau, die sich noch mehr als er langweilte, einen Gefallen zu tun, aber für sie war die Einsamkeit eine Hölle, und das wußte er.

»Kann ich jetzt gehen?« fragte er plötzlich.

Dabei fuhr er sich mit den Händen über die kräftigen, in den Ferien gebräunten Beine und schenkte ihr jenes Lächeln, das gewöhnlich zu gutem Erfolg führte: den Kopf ein wenig zur Seite geneigt und mit dem hilfesuchenden Blick. Aber Ariane ging an diesem Tag düsteren Launen nach, die sie zur Grausamkeit verleiteten.

»Langweilst du dich?« fragte sie sanftmütig.

»Nein, Mademoiselle Ariane. Sonst wäre ich nicht hier.«

»Und wo wärst du dann? In der Stadt, um Dummheiten zu machen?«

Eigentlich hätte sie »das Böse tun« sagen wollen, aber dieser Ausdruck schien ihr zweideutig, und so ersetzte sie ihn durch das Wort Dummheiten, das nichts Genaues bedeutete.

Die Beine kreuzend, griff er mit beiden Händen nach seinem runden Knie und wiegte sich hin und her.

»Dummheiten! Was werden Sie noch von mir denken?«

Dieser Satz, den er mit warmer und charmanter Stimme hatte sagen wollen, endete ganz unbeabsichtigt in einer Art Kläffen, denn er war im Stimmbruch. Seine Wangen röteten sich, und er täuschte ein Husten vor. Sie kniff die Lippen zusammen.

»Ich kann dieses Gehuste nicht leiden«, sagte sie in einem plötzlich tyrannischen Ton. »Heute gehst du mir auf die Nerven. Ich habe schon immer gefunden, daß du ein hinterlistiger Bengel bist.«

»Hinterlistig?«

»Stell dich nicht dumm. Du weißt genau, was ich sagen will. Und dann verschwinde gefälligst!«

In diesem Augenblick musterten sie einander wie zwei sich belauernde und nach einem Zeichen der Schwäche ausspähende Gegner. Arianes blaue Augen starrten in die grünen Augen des Jungen, der sein Selbstgefühl dransetzte, auch nicht mit der Wimper zu zucken; schließlich war sie es, die als erste den Blick ein wenig abwandte, weil sie sich wieder einmal von Mitleid ergriffen fühlte, und sie wußte, daß das Mitleid unheilvoll sein kann. Immerhin bewunderte sie diese Augen, die an den Glanz der untergehenden Sonne auf einem grünen Meer gemahnten, und dann war in diesem wilden kleinen Gesicht irgend etwas, das sie empörte und zugleich faszinierte.

»Nun geh schon«, sagte sie.

Mit einem Satz sprang er auf, ohne sich dabei seiner Hände zu bedienen. Einen Augenblick lang stand er im vollen Licht, das ihn wie ein Triumphgesang umwogte. Vielleicht wurde er die seltsame Verklärung gewahr, die sich an ihm vollzog, denn er hatte wieder jenen boshaften Ausdruck, den Ariane so haßte. Die Hand auf dem Türgriff, schien er einen Moment zu zögern. In seinem weißen Leinenanzug wirkte er noch schlanker, und sie fragte sich, ob er genug zu essen bekäme. Eine neue Welle von Mitleid stieg in ihrem auf einmal mütterlich gewordenen Herzen auf. Diesen gefährlichen Moment kannte sie nur zu gut.

»Worauf wartest du noch?« sagte sie.

Er ging hinaus. Sie hörte seinen leichten und ein wenig hüpfenden Schritt auf dem langen Korridor. Die Sonne warf ihre Strahlen an die Wand. Zwei oder drei Sekunden lang blickte Ariane auf den großen goldenen Lichtfleck, und dann stieß sie einen Angstschrei aus:

»Emile!«

Die Schritte hielten an, kehrten um. Der Junge öffnete die Tür, wartete auf der Schwelle, bat um keine Erklärung, aber er lächelte.

»Ich weiß nicht mehr, was ich sagen wollte«, stammelte Ariane ein wenig verwirrt. »Es wird mir schon wieder einfallen. Hat man dir nie gesagt, daß du wie eine Ente watschelst? Natürlich ist es nicht das, was ich dir sagen wollte. Ach ja, du solltest deine Eltern bitten, dir ein Paar lange Hosen zu besorgen. Ich finde es ein bißchen lächerlich, daß du in deinem Alter noch kurze Hosen trägst.«

»Aber Mademoiselle, das ist jetzt Mode im Sommer. Auch für Männer ...«

Er lächelte selbstzufrieden, weil er wußte, daß sie einfach nur daherredete, wie jemand, der die Partie verloren hat. Sie schloß kurz die Augen und sagte dann:

»Du wirst etwas unter der Uhr im Vorzimmer finden, wie neulich.«

»Oh, vielen Dank, Mademoiselle!«

»Aber natürlich kannst du nicht jedesmal damit rechnen.«

Das war der rituelle Satz, den sie stets mit etwas geneigtem Kopf murmelte. Wieder begnügte er sich mit einem Lächeln, und als er sie mit geheuchelter Zärtlichkeit anblickte, bemerkte sie den weißen Glanz seiner Zähne und das an eine Eierschale gemahnende rosige Braun seiner Wangen. Jetzt war er nicht mehr da, und aufs neue heftete die Sonne den alle Traurigkeit in ihr erweckenden runden goldenen Lichtfleck an die Tür.

Zwischen ihnen gab es ein sonderbares Abkommen, das sie nicht ohne innere Besorgnis hinnahm. Sie hatte sich mit seinem abwechselnd brüsken und hinterlistigen Verhalten abgefunden, und sie war es, die zuerst an das kleine Geschenk gedacht hatte, das sie verschämt unter die kupferne Uhr zu stecken pflegte. Warum? Sie wußte es nicht mehr genau. Aus einer gutmütigen Regung heraus wahrscheinlich. Doch dann war sie gewahr geworden, daß der Junge es erwartete, und mit Hilfe des Mitleids oder dessen, was sie Mitleid nannte, da sie in seinen Zügen mitunter etwas Ausgehungertes zu entdecken glaubte, hatte sich diese Gewohnheit fest eingerichtet. Sie bezahlte ihn. Sie bezahlte ihn für seine Anwesenheit, damit sie ihn nach Belieben ein bißchen quälen konnte. Zu ihrer Entschuldigung nannte sie es necken, denn necken ist harmlos. Bedenklicher erschien ihr da schon die Geldfrage, aber auch hier beruhigte sie ihr Gewissen, indem sie sich auf ihr gutes Herz berief, auf die wohltätige Absicht ...

Raschen Schrittes durchquerte sie das Zimmer und stellte sich ans Fenster. Die beiden Platanen mit ihrem hie und da golden schimmernden Laub verbargen die Gebäude, die diese in Reglosigkeit lebende Frau von der Welt trennten. Was mochte der Bengel auf der Treppe treiben? Sie verdächtigte ihn aller nur möglichen Untaten. Endlich erschien er, rannte unter den Bäumen davon. Man hätte meinen können, er sei auf der Flucht.

»Ich hätte seinem Vater ein schöneres Kind geschenkt«, dachte sie.

Und als sie zu ihrem Sessel zurückkehrte, den sie mit einer ungeduldigen Geste wegstieß, sagte sie ganz laut und in einer Wut, die ihr Gesicht rötete:

»Du alte Närrin!«

Im Herzen einer Stadt, deren gigantisches Lärmen zum Himmel aufstieg, blieb das im Süden von einem Hof und im Norden von langen Gärten umgebene Haus ein Ort der Stille. »Wenn man bei Ihnen eintritt, ist man in einer anderen Welt«, pflegte man zu Ariane zu sagen. Und dann lächelte sie mit der Duldermiene einer Märtyrerin, als hätte man mit solchen Reden ein verhängnisvolles Schicksal und die allgemeine Mißgunst über sie heraufbeschworen.

Um eine schönere Aussicht zu genießen, hatte sie das oberste Stockwerk bezogen, das mit seinen niedrigen Decken ohne Stuck der Wohnung ein bescheidenes Aussehen verlieh. Zuweilen zog sie die Fenstervorhänge ihres kleinen Salons zurück und blickte auf dichte Gruppen von Bäumen, die aufs Geratewohl wuchsen und ihr jedes Jahr ein Stückchen mehr Himmel verbargen. Vor allem bewunderte sie einen großen Ahorn in Form einer Leier, dessen Äste sich ihr zuneigten, als wollten sie sie beim mindesten Lufthauch begrüßen. Die Hände auf die Brustlehne gestützt, blähte sie die Nasenflügel und witterte die Luft. Anderswo beklagte man sich über die üblen Gerüche der Stadt, aber sie war privilegiert und atmete, ohne darunter zu leiden. Jenseits der Platanen und Kastanienbäume nahm das Auge eine Reihe grauer oder roter Dächer wahr, die sich wie ein Farbband über den Horizont erstreckten, und die schwarzen Turmspitzen einer fernen Kirche vervollständigten das Bild einer stillen Landschaft aus alten Zeiten.

In ihr Zimmer zurückgekehrt, fragte sie sich, was sie tun sollte. Seit zwanzig Jahren stellte sie sich diese Frage, ohne je eine wirklich befriedigende Antwort gefunden zu haben. Dann wanderte sie von Zimmer zu Zimmer, ging mit weit ausholenden, leisen und behutsamen Schritten, da sie immer noch an der Solidität der Fußböden zweifelte, und nachdem sie einige Minuten lang herumgeirrt war, setzte sie sich in ihren Sessel, um, wie sie sich sagte, nachzudenken. Nur war sie leider des Nachdenkens nicht fähig. Ihre Gedanken flatterten wie gefangene Vögel in alle Richtungen. Keinem Gegenstand galt ihre Aufmerksamkeit länger als ein paar Sekunden, und früher oder später kam sie auf das zurück, was sie ihre Geschichte nannte, auf jenen dummen Satz, den sie vor zwanzig Jahren gesagt und der den Lauf ihres Lebens verändert hatte. Verändert? Nein. Zum Stillstand gebracht. Und an diesem Punkt nahm sie innerlich den Faden wieder auf.

Irgendwo in ihrem Kopfe fügte sich die Szene mit einer faszinierenden Schärfe wieder zusammen. Keine Einzelheit fehlte. Der kleine elegante Salon, in den die Sonne mit sieghafter Gewaltsamkeit drang und ihre Lichtbürde mitten auf den geblümten Teppich warf; einige im Halbkreis stehende Empiresessel, die geduldig auf die Katastrophe zu warten schienen; die langweilige Ansicht von Neapel über dem Sekretär aus Mahagoni, und in diesem Szenenbild sie, Ariane, und er, Marcel, der sie mit der Sanftmut eines Märtyrers anblickte. Deswegen wahrscheinlich hatte sie Lust, ihm weh zu tun, obwohl er sie andrerseits rührte. Denn bezaubernd fand sie immerhin dieses ein wenig glatte, ein wenig rosige Gesicht, dieses wie Samt schimmernde schwarze Haar im Bürstenschnitt, das sie gern gestreichelt hätte. Trotzdem öffnete sie an diesem Morgen die Lippen und sagte mit ihrer hübschen ruhigen Stimme: »Ich habe mir alles reiflich überlegt, und es tut mir leid, aber die Antwort ist nein, sehen Sie. Nein.«

Die Worte hatten sich wie von selbst gebildet, und der ganze Satz machte den Eindruck, als schwebte er träge in der Stille. In diesem Augenblick fühlte Ariane sich sehr schön und unnahbar, und darüber empfand sie eine Zufriedenheit, die ihr derart den Kopf verdrehte, daß sie sich fragte, ob sie nicht ohnmächtig werden würde, und deshalb stützte sie sich mit der Hand auf eine Konsole, denn solche Posen liebte sie. Der Mann rührte sich nicht, sagte nichts. Vielleicht war er auf diesen Schlag gefaßt. Im Grunde seiner selbst fürchtete er Ariane, und die Worte, die er soeben vernommen hatte, vernichteten ihn in seinen eigenen Augen. Nach einem Moment der Unschlüssigkeit ging er hinaus, ohne ein Wort zu sagen, und als Ariane wieder allein war, brach sie in ein irres Gelächter aus, das sie schüttelte, wie man jemanden an den Schultern schüttelt. Und als sie sich plötzlich in einem Spiegel erblickte, lachte sie immer noch, aber dieses Gelächter war nur noch eine Folge von Schreien, deren Klang etwas Beunruhigendes hatte. Ganz unvermittelt hörte sie auf und blieb stumm mit weit offenem Munde.

Die Folge dieser Geschichte erwies sich als noch peinlicher. Denn es war nicht das erstemal, daß sie Marcel nein gesagt hatte. Sie zählte nicht mehr die ihm erteilten Abfuhren, aber gewöhnlich hatte er nur demütig protestiert und sie angefleht. Eines Tages war es ihm sogar passiert, eine Träne zu vergießen, die sie einen Augenblick am Rande seiner langen schwarzen Wimpern funkeln und dann langsam über seine Kinderwange rinnen sah. Das hatte ihr ein empfindliches Vergnügen bereitet, und am nächsten Tag war es dann wieder zu der kleinen Versöhnungsszene gekommen, die ihnen zur Gewohnheit geworden war. Aber dieses Mal hatte Ariane zu hochmütig gesprochen. Sie hatte ihn nicht nur verletzt, sie hatte etwas in ihm getötet, das nicht wieder aufleben konnte. Vielleicht war er deshalb fortgegangen, ohne den Mund aufzutun. Und nun erinnerte sie sich wieder, daß sie sich verabredet hatten, an diesem gleichen Abend in einem Restaurant zu Abend zu essen, wo sie sich ständig mit leiser Stimme in einer Ecke des Saales zu zanken pflegten. »Ich werde mit ihm reden«, sagte sie sich, »ich werde alles wieder ins Lot bringen, ich werde mit ihm machen, was ich will.«

So saß sie also um acht Uhr am Fenster, den Hut auf dem Kopf, die Handtasche auf den Knien, wie sie es gewöhnlich tat, wenn sie zusammen ausgingen. Dann überquerte er den Hof, blickte zu ihr empor und winkte mit jenem zutraulichen Lächeln, das sie trotz allem immer wieder rührte. Es war zu einer Banalität geworden, ließ bereits den süßlich faden Geschmack der Ehe verspüren. Aber an diesem Abend war Marcel um zehn nach acht immer noch nicht da, und Ariane begriff, daß er nie kommen würde. Nie mehr.

Trotzdem saß sie, vom Stolz an ihren Sessel gefesselt, und wartete. Die Nacht brach ein. Gegen halb neun trat ihre Schwester ein. »Ach, du bist immer noch da, Ariane? Wir glaubten dich längst fort.« Ariane wandte ihr einen völlig ausdruckslosen Blick zu und blieb stumm. »Geh«, sagte sie schließlich. Aufs neue allein, blickte sie auf den Hof, wo die Lichter in den Fenstern zu strahlen begannen. In dem jetzt dunklen Zimmer sah man kaum noch die Umrisse dieser reglosen Frau auf dem blassen Hintergrund der Tüllgardinen.

An diese Stelle ihrer Geschichte gelangt, ertrug es Ariane nicht länger und stand auf. Während etwa fünfzehn Minuten hatte sie den Kopf angestrengt und ihr Herz gemartert, um diese Szene wieder vor ihrem geistigen Auge erstehen zu lassen, und ohne sich dessen bewußt zu werden, keuchte sie ein bißchen. Sich erinnern, das war es für sie. Ganz allein in diesen von den ersten Schatten der Dämmerung umschlichenen Räumen, vernahm sie das Summen des ihr in den Ohren pochenden Blutes und bildete sich ein, es sei die Stimme der Stille. Sie bedauerte es ein wenig, denjenigen so früh fortgeschickt zu haben, den sie in Gedanken immer nur den Buben oder den Bengel nannte und nie bei seinem Namen, den sie nicht mochte, denn die Jugend verscheucht die Ängste. Gewiß, Emiles Gegenwart irritierte sie, aber man hätte meinen können, daß sie für ihren inneren Frieden nötig war. In der Tat sah sie sich, sowie er fort war, wieder ihren Gespenstern ausgesetzt und begann aufs neue zu leiden.

Sie ging durch das Zimmer und knipste nacheinander alle Lampen an. Die hinter ihren rosa Schirmen erstrahlenden und von den Spiegeln reflektierten Lichter verbreiteten einen festlichen Glanz in diesem stillen Raum, wo alles das Kommen und Gehen der unruhigen Frau zu überwachen schien.

»Ich hätte es nicht auf Sonntag verschieben sollen«, sagte sie laut. »Sonntag ist ja erst in fünf Tagen.«

Seit einiger Zeit hatte sie es sich angewöhnt, Selbstgespräche zu führen, und der Klang ihrer eigenen Stimme leistete ihr Gesellschaft, aber obgleich das Schweigen, das ihren Sätzen folgte, sie manchmal verwirrte, wurde sie trotz allem geschwätzig in ihrer Einsamkeit. Vielleicht wollte sie die Stille zum Schweigen bringen. Man hatte ihr einst einen kleinen Radioapparat geschenkt, aber sie wußte sich seiner nicht gut zu bedienen, und außerdem hatte sie immer ein unangenehmes Gefühl, wenn sie die Nachrichten hörte. So blieb das mahagonifarbene Kästchen in einem Schrank.

»Wenn ich ihn morgen auf der Straße treffe«, fuhr sie, durch die Zähne sprechend fort, »werde ich ihm ganz nebenbei sagen, Samstag sei . . .«

Der Satz blieb in der Luft hängen. Im Spiegel, dem sie den Blick zuwandte, sah sie den Ringelblumenstrauß auf dem fast schwarzen Hintergrund des Alkovens; jede Blume strahlte in einem gebieterischen Glanz, und sie schaute sie lange an, als habe sie sie noch nie gesehen. An manchen Tagen schien ihr alles ungewöhnlich. So auch diese wie Gold und Glut funkelnden Blumen und sie selbst seit einigen Minuten in dieser steinernen Reglosigkeit. Sie fragte sich, ob sie nicht wahnsinnig geworden sei, aber ihr gesunder Menschenverstand sagte ihr, damit habe sie sich genau die Frage gestellt, die ein Wahnsinniger sich nie stellen würde.

Um sich zu bestrafen, weil sie dem Bengel einen Geldschein zugesteckt hatte, verzichtete sie auf das Abendessen. Auf diese Weise waren die Moral und die Brieftasche gerächt. Aufs Geratewohl schlug sie ein Buch auf und las eine ganze Seite, ohne auch nur zehn Worte zu verstehen, denn der wahre Text, dem sie folgte, befand sich in ihr selbst, und die gedruckte Seite diente nur als Mittler eines Gedankens, der mit den Sätzen des kleinen Schweinslederbandes in keinerlei Beziehung stand: »... Am Anfang, da alle Sprachen begannen ...«, sagte das Buch mit seiner altväterlichen Stimme. »Da trug ich mein weißes Kleid mit den kleinen blauen Streifen«, fuhr Ariane fort. »Es war der erste schöne Apriltag, und die schon heiße Sonne schlug mir ins Gesicht und auf den Busen. Um die Strahlen zu vermeiden, hätte ich nur einen Schritt zu machen brauchen, aber er betrachtete mich mit seinen Sklavenaugen, und ich bin sicher, daß er mich in all diesem Licht schön fand. Ja, ich war wirklich schön. Ich hätte etwas Unvergeßliches tun wollen, diesen Mann schlagen, so wie die Sonne mich schlug ...« »Die der Patagonier hat den Klang der Meeresbrandung«, sagte das Buch. »Und da«, fuhr Ariane fort, »habe ich den Mund aufgemacht, und dieser Satz entwich langsam meinen Lippen, wie Rauch. Ich frage mich ...«

»Ich frage mich ...«, sagte sie laut.

Der Klang ihrer Stimme schreckte sie auf, und sie warf das Buch zu Boden.

Fast gleichzeitig schlug es zehn auf den drei Uhren, der des Zimmers, der des kleinen Salons und der im Vestibül, unter die Ariane den für Emile bestimmten Geldschein zu stecken pflegte. Die hellen Glockenstimmchen hallten einander antwortend und mit einer Art fröhlichem Wetteifer von Zimmer zu Zimmer, als bedeutete es einen Sieg, eine Stunde mehr hinter sich gebracht zu haben.

Da es nun absolut nichts mehr zu tun gab, beschloß sie, schlafen zu gehen. Aber das Schlafengehen war eine ziemlich lange und peinliche Prozedur. Zuerst mußte sie den langen und engen Korridor durchwandern, auf dessen beiden Seiten sich die Regale mit den Büchern ihres Vaters erstreckten. Langsam und vor sich hinmurmelnd, schlurfte sie an den Bibliotheksvitrinen vorbei, in denen sie sich wie ein Gespenst widerspiegelte, bis sie zum Badezimmer gelangte.

Dieser kleine Raum war für Ariane ein Ort der Trostlosigkeit. Einst hatte sie sich bemüht, ihn besonders schmuck zu gestalten, mit türkischrosa gestrichenen Wänden, geblümten Fenstergardinen, über denen kokett und wie Röcke geraffte Seidenrüschen hingen. Umsonst verbreiteten zwei Lampen mit fleischfarbenen Schirmen ein komplizenhaft schummeriges Licht: Ariane warf einen verzweifelten Blick auf alles, was sie umgab, auf den mit Kissen garnierten Korbsessel, der seine Arme vor dem Kamin ausbreitete, auf die kunstvoll gekachelte Badewanne mit ihren Füßen in Form von auf Kugeln gekrallten Adlerklauen, und schließlich auf die drei Spiegel, die ihr um die Wette das unzufriedene Bild ihrer selbst zurückstrahlten.

Immerhin, mit welcher Freude hatte sie dieses Zimmer vor zehn Jahren ausgeschmückt ... Nachdem ihr Vater gestorben war, hatte sie das Haus im gleichen Zustand wie zu seinen Lebzeiten gelassen, mit Ausnahme dieses Badezimmers, aus dem sie eine Art Zufluchtstätte vor der Außenwelt machen wollte, so wie eine Frömmlerin eine Kapelle eingerichtet hätte. Es war der Ort, an dem sie sich nackt sah und wo die Wände nur von ihr sprachen. Zu dieser bereits fernen Zeit ihrer letzten Jugendtage pflegte sie ein Kleidungsstück nach dem anderen zu ihren Füßen gleiten zu lassen und sich mit genießerischem Blick in den aufmerksamen großen Spiegeln zu betrachten. »Schön, jawohl«, sagten sie dann in ihrer Sprache. Sie lächelte. »Schön, aber allein«, fügten sie schließlich hinzu. »Das ist mir egal«, pflegte sie damals zu antworten. Sie sah drei Frauen mit langen Gliedern – wo waren jetzt die langen Glieder? –, drei Frauen mit elfenbeinfarbener Haut, sechs Hände, sechs Arme, sechs Schultern, und alles von blendender Schönheit. »Es fehlt nur der Geliebte«, bemerkten die Spiegel, aber dem Geliebten hatte sie vor ein paar Tagen eine definitive Abfuhr erteilt, und wie sehr sie sich auch einredete, es sei ihr egal, so versuchte sie trotzdem, sich ihn, den Geliebten, vor ihr auf den Knien vorzustellen, aber es gelang ihr nicht. Die Spiegel weigerten sich, zeigten sie allein, und wenn sie die Augen schloß, sah sie überhaupt nichts mehr. Gewisse Bilder formten sich nicht in ihrem Kopf.

Es war immer das gleiche, wenn sie Emile im Laufe des Tages gesehen hatte. Dann dachte sie wieder an ihre Geschichte, an ihre Jugend, an den anderen, an alles, was auf immer verloren war. In dieser Nacht, wie in so vielen anderen Nächten, betrachteten die Spiegel sie mit einem streng gewordenen Blick. Von vorn, von der Seite, im dreiviertel Profil, fragten die drei Gesichter sie unbarmherzig, was von der schönen Frau geblieben war. Sie suchte. Die Nase vielleicht, die Nasenspitze. Dann schon lieber gar nichts, das wäre besser gewesen. An irgendeinem Tage, zu irgendeiner Stunde hatte die Jugend sie verlassen. Es war nicht langsam geschehen, sondern ganz plötzlich. Plötzlich hatte man sie auf der Straße nicht mehr angeschaut.

»Ganz plötzlich«, sagte sie laut.

Wütend zog sie sich aus, schlüpfte in ein Nachthemd, dann in einen Morgenrock aus rosa Tüll, dessen Falten ihren schweren Körper neckisch umflatterten. Seit langem schon vermied sie es, sich nackt zu sehen, aber sie lief zwischen dem Frisiertisch und dem Waschtisch hin und her, öffnete Fläschchen und Dosen, warf einen mißbilligenden Blick in den Spiegel, suchte eine neue Runzel zu entdecken, doch überall war ihre Haut fast glatt und ziemlich straff geblieben. Das Alter machte sich auf andere Weise bemerkbar, in gewissen Gesten, deren sie sich nicht bewußt war, in den Gesten einer schwerfälligen Frau. Halbwegs beruhigt, wischte sie sich das Gesicht und trällerte grausig eine Operettenmelodie. Sie roch gut. Ein Veilchenduft begleitete sie.

Nach diesen Vorbereitungen für die Nacht füllte sie ein Glas mit kaltem Wasser und begab sich sehr behutsamen Schritts in ihr Schlafgemach. Fast schien sie den Korridor entlangzuschweben, wo sie ein Licht nach dem anderen verlöschen ließ, und in den Büchervitrinen erschien ihr Spiegelbild jetzt von einer etwas erschreckenden Koketterie, denn sie bewegte sich mit der Langsamkeit einer Greisin, und das Glas Wasser in ihrer aus Spitzenrüschen ragenden Hand funkelte wie ein riesiger Diamant.

Auf der Schwelle sah sie sofort, daß alles in Ordnung war, die Vorhänge zugezogen, das Bettuch im rechten Winkel aufgeschlagen, die Nachttischlampe eingeschaltet auf der kleinen Mahagonikonsole. Drei Schritte vor dem Bett wartete schweigend die Dienerin Antonia. Sie war eine hochgewachsene, hagere Frau von über sechzig Jahren, jedoch mit noch pechschwarzem Haar. Eine weiße Schürze verbarg zum Teil ihr schwarzes Kleid, und sie verhielt sich reglos, während sie das sichere Eintreten ihrer Herrin mit strengem Blick überwachte.

»Ich frage mich«, sagte sie mit trüber Stimme, »warum Sie mich nicht dieses Glas Wasser tragen lassen.«

Ohne darauf zu antworten, trat Ariane an ihr Bett, stellte das Glas auf einen kleinen Strohuntersatz und bedeckte es dann mit einem Blatt Papier. Den Grund für diese seltsame Geste hätte sie niemandem eingestanden. Jeder von uns hat seine kleine Marotte, und das war die ihrige: Sie wollte nicht, daß jemandes Atem ihr Trinkwasser berührte, und würde man sie fragen, was sie befürchtete, so hätte sie es nicht genau sagen können, es sei denn, daß sie im allgemeinen all jene verabscheute, die sie die Leute nannte. Für Antonia gehörte die Zeremonie des Papiers auf dem Glase zu einer Gesamtheit von Dingen, mit denen sie sich seit langem abgefunden hatte.

»Es ist gut«, sagte Ariane. »Sie können mich jetzt allein lassen, Antonia.«

»Gute Nacht, Mademoiselle.«

»Gute Nacht.«

Die Dienerin durchquerte das Zimmer mit langen und schweren Schritten, die die unter einer Etagere hängende Reihe winziger japanischer Teetassen erklirren ließ. Jeden Abend ertönte dieses kleine Geräusch, und Ariane sagte sich nicht ohne eine gewisse Gereiztheit: »Sie stapft wie ein Dragoner«, aber sie fürchtete diese Frau und bewahrte Schweigen.

Von dem geheimnisvollen Bedürfnis bewegt, die gegenwärtige Stunde zu trüben, rief Antonia zwei- oder dreimal im Jahr Ariane in Erinnerung, daß sie und nicht ihre Herrin dem Vater die Augen geschlossen hatte. Dann hüllte sich das Zimmer in schwarzen Flor, und der leblose Greis lag wieder, ein Kruzifix auf der Brust, in dem Bett, das jetzt seiner Tochter gehörte. Um diese Erinnerung wachzurufen und Worte zu sagen, die wie Hammerschläge trafen, nahm Antonias Gesicht den empfindungslosen Ausdruck einer Parze an. Die bleichen Wangen höhlten sich noch mehr, und ihre Nasenflügel schienen sich zu strecken, während sie den Blick ihrer blassen Augen von Ariane abwandte und auf die Tür richtete. Eine oder zwei Minuten lang sprach sie dann mit ihrer festen und schroffen Stimme, um stets bei den ergreifendsten Worten kurz innezuhalten: »Hingeschieden ... Den Kopf zurückgeworfen ... Den Mund halb offen ... In seinem Sessel ... Ich sehe ihn noch ... Hier.«

In einer instinktiven Bewegung wich Ariane vor ihr zurück, wartete auf das Ende dieser beunruhigenden Rede, nach deren Gründen sie sich in ihrem feigen Herzen fragte. »Vielleicht will sie mir noch einmal vorwerfen, daß ich damals abwesend war, weil ich aus dem Hause geflohen bin ...«

»Schon gut, Antonia«, sagte sie mit vernünftiger Stimme. »Reden wir nicht mehr davon.«

Aber Antonia, der viel daran gelegen war, setzte unbeirrt ihre Rede bis zum Schluß fort. Das kam ihr ganz plötzlich, wie ein Nervenanfall, der sie von einer Bürde befreit hätte, denn sonst war diese Frau schweigsam und allem Anschein nach ihrer Herrin sehr ergeben. Ariane sprach so wenig wie möglich zu ihr und bemühte sich, ihren Blick zu meiden, in dem sie eine heimliche Feindseligkeit zu erkennen glaubte. »Sie mag mich nicht«, sagte sie sich, »sie hat eine schlechte Meinung von mir.« Wäre sie mutiger gewesen, so hätte sie es einfacher formulieren können: »Sie richtet über mich.«

An diesem Abend, wie an allen anderen, fühlte sie sich erleichtert, als sie die alte Dienerin verschwinden sah. Sowie sie ihre Schritte auf dem Korridor verhallen hörte, ging sie zur Tür und drehte behutsam den Schlüssel im Schloß, aber bei aller Vorsicht hörte sie dennoch das leise Klicken des zuschnappenden Riegels. Es klang wie ein Wort einer unbekannten Sprache: »Schlak.« Und dieses Wort bedeutete: »Nimm dich in acht. Nimm dich in acht, denn man kann in der Nacht krank werden, man kann plötzlich fallen, wie dein Vater, und wenn dann die Tür verschlossen ist ...« – »Lächerlich«, antwortete sie halblaut. »Warum sollte ich krank werden?«

Auf einem Regal standen einige in altes Leder gebundene Bücher. Sie griff eins heraus und warf es auf das Bett, dann streifte sie den Morgenrock ab und ließ sich unter die Bettdecke gleiten. Mit Hilfe eines kleinen roten Polsters, das sie unter ihr Kopfkissen schob, konnte sie sitzen, während die rosa seidene Daunendecke sie von den Füßen bis zur Taille einhüllte. In dieser Pose begann sie ihre Nacht, eine Nacht, die noch schwieriger als gewöhnlich zu werden versprach, aber das wollte sie sich nicht eingestehen. Sie sah nur voraus, daß es geduldiger Umwege bedürfen würde, um den Schlaf zu finden. Ein kühler Lufthauch wehte vom Fenster herein. War es einmal kalt genug im Zimmer, so würde Ariane die Lampe löschen und nach dem richtigen Platz im Bett suchen. Dann vielleicht käme endlich die ersehnte Erschlaffung und das Versinken in den Abgrund, aber bis dahin mußte sie warten, und das Warten ertrug sie am wenigsten.

Eine ganze Weile betrachtete sie den gelben Lederband, dessen goldene Verzierungen im Licht der Lampe schimmerten und dessen scharlachroter Schnitt mit dem Rosa der Daunendecke heftig kontrastierte. Man hätte meinen können, daß dieser Gegenstand sie faszinierte, denn sie schien mehrere Minuten lang in seinen Anblick versunken. Es war eines der Lieblingsbücher ihres Vaters, eins von jenen, die er stets in seinem Zimmer bei sich hatte ... Endlich nahm sie das Buch und schlug es aufs Geratewohl auf. Für sie sagten alle Bücher mehr oder weniger das gleiche und waren immer langweilig, aber sie brauchte diese Langeweile, um sich von ihren gewohnten Besorgnissen abzulenken.

Im übrigen war es gar nicht nötig, all diese Worte zu verstehen. Hie und da erhaschte sie einen Satzfetzen, der ihrer unbezähmbaren Phantasie als Sprungbrett dienen konnte. »Immer noch standen Heiden an der Spitze der römischen Heerscharen. Littorius ...« – »Der Fußboden knarrt«, sagte sie sich. »Das kommt von den vielen Möbeln auf dieser Etage. Wenn die Decken einstürzen würden, wäre es das Ende.« Eine Weile träumte sie von dieser Katastrophe, deren schreckliche Auswirkungen sie sich beharrlich ausmalte, zumal die momentan unbewohnte untere Etage auf die Rückkehr ihrer seit langen Monaten abwesenden Schwester Amelie wartete. Alles war bereit in den großen Zimmern, die Ariane täglich inspizierte: Das Parkett glänzte wie Bronze, die sorgsam gebürsteten Orientteppiche breiteten ihre bald matten, bald leuchtenden Farben aus, und kein Staubkörnchen war auf dem schönen Régence-Mobiliar zu sehen, das die beiden Schwestern von ihrem Vater geerbt hatten.

Über das Buch hinweg blickte sie zur Tür und dachte an Emile. »Wenn Amelie zurückkommt, werde ich ihr seine Anwesenheit erklären müssen. Aber vielleicht wird inzwischen etwas geschehen ... Ich wünsche dem Bengel zwar nichts Schlechtes ... aber trotz allem ist er in dieser Stadt in Gefahr. Alle Jungen führen ein so verworrenes

Leben ... Man weiß nie, wie sie ihre Zeit verbringen. Jedenfalls darf Amelie ihn nicht so sehen, wie er heute angezogen war, mit nackten Beinen. In seinem Alter! Man kleidet ihn wie ein Kind. Ich hasse diese Mode.«

»Ich hasse diese Mode«, sagte sie laut.

Diesen Satz wiederholte sie mehrere Male, und sie klang ein wenig wie ein bellender Hund, während ihr zorniges Profil einen getreuen Schatten auf die blaßgraue Tapete des Alkovens warf. Es erleichterte sie, ihre Unzufriedenheit hinauszuschreien, denn ihre furchtsame Natur zwang sie vor den Leuten, allen Groll für sich zu behalten. Allein war sie stolz, kämpferisch, trotzte den Menschen, sagte allen gehörig ihre Meinung. Niemand antwortete ihr. Alle Dinge um sie herum gaben ihr recht, die Wanduhr, die Porträts, die Konsole, der Teppich. Alles, außer der Stille. Sie hörte nur zu. Schon deswegen mochte sie sie nicht, aber die Art, wie ihre Stimme die Leere durchbrach und wie diese Leere sich sofort danach wieder schloß und alles wie in einen tiefen See versinken ließ, beunruhigte sie doch ein bißchen.

Trotz allem fühlte sie sich wohl in ihrem Alkoven. Er war wie ein kleines Zimmer im Inneren eines Zimmers, mit einer Decke und drei Wänden oder sogar vier, wenn sie die Vorhänge zuzog. So befand sie sich wirklich in einem Schlupfwinkel, und man sah sie nicht.

Doch die Stunde, da sie die Vorhänge zuziehen wollte, war noch nicht gekommen. Ariane wollte nachdenken. Littorius ... Den Blick auf das Buch gesenkt, fragte sie sich, wer sich darum scherte, daß es je einen Mann dieses Namens gegeben hatte. Die Dummheit der Leute! Laut lachend warf sie sich heftig auf ihr Kopfkissen zurück, ließ dann einen argwöhnischen Blick durch das Zimmer schweifen.

Schließlich richtete sie die Augen auf den Sockel unter einem an der Wand befestigten Regal. Wer würde auf die Idee kommen, hinter einen Sockel zu schauen, selbst in einem völlig leeren Hause? Nur war das Haus nie leer.

Stets war jemand da, entweder sie oder Antonia, und Antonia ahnte nichts.

»Ich habe Vertrauen«, murmelte sie.

Sie verspürte das Bedürfnis, es laut zu sagen, zu ihrer Beruhigung, denn im Grunde war es mit ihrem Vertrauen nicht weit her. Man hatte alles zu befürchten, immer.

Die Luft begann kühler zu werden. Der Augenblick war günstig. Sie legte das Buch auf den Nachttisch, hob das Papier von dem Wasserglas, und von diesem Wasser, das der Atem der Welt nicht besudelt hatte, trank sie einen Schluck, dann noch einen, trank bedächtig und behutsam, wie es eine Kranke tut. Ohne dieses Wasser, so dachte sie, könnte sie nicht schlafen, nur mußte das Wasser rein sein, das Glas von niemandes Atem berührt.

Wieder blickte sie auf die Tür und an der Tür auf das Schloß. Der Riegel glänzte. Sie sah ihn wohl, war sicher, den Schlüssel umgedreht zu haben. Wirklich sicher? Nach einem Augenblick der Ungewißheit stand sie auf, wie an jedem Abend, lief barfuß zur Tür und drehte den Schlüssel noch einmal mit leicht zitternder Faust.

»Ich versichere mich nur, daß alles in Ordnung ist«, sagte sie laut. »Und zurecht, denn der Schlüssel läßt sich, wie man sieht, noch umdrehen.«

Dann kehrte sie in die Mitte des Zimmers zurück und blickte sich um.

»Jetzt ist es Nacht«, murmelte sie.

Kann man das Leben im Schlaf wiedergutmachen? In dieser Nacht träumte sie, daß sie glücklich war. Sie sah sich mit dem Hut, den sie einst getragen, am Fenster sitzen und auf Marcel warten, und sie war sicher, daß er zur verabredeten Zeit über den Hof kommen würde. So stark war bei Ariane dieses Vorgefühl des Glücks, daß sie es gern verlängert hätte. Sich gedulden wurde zu einem köstlichen Genuß.

Verwirrt erwachte sie, und ihr Herz pochte noch in einer angenehmen Erregung, die bald der Unruhe wich.

Es war, als fiele sie von einer Ekstase in die kleine Hölle der alltäglichen Langeweile zurück, und der Blick, den sie durch dieses mit soviel Sorgfalt möblierte Zimmer schweifen ließ, war feindselig und mit Vorwürfen beladen.

Doch irgend etwas ging in ihrem Kopfe vor, denn sie begann zu sich selbst zu reden, sprach in einem langen eintönigen Gemurmel, das hie und da ein Aufschrei unterbrach, der sie zusammenzucken ließ.

»Ich darf es nicht tun«, sagte sie plötzlich.

Ein- oder zweimal wiederholte sie diesen Satz, der sie wie ein kraftvoll gefaßter Entschluß zu beruhigen schien, aber sie erwähnte nicht, was es nun war, das sie nicht tun durfte.

Der Tag verging im trübseligen Einerlei. Am Abend saß Ariane am Fenster, wie zum Ausgehen gekleidet, und lächelte mit der verschmitzten Miene einer Person, die ein beträchtliches Geheimnis für sich bewahrt. Es schlug acht Uhr. Wenn sie sich auch zwang, nicht hinauszuschauen, so war sie ganz Ohr, lauschte mit einem schalkhaften Ausdruck und wartete. Um die Treppe emporzusteigen, so rechnete sie, brauchte es zwei Minuten.

Die Tür ging auf. Ariane stieß einen Freudenschrei aus, den sie sofort unterdrückte. Es war Antonia.

»Kommt Mademoiselle?«

»Lassen Sie mich«, sagte Ariane mit dumpfer Stimme.

»Aber das Abendessen steht bereit.«

Ein kurzes Schweigen, dann fragte die Dienerin:

»Fühlt Mademoiselle sich nicht wohl?«

Ariane wandte ihr ein verheertes Gesicht zu, das die Dienerin nicht wiedererkannte.

»Lassen Sie mich, habe ich gesagt.«

Am folgenden Tage nahm das Leben wieder seinen üblichen Lauf. Ariane gab sich aufs neue ihren Lieblingsbeschäftigungen hin, die alles ins Lot brachten. Das morgendliche Schminken dauerte Viertelstunde um Viertelstunde. Mit der Sorgfalt einer Verliebten tätschelte sie ihre Haut und belebte ihre Farben. Und für wen war sie so bemüht, sich schön zu machen? Nach einer letzten Bestandsaufnahme öffnete sie die Lippen und zeigte dem Spiegel zwei Reihen zu weißer Zähne, aber ihre Augen lächelten schlecht. Der Blick ließ sich nicht verjüngen. Umsonst ahmte sie die erstaunte Miene eines kleinen Mädchens nach. Der Spiegel weigerte sich, daran zu glauben.

Der Tag schien ihr schwer. In Fällen wie diesem suchte sie Zuflucht in ihrer Kindheit und dachte an die Zeit zurück, da sie sich mit ihren Freundinnen beim »So-tun-als-ob«-Spiel vergnügt hatte. Anhand von Äffereien und in einem Wetteifer, der rasch fieberhaft wurde, gaben sie vor, Millionärinnen zu sein, überboten einander in anmaßenden Posen, mit hochgestrecktem Kinn und geringschätziger Miene. Ihre imaginären Toiletten erregten die kreischende Bewunderung der Damen von Welt, denn die Rollen wechselten. Die jungen Damen bescheidener Kondition erniedrigten sich schamlos vor ihren Gefährtinnen, die, vor Langeweile gähnend, auf den Polstersitzen ihrer maßlos großen Karossen von Schloß zu Schloß rollten. Und wenn dann die Opfer des Schicksals an der Reihe waren, fanden sie sich als die Erbinnen eines Schiffsreeders wieder oder ganz schlicht als Herzoginnen. Die Vulgarität dieser Paradiese schadete keineswegs dem hochtrabenden Glück, das sie genossen, und sie schwelgten mit halboffenen Augen im Rausch ihrer Albernheit ...

Die Besuche des Jungen, den sie immer noch den Bengel nannte, wurden seltener. Sie ermutigte ihn nicht, ihr seine Aufwartung zu machen, und reagierte schlecht auf seine dummen Streiche. Überdies empfand sie seine nachlässige Kleidung als immer peinlicher, ohne zu wissen, warum. Schließlich kam dann der Tag, als sie ihm ohne Erklärung das gewohnte kleine Geschenk verweigerte und ihn kurzerhand vor die Tür setzte.

»Lassen Sie sich hier nicht mehr blicken!«

An diesem Abend bereute sie ihre Geste. Der Junge war nach kurzem Zögern ohne ein Wort fortgegangen, hatte ihr nur einen spöttischen Blick zugeworfen, als wüßte er, daß er dem spleenigen Fräulein unentbehrlich war, aber am nächsten Tage zur gewohnten Stunde erschien er nicht.

Sie versuchte sich einzureden, daß es so besser sei. Antonia war ganz dieser Meinung und sagte es ihr ohne Umschweife.

»Was hatte er hier zu suchen? Das frage ich mich. Er ist ein Schlingel und ein Taugenichts.«

»Er ist kein Taugenichts. Ich fühle mich ihm gleichsam verwandtschaftlich verbunden ... Das können Sie nicht verstehen ...«

Aber schließlich hatte sie ihn rausgeschmissen. Und er war stolz. Sein ganzes Wesen strahlte die Keckheit des Jünglings aus, der sich zum Mann werden fühlt. Ariane witterte diese sich anbahnende Verwandlung. Einmal mehr in ihrem Leben hatte sie die unerklärliche Freude verspürt, das starke Geschlecht zu demütigen. Und jetzt, im geheimen Grunde ihres Herzens, flehte sie den Jungen an, zu ihr zurückzukehren, aber sie hatte ihn wie einen Dienstboten entlassen, und er bestrafte sie, indem er ihr gehorchte. »Er rächt sich an mir«, sagte sie sich ganz rot vor Scham und Erregung.

Drei weitere Tage vergingen in der Ungewißheit, denn sie fragte sich, was sie da machte, warum sie zwischen den Armstützen dieses Sessels saß, dessen Rückenlehne höher als breit war. Allmählich zog sich die Sonne vom geblümten Teppich zurück, dann von den Wänden und den Karniesen, und sie folgte mit starrem Blick dem langsamen Weichen des ersterbenden Lichts, erinnerte sich an ähnliche Stunden, da das dumpfe Knarren des Einfahrtstors ganz plötzlich die Stille der Dämmerung durchbrach, gefolgt vom leichten Geräusch der Schritte im Hof und der Wiederaufnahme des Lebensabenteuers genau da, wo

sie es am Vorabend gelassen hatte. Dann war Emile gekommen und hatte ihre Einsamkeit mit seinen ein wenig
zweifelhaften Witzen und unwahrscheinlichen Geschichten durcheinandergebracht. Es war erst drei Tage her,
aber diese Zeit schien ihr bereits in weiter Ferne, versunken im alltäglichen Schiffbruch langer bedeutungsloser
Jahre. Alles vermengte sich in ihrem Kopf. Nicht mehr
recht wissend, woran sie war, versuchte sie vage, den
Faden irgendwo wiederaufzunehmen, als das Einfahrts-
tor sich an diesem gewitterigen Nachmittag öffnete und
dann heftiger als gewöhnlich zuschlug. Ariane schreckte
in ihrem Sessel auf. Sie neigte sich dem Fenster zu, und
schon fielen dicke Regentropfen, dicht und prasselnd.
Um besser zu sehen, richtete sie sich auf und hatte gerade
noch Zeit, im Schleier des Regengusses einen Mann zu
sehen, der sich eine Zeitung über den Kopf hielt und
raschen Schrittes den Hof überquerte.

In diesem Augenblick polterte Antonia herein.

»Das Fenster!« rief sie, schob Ariane ohne Schonung
beiseite, griff mit der Faust nach dem Riegel und schloß
die beiden Fensterflügel mit wütender Geste.

Ariane stützte sich auf den Sessel. Sie war ganz bleich
geworden, und ihre Hände zitterten.

»Gehen Sie nachsehen, ob jemand an der Tür ist«,
stammelte sie. »Ich bin sicher, daß wir Besuch haben.«

»Ich hätte doch die Klingel gehört, wenn jemand da
wäre. Sie sollten sich hinlegen, Mademoiselle, Sie sind
müde.«

Der Regen trommelte an die Scheiben und machte einen Lärm, der wie in einem Wutanfall ihre Stimmen
übertönte. Im fahlen Schimmer des Zwielichts blickten
die beiden Frauen einander schweigend an. Fast im gleichen Augenblick ließ die Klingel so etwas wie einen
schwachen, schrillen Schrei vernehmen, der sich, ein bißchen lächerlich, im Getöse des Gewitters verlor.

Antonia verschwand. Allein geblieben, wollte Ariane
ein paar Schritte gehen und mußte sich an der Rückenleh-

ne des Sessels festhalten. Aus dem Vorzimmer drang ein Stimmengeflüster bis zu ihr, aber das Blut pochte so dröhnend in ihrem Kopf, daß sie nichts verstehen konnte. Plötzlich stand ein Mann vor ihr, und sie blickte ihn verängstigt an. Es war zu dunkel, um sein Gesicht zu erkennen, und zuerst machte er auf sie nur den Eindruck eines mit gleichsam herkömmlicher Eleganz gekleideten Herrn in einem nagelneuen marineblauen Anzug. Ein Name wirbelte in Arianes Gehirn.

»Er ist zurückgekommen«, dachte sie. »Alles fängt wieder an.«

Den Mund halb offen, wollte sie etwas sagen, aber die Worte blieben ihr in der Kehle stecken. In der Dauer einer Sekunde hatte sie die Vision eines abgebrochenen Liebesromans, der wie durch ein Wunder, wenn auch etwas ergraut, wieder auflebte, aber ein spöttisches Lachen schien das Dunkel zu zerreißen, und sie erkannte die Stimme Emiles.

»Ist das alles, was Sie mir zu sagen finden? Sehe ich so nicht besser aus?«

Sie betrachtete ihn mit verstörter Miene. Irgendwo in ihrem Inneren rief ihr eine Stimme zu: »Schick ihn fort!« und sie schüttelte den Kopf.

»Nein?« schrie er wütend. »Wieso nicht?«

Plötzlich trat er einen Schritt auf sie zu und musterte sie mit jenem verächtlichen Blick, der sie mehr als alles verwirrte. So nahe aneinander, daß sie die Wärme seines Körpers verspürte, ließen sie schweigend einige Sekunden verstreichen, und dann sagte er mit einer dumpfen und männlichen Stimme, die das schrille Keifen des Stimmbruchs siegreich überwunden hatte:

»Soll ich bleiben, oder soll ich gehen?«

Ariane ließ sich in ihren Sessel sinken.

»Bleiben Sie«, flüsterte sie. »O bitte, bleiben Sie.«

(Mai 1952)

Das kleine Mädchen

An diesem Nachmittag herrschte eine solche Hitze, daß niemand an einen Spaziergang dachte. Auf den Fensterbänken lagen rosa Baumwollkissen, plattgedrückt durch die lange Benutzung; auf eins von ihnen ließ sich Madame Nasse mit einem Seufzer sinken; sie schloß die Augen, während sie mit feister Hand ihrem hängebackigen Gesicht mit einem Taschentuch Luft zufächelte; durch diese Bewegung wehte eine Haarsträhne auf und kitzelte ihr die Stirn, worauf die alte Dame die widerspenstige Locke mit dem Finger beiseite schob oder, wenn ihr das zu anstrengend wurde, nur die Unterlippe etwas hervorstreckte und kräftig von unten nach oben blies. Dann sah man eine Reihe ebenmäßiger und ganz gelber kleiner Zähne.

»Selbst im Luftzug kann man nicht atmen«, murmelte sie.

Plötzlich hörte sie auf, sich zu fächern.

»Rodolphe, bist du da?«

Ohne zu antworten, trat er ein paar Schritte näher.

»Gut«, sagte sie. »Ich hatte dich nicht gesehen. Es ist so dunkel.«

»Willst du, daß ich die Fensterläden aufmache?«

»Damit wir ersticken? Geh lieber nachsehen, ob die Eßzimmertür offen ist. Man verspürt ja keinen Hauch mehr.«

Er ging hinaus. Sowie Madame Nasse allein war, glättete sie die Falten ihres schwarzen Kleides, die ihr auf der Haut klebten, zuerst am Oberkörper, dann, indem sie aufstand, an der Taille und den Schenkeln. Sie war kurzgewachsen, jedoch von robustem Aussehen, und sie hielt die Beine gespreizt wie ein Mann. Als sie sich wieder an ihren Platz setzen wollte, bemerkte sie, daß ihre Körperwärme noch auf dem Kissen haftete. Ein Kleinmädchenschmollen schürzte ihren Mund. Um sie herum standen einige mit weißen Staubüberzügen bedeckte Sessel im Halbkreis; sie ging auf einen zu. »Ach, der Überzug«, sagte sie sich in dem Augenblick, da sie Platz nehmen wollte. »Der muß ja zuerst weg.« Eine Sekunde lang hockte sie unschlüssig, die beiden Hände auf die Armlehnen des Sessels gestützt, die Knie gebeugt, weder sitzend noch stehend, doch dann ließ sie sich genießerisch in die Polster sinken.

»Und wenn schon«, murmelte sie vor sich hin. »Sollen sie sagen, was sie wollen.«

Um die ihr über die Haut rinnenden Schweißtropfen zu trocknen, fuhr sie sich mit dem Taschentuch über den Hals und bis in den Busen, aber da verschwand bereits die köstliche Frische des Sessels im Kontakt mir ihren Gliedern. Hinter ihrem Rücken verbreitete sich ein großer warmer Fleck, stieg bis zu ihren Schultern auf und wurde allmählich unerträglich heiß. Ihr völlig durchnäßtes Hemd klebte ihr an den Seiten. Jetzt wedelte sie nicht mehr mit dem Taschentuch, sondern stützte den Kopf auf die Rückenlehne und versuchte, sich nicht zu rühren.

Im Zwielicht sah sie den wie ein Altar mit Vasen und Kerzenhaltern beladenen weißen Marmorkamin und im Spiegel die drapierten Musselinvorhänge. Eigentlich gefiel es ihr nicht in diesem ungastlichen Zimmer, wo die mit weißem Perkal überzogenen Stühle und Sessel Gespenster zu spielen schienen; die Vitrinen voller Kuriositäten waren verschlossen, selbst das Klavier ließ sich nicht öffnen, verweigerte sich ihr, wie auch die hinter Schloß und Riegel verwahrten Bücher der Bibliothek oder die Flakons des unantastbaren Likörservices, das ihr auf der Konsole spöttisch zublinzelte. Und doch litt sie hier weniger unter der Hitze als im Eßzimmer, wo die Sonne, wie sie sagte, durch die Wände drang. Sie gähnte. Wie lang erschien ihr dieser August!

Auf der Straße neben dem Haus fuhr ein Wagen langsam vorüber; der harte Sandboden knirschte unter den

Rädern; man hätte meinen können, sie zerkauten ihn, so gefräßig klang das Geräusch. Madame Nasse fragte sich, ob sie zum Fenster gehen sollte, um zu sehen, wer es war, fühlte aber nicht die Kraft, gegen die Trägheit anzukämpfen.

»Rodolphe!«

Vielleicht hörte er sie nicht. Das Knarren der Räder wurde lauter unter dem Fenster, und die Hufe des Pferdes schlugen hart auf, wie um die Stille zu verletzen. Sie wollte noch einmal rufen, als der junge Mann erschien.

»Melde mich zur Stelle!« rief er laut.

Mit dem Finger zur Straße weisend, blickte sie ihn fragend an.

»Es ist ein Holzfäller«, rief er im selben Ton, und da der Wagen sich etwas entfernte, fuhr er leiser fort: »Ich habe ihn vom Obstgarten aus gesehen. Er fährt zu den Wäldern von Jaucourt hinauf.«

Die Hände in den Hosentaschen, spazierte er eine Weile zwischen den Sesseln umher. Als er unter den Vorhängen vorbeikam, schnippte er mit den Fingern am Musselinstoff und wirbelte damit eine kleine graue Staubwolke auf.

»Na hör mal«, sagte Madame Nasse mir schwacher Stimme.

Er blieb stehen, steckte die Hand wieder in die Tasche. Nur sein am Kragen offenes und an den Ärmeln aufgekrempeltes Hemd hob sich vom Halbdunkel ab und brachte die kräftigen Linien der Schultern zur Geltung. Kaum waren in seinem sonnengeschwärzten Gesicht die funkelnden und dunklen Augen zu erkennen, deren Blick auf nichts haften blieb, sondern ständig von einem Punkt zum anderen wanderte.

»Ich nehme den 9 Uhr 12 Zug«, sagte er auf einmal.

»Wie du willst, aber ich habe zum Abendessen nicht mit dir gerechnet.«

»Macht nichts, ich habe keinen Hunger. Bei dieser Hitze ...«

Ohne Eile ging er zur Tür; sein schlendernder Gang bewirkte, daß sein Oberkörper sich bald nach links, bald nach rechts neigte, und das mit einem Schlenkern, das eine gewisse Koketterie verriet. Er pfiff vor sich hin.

»Wo gehst du hin?« fragte Madame Nasse, als er über die Schwelle trat.

Der junge Mann drehte sich um.

»Dahin«, sagte er. »Zum Schuppen.«

An den Türrahmen gelehnt, die Füße verschränkt, wartete er, machte sich auf eine Diskussion gefaßt, aber die alte Frau schwieg.

»Rumbasteln«, fügte er hinzu, um es glaubhaft zu machen.

In der Tat hörte sie ihn ein paar Minuten später mit einem kleinen Hammer auf ein Stück Holz schlagen. Dieses ziemlich ferne Geräusch fand sie gar nicht unangenehm, ganz im Gegenteil, denn jedesmal, wenn er innehielt, verspürte sie eine vage Unruhe und bewegte die Hände, aber fast sofort fing er wieder an. Schließlich schlief sie ein.

Der junge Mann kehrte auf Zehenspitzen zurück und blieb an der Tür stehen, ohne sich zu rühren. Im Wachzustand hätte Madame Nasse vielleicht dieses kuriose Profil gesehen, diesen runden Kopf, der sich neigte, um besser zu lauschen; aber der kurze und regelmäßige Atem der alten Frau ging bereits in jenes leichte Pfeifen über, das lautere Schnarchgeräusche ankündigt.

Mit der Behendigkeit eines Tiers stieg er die Treppe zur ersten Etage empor. Nicht eine einzige Stufe knarrte. Auf dem Flur lauschte er wieder, die Fäuste in die Hüften gestemmt. Er war ein großer Junge mit arglistigem Blick. Schwarze Locken hingen über seiner engen und sturen Stirn, aber der ganze Rest des Schädels war glattrasiert, so daß man den kräftigen, von einer Furche durchzogenen Nacken sah. Wenn er nachdachte, zogen sich unter dieser Anstrengung die dichten Brauen über der platten Nase mit den breiten Nasenflügeln zusammen. Der fleischige und feucht glänzende Mund war in diesem von männlicher Häßlichkeit geprägten Gesicht der eines Kindes geblieben.

Durch das Fenster der Treppe konnte er den strahlend blauen Himmel über den reglosen Bäumen sehen; gleichgültigen Blicks betrachtete er dieses Schauspiel, und nachdem er sich vergewissert hatte, daß es still im Hause war, trat er in einen Korridor. An der letzten Tür blieb er stehen und griff nach dem Knauf, den er vergeblich nach rechts und nach links drehte.

»Machen Sie auf«, befahl er mit leiser Stimme.

Und da man nicht antwortete, heftete er seine braune Wange an die Tür, während seine unruhigen Augen zwischen den Lidern zuckten.

»Ich habe gesagt, Sie sollen aufmachen, hören Sie? Ich bin es.«

Mit der Brust und den Knien drückte er sich an die Tür, die zu ächzen begann.

»Sie wissen sehr wohl, daß Madame Nasse das nicht will«, flüsterte eine Stimme von drinnen.

»Was macht das schon aus? Sie braucht es ja nicht zu wissen.«

Ein Schlüssel drehte sich im Schloß, und die Tür ging auf. Er trat rasch ein und stellte sich vor sie. Sie war viel kleiner als Rodolphe und blickte mit ihrem sommersprossigen Gesicht zu ihm auf; ihre ruhig-blauen Augen betrachteten ihn ohne Furcht. Sie hatte eine winzige Stupsnase und unebene Zähne, die dem sonst ziemlich hübschen Mund schadeten.

»Was wollen Sie?« fragte das Mädchen.

»Warum schließen Sie sich ein? Haben Sie Angst vor mir?«

Sie zuckte die Schultern.

»Madame Nasse hat mir gesagt, daß ich mich einschließen soll, wenn Sie da sind.«

Der junge Mann schaute angewidert drein.

»Diese alte ...« Er sprach den Satz nicht zu Ende und

fuhr fort: »Was haben Sie denn hier ganz allein gemacht?«

Sie traute sich nicht, ihm zu sagen, daß sie mit einer Stoffpuppe spielte, die sie eben hinter einem Möbel versteckt hatte. Denn Rodolphe beeindruckte sie mit seinen groben Manieren; sie bewunderte sein offenes Hemd, die blaßgelbe Flanellhose, deren Bügelfalte so scharf wie ein Messer schien, die Uhr an seinem linken Handgelenk. So gekleidet, gehörte er für sie jener seltsamen und wunderbaren Welt an, in der sich die Erwachsenen bewegen; in ihm erkannte sie die so oft in der Stadt bestaunte Schaufensterpuppe wieder, die vielleicht noch schöner als Rodolphe war und freundlicher lächelte ...

»Nichts«, sagte sie schließlich.

Verächtlich blickte er sich in dem kleinen Zimmer um; das Bett, eng und schmal wie ein Kinderbett, zog seine Aufmerksamkeit auf sich.

»Können Sie da drin schlafen?«

»Ich muß die Beine ein bißchen anziehen.«

»Wie alt bist du?«

Dieses Duzen ärgerte sie.

»Vierzehn«, antwortete sie, um sich ein wenig älter zu machen.

Plötzlich packte er sie bei den Schultern. Sie hatte ein bißchen Angst, aber er lächelte ... wie ein Menschenfresser ...

(26. April 1932)

Die Empörte

Meine Kindheit würde niemanden interessieren, und deshalb werde ich nur das darüber sagen, was zum Verständnis der folgenden Geschichte erforderlich ist. Ich bin nicht eine von jenen, die ihr ganzes Leben, ihre Neigungen, ihre Leidenschaften und ihre Fehler mit einigen Erfahrungen aus ihren frühesten Jahren erklären. Wenn ich es gewollt hätte, wäre ich sicher ganz anders, als ich geworden bin; ich hätte reich, angesehen und tugendhaft sein und meine Tage in der heiteren Freude einer zufriedenen Seele beenden können, anstatt aller Wahrscheinlichkeit nach ganz allein und verzweifelt in einem Hotelzimmer wie dem, in dem ich mich jetzt befinde, zu sterben. Lassen Sie mich es beschreiben. Allerdings wohne ich hier schon seit einem Monat und kenne es so gut, daß ich eigentlich nicht mehr recht weiß, was dem Besucher, der bei mir eintreten würde, auffallen könnte. Vielleicht die schwarzen Ripsvorhänge und der rote Teppich voller großer Flecken. Zwischen dem Bett und dem Fenster ist nicht genug Platz für einen Sessel, und ich setze mich an die Tür unter eine viel zu hoch hängende Lampe. Aber es wird sich immer noch eine Gelegenheit bieten, von diesem gräßlichen Zimmer zu reden, und ich möchte lieber gleich mit der Erzählung meiner Mißgeschicke beginnen.

Meine Eltern starben, als ich noch klein war, und ich wurde von den Schwestern meines Vaters erzogen, zwei alten Jungfern namens Helene und Simone. Tante Helene war groß und kräftig, mit einem roten Gesicht und so blaßblauen Augen, daß man bei Licht nur mit Mühe die Pupillen vom Weiß der Augen unterscheiden konnte. Sie kleidete sich nachlässig, doch nicht ohne eine etwas lächerliche Art Koketterie. Zum Beispiel kämmte sie sich zu flüchtig, so daß die Haarsträhnen ihr ständig über die

Stirn fielen, aber sie steckte sich eine oder zwei künstliche Blumen in den Dutt und schmückte sich gern mit kleinen falschen Locken, die sie, übrigens völlig ungeschickt, oben am Kopf und über die Schläfen verteilte. Nie trug sie etwas anderes als Seide oder Atlas. Gegen das Tuch hatte sie eine ähnliche Aversion wie die, die manche Leute gegen Plüsch haben, und sie stieß kleine Schreckensschreie aus, wenn man sie damit in Berührung brachte. Doch trotz der prunkvollen Stoffe, die sie trug, waren ihre Kleider stets fleckig oder zerrissen.

Ganz im Gegensatz zu ihrer Schwester war meine Tante Simone die gepflegteste Person, die man sich nur vorstellen kann. Hochgewachsen, hager, mit strengem Gesicht und abgezehrten Zügen, wie von ständiger Müdigkeit befallen, trug sie Blusen aus weißem Linnen und Röcke aus Serge, und sie nähte nie, ohne sich eine Art kleine Alpakaschürze anzustecken. Ich sprach wenig mit ihr, denn sie schüchterte mich ein, und sie antwortete mir nie, ohne zuerst auf eine unangenehme Weise zu schnaufen. Und doch war sie es, mit der ich die meiste Zeit verbrachte, denn Tante Helene verschwand stets um drei Uhr nachmittags, kehrte erst spät am Abend heim, und ich sah sie eigentlich nur beim Mittagessen.

Mehrmals hatte ich zu fragen gewagt, was Tante Helene den ganzen Nachmittag lang tun könnte, aber stets wurde mir geantwortet, es ginge mich nichts an. Tante Simone lächelte nie. In der Ecke eines Fensters sitzend, nähte sie ununterbrochen während zwei oder drei Stunden und verbrachte die übrige Zeit am Schreibtisch im Salon, wo sie Papiere ordnete oder Zahlen in ein großes, in schwarzes Tuch gebundenes Buch schrieb. »Ich muß meine Abrechnungen machen, ich muß meine Abrechnungen in Ordnung bringen«, pflegte sie oft in den Gesprächen mit ihrer Schwester zu sagen. Ich glaube, sie arbeitete für das Wäschegeschäft La Grande Maison du Blanc.

Damals wohnten wir in der Rue de Passy, ziemlich nahe der Haltestelle, wo die Busse zur Börse fuhren. Jede

Viertelstunde ratterten die schweren gelben Wagen los und rollten mit donnerndem Getöse die kleine Rue Guichard hinunter. Vom Fenster des Salons aus konnte ich sie über die Straße kommen sehen, und um sie noch rechtzeitig zu erspähen, schob ich rasch die Tüllgardine beiseite, bevor Tante Simone mir mit ihrer rauhen Stimme sagen konnte: »Siehst du denn nicht, daß du die Gardine zerknitterst?« Diese Beschäftigung war bei mir zu einer Art nervösen Gewohnheit geworden. Auf keinen Fall wollte ich die Abfahrt auch nur eines Wagens verpassen, und wenn ich das mir so wohlbekannte Knallen der Peitsche vernahm, ließ ich alles stehen und liegen und rannte zum Fenster. Für mich hatten diese alten Omnibusse etwas Triumphales, das mir über alle Maßen gefiel, und ich klatschte immer Beifall, wenn ich sie vorbeifahren sah. »Bist du verrückt? Was hast du denn schon wieder?« fragte dann Tante Simone.

Ich war überzeugt, daß sie mich nicht liebte, aber ihre Haltung mir gegenüber war ziemlich seltsam, denn obgleich sie nie ein freundliches Wort zu mir sagte, nie daran dachte, mir auch nur die geringste Freude zu machen, umgab sie mich mit unendlicher Sorge. Meiner Nahrung widmete sie peinlich gewissenhafte Aufmerksamkeit; wenn ich nieste oder hustete, konnte ich sicher sein, bei der Hand genommen und in mein Zimmer geführt zu werden, wo ich mich sofort zu Bett legen mußte. Nie ging ich allein aus, nicht einmal, um nur die Straße zu überqueren. Allerdings ließ sie in dieser ständigen Wachsamkeit, der sie mich unterzog, alle Gewogenheit oder Güte vermissen. Man hätte meinen sollen, daß sie weniger aus eigenem Antrieb als aus Zwang handelte, und daß sie es mir übelnahm. Wenn sie mir zum Beispiel meinen Mantel anzog, versäumte sie es nie, mich mit einer Art verhaltener Wut am Arm zu schütteln und an den Händen zu zerren.

»Du tust dem Kind ja weh«, sagte Tante Helene, wenn sie diesen kleinen Szenen beiwohnte, in denen sich die

Roheit und Fürsorge auf so sonderbare Weise vermengten.

Aber Tante Simone antwortete nicht, kniff mich mit ihren Fingernägeln, während sie mir einen Schaffellkragen um den Hals hakte.

Natürlich galt all meine Zuneigung Tante Helene, die mich oft liebkoste und mich ihr Kätzchen nannte. Jeden Tag machte sie mir kleine Geschenke, die sie immer so auszuwählen wußte, daß ich in helle Freude ausbrach. Im allgemeinen waren es jene kleinen Terracottafiguren, die man unter dem Namen »Surprise« verkauft, weil sie hohl und unten mit Papier zugeklebt sind und allerlei Überraschungen enthalten, wie einen Ring aus Blei oder eine Murmel, ein Glöckchen oder irgendeinen anderen Gegenstand, der klein genug ist, um hineinzupassen; man reißt das Papier ab, findet die Überraschung und hat dazu noch die Figurine, also ein doppeltes Geschenk.

Tante Helene schaute mir mit Vergnügen zu, wenn ich die Surprise aufmachte, und interessierte sich mit naiver Freude für das, was sie enthielt. Dann zog sich ihr Gesicht in Falten, die Augen verengten sich bis zu den Schläfen, und sie entblößte die Zähne in einem breiten Lächeln, das ihr ein zugleich komisches und kannibalisches Aussehen verlieh.

Am Morgen stand sie spät auf, und ich suchte sie fast immer in ihrem Zimmer auf, bevor sie angezogen war. Meist fand ich sie im Bett, einen Roman mit gelbem Umschlag in den Händen und Damenzigarren rauchend, deren Duft mir köstlich schien. Im Zimmer herrschte eine heillose Unordnung. Ein plissierter Unterrock breitete sich wie ein riesiger Fächer über einem Sessel aus, Schuhe, Stiefeletten und Strümpfe lagen auf dem Teppich verstreut, Bücher und Hüte häuften sich in einem wirren Durcheinander auf dem Kaminsims und der Kommode.

Sie sprach nur wenig zu mir, erlaubte mir aber, mich bei ihr nach Herzenslust zu vergnügen, und von Zeit zu Zeit unterbrach sie ihre Lektüre, um mich mit einem

Ausdruck des Wohlwollens zu beobachten. Ihre gelben Zöpfe hingen ihr wirr um den Hals und auf der Brust. Wenn es kalt war, hüllte sie ihre Schultern in einen mit Rüschen besetzten Umhang, den ein Knoten aus schmalen Seidenbändern über dem Busen schloß. Die unter ihr angehäuften Kopfkissen gestatteten ihr, aufrecht im Bett zu sitzen, und die arg zerwühlten Decken türmten sich um ihre mächtigen Beine herum.

Manchmal war sie schon aufgestanden, wenn ich in ihr Zimmer kam, und ich sah sie, die großen weißen Füße in Pelzpantoffeln vergraben, mit ihren schweren Schritten umhergehen. Dann trug sie einen mit Spitzen verzierten Morgenrock, der ihr in meinen Augen das Aussehen einer Königin verlieh. Alles, was sie tat, schien mir bewundernswert, und insgeheim merkte ich mir alle ihre Posen und Manien, um sie später nachzuahmen, wenn ich allein war. Ich liebte ihre nonchalante Art, sich mit dem Kamm durch das Haar zu fahren, die sich ihrer Brust entringenden Seufzer und ihre Art, sich mit zurückgeworfenem Kopf und hinter dem Nacken verschränkten Händen vor dem Spiegel zu strecken. Im Winter erlaubte sie mir, in ihr Bett zu schlüpfen, nachdem sie es verlassen hatte, und dann zog ich mir die Schuhe aus, vergrub mich genüßlich unter die Decken, die noch warm von ihren trägen Körpermassen waren.

Sie und Tante Simone vertrugen sich ziemlich schlecht und gerieten sich oft in die Haare, aber nie in meiner Gegenwart. In der Nacht schreckte mich manchmal der Lärm ihrer Stimmen auf. Dann suchte ich vergeblich zu erraten, worum es sich handelte, aber ihre Zimmer waren von dem meinen zu weit entfernt, als daß ich ihre Worte hätte verstehen können. Simone sprach mit einer ruhigen und frostigen Stimme, die mit dem zornigen Ton Tante Helenes kontrastierte. Natürlich hoffte ich, daß diese letztere die Oberhand gewinnen und, wie man sagt, das letzte Wort haben würde, aber diese Diskussionen dauerten sehr lange, und meist schlief ich ein, bevor sie endeten. Am nächsten Tag war bei Tisch von nichts mehr die Rede, nur versäumte Tante Simone es nie, zu ihrer Schwester zu sagen: »Du wirst mir doch helfen, meine Abrechnungen zu machen, nicht wahr?«

Erst viele Jahre später erfuhr ich Einzelheiten über das intime Leben Tante Helenes, und diese warfen ein hochinteressantes Licht auf das Geheimnis, mit dem sie sich umgeben hatte. Diese Frau, die alles andere als schön war und die nie über große Summen Geldes verfügte, hatte einen gebieterischen Hang zum Vergnügen, der ihr fast nie Ruhe ließ. Und dabei war niemand weniger als sie dazu geschaffen, Gefallen zu erregen. Ich bestehe darauf, es zu erwähnen, weil es so merkwürdig ist. Sie hatte einen viel zu kurzen Hals, überhaupt keine Taille, dicke Beine, keinerlei körperliche Anmut, keinen Charme in ihrem Benehmen, kurz nichts, was man bewundern oder lieben könnte. Wie werden solche Geschöpfe zu Sklaven einer Leidenschaft, deren einzige Nahrung die Schönheit ist? Warum werden sie zur Welt gebracht, wenn sie nur das zu lieben fähig sind, was ihnen zwangsläufigerweise versagt ist?

Vielleicht war sich meine Tante ihrer Häßlichkeit gar nicht bewußt. Sie schminkte sich ausgiebig, bevor sie ausging, und parfümierte sich die Hände und den Hals mit Heliotropenessenz. Damals waren die dichten Schleier an den breitkrempigen Hüten in Mode. Wie viele arme häßliche Frauen haben nicht gleich Tante Helene daraus ihren Nutzen gezogen! Um ihr Gesicht zu sehen, mußte man so klein wie ich sein und direkt vor ihr stehen. Wie dem auch sei, sie ging jeden Tag aus. Begab sie sich zu irgendeinem Stelldichein, oder lief sie auf den Straßen herum in der Hoffnung, angesprochen zu werden? Jedenfalls war das Vergnügen das große Ziel ihres Lebens, und sie gab sich seiner Suche hin, wie andere sich dem Studium opfern, mit einem nie nachlassenden Eifer. Ich glaube, daß sie den größten Teil ihres Geldes dafür ausgab. Gemäß der testamentarischen Verfügung ihres Bruders hatte sie Anrecht auf eine feste Summe, die sie zu Beginn jedes Monats erhielt, aber es geschah sehr häufig, daß sie Tante Simone um einen Vorschuß von zwanzig oder dreißig Francs bat, was darauf schließen läßt, daß ihr persönliches Einkommen bei weitem nicht zur Erfüllung all ihrer Wünsche ausreichte.

Tante Simone gab ihr stets weniger, als sie verlangte, und auch das immer höchst ungern; sie bestand auf möglichst schneller Zurückzahlung und hörte nie auf, ihre Schwester an ihre Schulden zu erinnern. Das war wohl die Ursache vieler jener Szenen, die ich von meinem Zimmer aus hörte. Denn so wie Tante Helenes Leidenschaft das Vergnügen war, so war die meiner Tante Simone die Abrechnung.

Fünf- oder sechsmal am Tag nahm sie ihre schwarzen Bücher aus dem Regal und überprüfte sie mit aufmerksamem Blick, während ihr langer knochiger Finger über die Zahlenkolonnen glitt, herauf und herunter, als läse sie im Buche des Schicksals. Mir war es unangenehm, sie an ihrem Schreibtisch sitzen und in eine mir kaum begreifliche Beschäftigung vertieft zu sehen, die ihren Zügen eine so seltsame Härte verlieh. Ihre Lippen bewegten sich, wie um Gebete zu murmeln, von denen ich nichts verstand. Zuweilen warf sie mir einen Seitenblick zu, und wenn sie sah, daß ich sie beobachtete, schrie sie mich barsch an, ohne den Finger von ihrem Buch zu heben: »Verschwinde!«

Sie machte mir angst, und ich liebte sie nicht, doch, wie man aus der Folge dieser Geschichte sehen wird, hatte ich unrecht, denn ich verdanke ihr heute, nicht verhungert zu sein und noch etwas zu haben, wovon ich leben kann, was gewiß nicht der Fall gewesen wäre, wenn Tante Helene es auf sich genommen hätte, für meine Zukunft zu sorgen.

Als ich fast zwölf Jahre alt war, führte Tante Simone mich eines Tages in ein an der Rue Saint-Guillaume gelegenes Kloster. Es war ein großes und stattliches Gebäude aus dem 18. Jahrhundert, das die Ursulinerinnen erworben hatten, um sich dort niederzulassen und ein Mädchenpensionat einzurichten. Ohne zu wissen, welchem Zweck der Besuch in diesem Hause dienen sollte, schaute ich mir gleichgültig die großen Fotografien der Kardinäle an, die die Wände des Sprechzimmers schmückten, in dem wir warteten, bis meine Tante mir ins Ohr flüsterte:

»Von heute an werden die Schwestern sich deiner Erziehung annehmen. Ich werde dich vorstellen und dann bei ihnen lassen. Einmal im Monat komme ich dich besuchen.«

Zuerst schienen mir diese Worte keinen Sinn zu ergeben, und ich brauchte ein paar Minuten, um mich von meiner Überraschung zu erholen. Dann erinnerte ich mich daran, daß Tante Helene mich an diesem Morgen in ihre Arme gedrückt und mir eine kleine Schachtel voller bunter Bänder sowie eine winzige Parfumflasche geschenkt hatte, denn für die »Surprises« war ich inzwischen zu alt geworden. Ich hätte es ahnen sollen, denn diese Geschenke waren viel schöner als die, die sie mir gewöhnlich gab, und mit ihnen hatte sie mir auf ihre Art Lebewohl gesagt.

Ich brach in ein Schluchzen aus, dem Tante Simone keinen Einhalt zu bieten vermochte, so sehr sie mir auch die Handgelenke drückte und mich haßerfüllt anblickte. Ich gab mich ganz meiner Verzweiflung hin, denn ich liebte unsere Wohnung in der Rue de Passy, und der Gedanke, sie nicht wiederzusehen, war mir unerträglich. Bis jetzt hatte ich ein glückliches Leben gehabt; warum sollte sich plötzlich alles unnötigerweise ändern? Warum konnte ich nicht weiterhin die Schule in der Rue Duban besuchen, wo ich lesen und schreiben gelernt hatte, anstatt als Pensionärin in ein Kloster am anderen Ende von Paris einzutreten? Tausend kleine Umstände meines vergangenen Lebens kamen mir auf einmal in den Sinn und bestärkten mich in meinem Kummer. Ich dachte an die täglich mit Tante Helene verbrachten Stunden zurück und an die Omnibusse, die ich jede Viertelstunde an unserem Haus vorbeifahren hörte. Die Kindheit ist vielleicht die sentimentalste Zeit unseres Lebens. Diese Erinnerungen zerrissen mir das Herz. Um zu fliehen, versuchte ich, mich aus den Händen Tante Simones zu befreien, die schweigend mit mir kämpfte, aber in diesem Augenblick erschien eine Schwester und bat uns, ihr in ein privates Sprechzimmer zu folgen, wo die Oberin uns erwartete.

Mutter Marthe nahm mich in ihre Arme und drückte mich an das bleierne Kruzifix, das sie an der Brust trug. Sie war eine beleibte und große Frau, die augenscheinlich vergessen machen wollte, daß sie die Priorin eines großen Klosters war, und die alles tat, um trotz ihres hohen Ranges nicht einschüchternd zu wirken, was, wie ich immer feststellte, nur eine Form des Hochmuts ist. Sie setzte sich auf einen Strohstuhl und bot meiner Tante einen Sessel an. Was mich betraf, so stand ich zwischen den beiden Frauen, von denen die eine mich kniff, wenn ich etwas sagen wollte, während die andere mich mit einem amüsierten Lächeln musterte. Im Gesicht der Oberin lag etwas so Lebhaftes und Drolliges, daß ich schließlich meine Ruhe wiederfand. Mutter Marthes Augen ruhten nie, wanderten von Tante Simone zu mir, waren in ständiger Bewegung, wobei sie mit dem Kopf nickte. Sie hatte volle Wangen, eine lange Nase, wülstige und stets leicht geöffnete Lippen, aus denen jene unschuldigen Ausrufe sprudelten, mit denen die Nonnen gern die Gespräche erheitern. So erfuhr ich, daß sie um Ecken herum meine Verwandte war, da ihre Mutter einen Vetter meines Vaters geheiratet hatte, was mir erklärte, warum ich in dieses Kloster und nicht auf eine andere Schule gebracht worden war. Es mußte dafür auch Gründe finanzieller Art gegeben haben. Vielleicht räumte man meiner Tante Vorzugspreise ein; das vermutete ich jedenfalls, denn ich wurde nicht wie die anderen Pensionärinnen behandelt und hatte immer den Eindruck, daß man mich aus Barmherzigkeit verköstigte und mich aus reiner Duldsamkeit mit meinen Gefährtinnen lernen und spielen ließ. Aber darauf komme ich später noch zurück.

Jetzt ist es an der Zeit, daß ich von mir rede. Gewiß, es ist nicht leicht, eine Person von zwölf Jahren zu beurteilen und mit Bestimmtheit zu sagen, ob sie schön sein und in der Gesellschaft gefallen wird. Immerhin gestand man mir ein feingeschnittenes Gesicht zu, eine gute Figur und, was in diesem Alter eher selten ist, kleine Hände und Füße. Ich war nie unbeholfen in meinen Bewegungen, hielt mich aufrecht, errötete nicht und sprach klar und deutlich. Das genügte, um mir das Wohlwollen der einen, aber vor allem die Mißgunst und Eifersucht der anderen zuzuziehen. Mutter Marthe mochte mich gern, sie war zweifellos gütig, wenn auch ein wenig falsch; doch zu meinem Unglück sah ich sie nur selten, und sie war nie da, wenn ich sie brauchte, um Gerechtigkeit zu erlangen und mich gegen die tausend kleinen Hänseleien zu wehren, die man mir zufügte. Nie begegnete sie mir, ohne mir einen liebevollen kleinen Klaps auf die Wange zu geben und mich ihre kleine Kusine zu nennen. Umsonst hoffte ich, daß diese Gunstbezeugungen meine Kameradinnen und Lehrerinnen beeindrucken würden, aber ganz im Gegenteil, sie ermutigten meine zahlreichen Feindinnen nur noch mehr, ihre boshaften Instinkte an mir auszulassen.

Ich könnte noch endlos von meinen Kränkungen im Institut Sainte-Marie erzählen, und so will ich mich nur auf das beschränken, was zum Verständnis der in meinem Charakter vorgegangenen Veränderung beitragen kann. In den Schulen der Reichen herrschen immer starke Vorurteile gegenüber den armen Schülern. Wehe dem schlecht gekleideten Kind, dessen Ranzen nicht aus reinem Leder ist und dessen Hefte schäbig gebunden sind! Die ihm von seinen Kameraden entgegengebrachte Verachtung wirkt sich empfindlich auf die Lehrer aus, und dieses Gefühl tritt so stark hervor, daß keine Religion der Welt etwas daran ändern wird.

Ich lief entsetzlich angezogen herum, denn Tante Simone, die mir meine Kleider nähte, nahm keine Rücksicht auf Eleganz oder Persönlichkeit. Solange ich nicht fror, war alles gut, fand sie. Und so trug ich auf meine Kindergröße zugeschnittene Erwachsenenkleider, die mir zwar paßten, deren Stoff aber stets lächerlich wirkte, denn es waren meist ausrangierte Sachen aus Tante Helenes Garderobe, die Tante Simone mich nach einigem Wegschneiden und Säumen zu tragen zwang. Man stelle sich vor, welche Qualen ich litt, wenn ich bei der täglichen Messe in einem Gewand aus prächtigem lila Samt erscheinen mußte. Mit welch hastigem Eifer schlüpfte ich gleich danach in meine schwarze Alpakaschürze, die sich Gott sei dank nicht von den anderen unterschied.

Das sind allerdings nur Einzelheiten. Sowie ich meine Schürze ablegte, machte ich mich lächerlich, aber in der übrigen Zeit, das heißt fast während des ganzen Tages, war ich wie meine Kameradinnen, nur war ich bei weitem die hübscheste und hatte die beste Figur. Ich glich einer kleinen Frau, war selbstsicher, antwortete schlagfertig und mit Intelligenz auf alle Fragen, die die Großen oder die Lehrerinnen an mich richteten. Überdies nahm ich eine vornehme und distanzierte Haltung ein, die meine Mitschülerinnen in Wut versetzte, weil sie in meinen Zügen die Überlegenheit erkannten, die ich über sie hatte. Immerhin verfehlten sie es nie, sich über mich lustig zu machen, indem sie mich auf diesen Frühmessen nach dem Namen meiner Schneiderin fragten und mein Kleid unter dem Vorwand, den Stoff zu bewundern, zu zerreißen versuchten. Da ich auf diese Provokationen nie reagierte, wich das Gelächter dieser Teufelinnen bald sauren Mienen, und einige kniffen mich in den Arm, wenn wir uns am Eingang der Kapelle zusammendrängen mußten.

Und doch hatte ich einige Freundinnen unter den Pensionärinnen, aber sie gehörten alle höheren Gesellschaftsschichten als der meinen an. Mein angenehmes und zurückhaltendes Wesen hatte ihnen vom ersten Tage an gefallen, und als sie sahen, daß ich nicht mit meinen Kameradinnen spielte, kamen sie zu mir und baten mich, ihnen Gesellschaft zu leisten. Nur die Furcht, diese Geschichte über das gewollte Maß hinaus zu verlängern, verbietet mir, mich im Detail über diese Freundinnen auszulassen, die ich bei den Großen fand. Sie verwöhnten und liebkosten mich nach Herzenslust, wie um mich für die Mißgunst zu entschädigen, die die Mädchen meines Alters mir entgegenbrachten. Im edlen Wettstreit schenkte mir die eine ihre Nachmittagsschokolade, die andere ein Heiligenbild mit Spitzenborte oder ein paar bunte Bänder, man fragte mich nach meinen Neigungen, meinen Zukunftsplänen und auch nach meiner Familie. So gab es vier oder fünf Mädchen von fünfzehn oder sechzehn Jahren, die mich sehr umsorgten und sich oft meinetwegen zankten, weil sie eifersüchtig waren und eine jede am liebsten als einzige meine Zuneigung genossen hätte.

Eine von ihnen übertraf die anderen in ihrem Eifer, mir zu gefallen. Ihr wahrer Name war Andrée Décluze, aber die Oberin nannte sie Wildfang wegen ihres ebenso scheuen wie schroffen Wesens. Stets schien sie in Besorgnis, und sie machte keinen Schritt, ohne zu rennen, was ihr zahllose schlechte Punkte einbrachte. Man brauchte sie nur anzuschauen, und schon errötete sie mit schuldbewußter Miene. Dazu hatte sie ein Engelsgesicht, schwarze und leicht mandelförmige Augen, einen von Traurigkeit erfüllten Blick. Sie war ein wenig mager und hatte keine schönen Hände; sie bewegte sich linkisch, und die Befangenheit in ihrer Haltung verriet die ständige Wachsamkeit, die sie über sich ausübte. Mit mir allerdings ließ sie sich manchmal gehen, neigte sich mir zu, um mir die Hand um die Taille zu legen, und dann sprach sie mit einer zögernden Stimme, wie unter der Einwirkung einer verhaltenen Gemütsbewegung. Diesen Ton liebte ich, nichts schmeichelte mir, nichts entzückte mich mehr als der Gedanke, daß man mich angenehm finden und mir zugetan sein könnte.

Es war genau das, was die Grundlage meines Charakters bildete. Ich trug im Herzen ein unermeßliches und unstillbares Zärtlichkeitsbedürfnis, das mich unruhig und unglücklich machte, wenn ich allein war. In diesem Alter war es mir ziemlich unwichtig, ob ich von Personen meiner Wahl geliebt wurde, und ich liebte eine jede, solange sie mich liebte. Eines Tages, als die Oberin mich umarmte, weinte ich, doch nicht etwa aus Traurigkeit, sondern in einer plötzlichen Gefühlswallung, die zugleich Freude und Dankbarkeit ausdrückte. Liebenswürdige Worte rührten mich, und ich vergaß nie, was mir gesagt wurde. Mit einer so empfindsamen Natur konnte ich unmöglich der Freundschaft Wildfangs widerstehen. Mit Inbrunst bewahrte ich die kleinen Geschenke auf, mit denen sie mich täglich beglückte, und ich drückte die Bildchen und Seidenbänder in meine Schachtel, als wären es Reliquien gewesen. Eine Art Aberglaube trieb mich dazu, diese Schachtel vor den Augen meiner Mitschülerinnen zu verbergen, sie in meinem kleinen Koffer unter der Wäsche und den Büchern zu vergraben, denn ich schrieb ihr eine mystische Eigenschaft zu. Es schien mir nämlich, daß ich, falls sie durch ein Unglück von fremden Händen geöffnet würde, im selben Augenblick Wildfangs Freundschaft verlieren müßte, und die ständige Befürchtung, daß dieses Unheil geschehen könnte, ließ mir mein Glück besonders selten und köstlich erscheinen.

Wildfang, der ich nichts verheimlichte, fand die Wichtigkeit, die ich meiner Schachtel beimaß, ganz natürlich. Alles Mysteriöse und Intrigenhafte entsprach ihrem Geschmack, und sie ließ sich leicht überzeugen, daß es besser wäre, mir ihre Geschenke heimlich zu übergeben. Sie ging sogar noch etwas weiter als ich, denn während ich nur daran gedacht hatte, meine Schachtel und ihren Inhalt zu verstecken, hielt sie es für noch vorsichtiger, in Gegenwart der anderen nicht mehr mit mir zu reden und mich bei der Taille zu fassen. Unter ihrem etwas einfältigen Äußeren verbarg sie eine listige Seele und ein ebenso impulsives Wesen. Jeden Morgen in der Kapelle suchte eine Hand die meine und ließ mir ein sorgfältig gefaltetes Papier in die Finger gleiten. Auf diese Weise korrespondierte Wildfang mit mir, vereinbarte mit mir jeden Tag ein Stelldichein in irgendeiner entfernten Ecke des Hofs, am Ende des Spielplatzes oder hinter den Fliederbüschen vor dem Refektorium.

Dieses Spielchen amüsierte sie über alle Maßen. Solange wir in Gegenwart unserer Mitschülerinnen waren, bemühte sich Wildfang, mir gegenüber kalt und abweisend zu erscheinen, und sie wirkte so überzeugend, daß man uns für entzweit hielt, aber sowie ich sie am verabredeten Ort wiederfand, umhalste sie mich und überhäufte mich mit ebensoviel Zärtlichkeit, wie sie mir vorher Gleichgültigkeit gezeigt hatte. Dann gebot sie mir, mich am Fuße der Büsche neben sie zu setzen, und erzählte mir endlos von sich selbst und ihren Zukunftsplänen. So wie man sie reden hörte, stand ihr das glanzvollste und glücklichste Leben bevor. Sie würde in einem prunkvoll möblierten Palais im Zentrum von Paris wohnen und jeden Tag eine unglaubliche Zahl von Besuchern empfangen, von denen mehrere unsterblich in sie verliebt wären. Sie würde Barmherzigkeit üben und sich ihren wohltätigen Stiftungen widmen, wie alle vornehmen Damen der Stadt.

Doch hörte ich ihr jetzt mit weniger Aufmerksamkeit als früher zu. Irgend etwas sagte mir nämlich, daß sie vor allem zu ihrem eigenen Vergnügen redete, und daß sie ihre Zukunftspläne ebensogut jemand anderem als mir anvertraut hätte. Und dann fragte ich mich, ob sie meiner Freundschaft nicht mehr denselben Wert beimaß. Sie machte mir fast nie mehr Geschenke und aß ihre Schokolade, ohne auch nur daran zu denken, mir die Hälfte anzubieten. Auf dem Boden hockend, die Füße unter ihren Rock gesteckt, redete sie, indem sie ihre Zöpfe zwirbelte, und schaute mich nicht einmal mehr an. Manchmal jedoch, in einer Art Rückfall in die Zärtlichkeit, zog sie mich plötzlich an sich und drückte mich an ihre Brust, aber die Zeiten, da sie mir ein Seidenbändchen in die Schürzentasche gesteckt und mir errötend verworrene Worte ins Ohr geflüstert hatte, lagen bereits in weiter Ferne.

Diese Veränderung war mir unverständlich. Des Abends, wenn ich meinen Koffer aufmachte, um meine Pantoffeln herauszunehmen, betrachtete ich wehmütig die Schachtel, in die ich meine Geschenke zu legen pflegte. Es war eine kleine Blechschachtel, die eine Aufseherin mir gegeben hatte und auf deren Deckel man noch das Markenzeichen einer bekannten Schokoladensorte sah. Noch vor einem Monat war sie mir kostbar erschienen. Und jetzt? War es nicht lächerlich, an einem so gewöhnlichen Gegenstand zu hängen? Und diese kleinen Bänder? Lohnten sie es wirklich, daß ich sie wie Schätze hütete, die niemand anfassen durfte? Meine Mitschülerinnen hatten viel hübschere.

Allmählich wurde ich melancholisch, und ich hatte den Eindruck, daß meine Freundinnen unter den Großen mich nicht mehr so gern bei sich sahen. Jedenfalls zankten sie sich nicht wie am ersten Tag um ein Gespräch mit mir und ließen mich in Ruhe. Andrerseits liebte ich auch diese Rendezvous nicht, zu denen Wildfang mich bestellte. Diese Heimlichtuerei, mit der sie unsere Freundschaft umgab, gefiel mir gar nicht. Ich hätte gewollt, daß alles wieder wie früher wäre, daß sie in Gegenwart aller zu mir spräche, daß sie mich vor den Großen bei der Hand nähme, denn ich war stolz, geliebt zu werden, und ich wünschte mir nichts sehnlicher, als die Favoritin aller zu sein und den Schulhof sozusagen zu meinem Hofstaat zu machen.

Doch wenn auch Wildfangs Zuneigung nicht mehr so lebhaft wie bei meiner Ankunft im Kloster war, so bin ich sicher, daß sie mich immer noch sehr gern mochte und schwerlich auf das Vergnügen verzichtet hätte, mich jeden Tag zu sehen, aber sie sprach nicht mehr mit derselben Wärme zu mir und verlor allmählich jene Schüchternheit, die mir so rührend und schmeichelhaft erschienen war. Sie hatte sich verändert, schlug oft einen gebieterischen Ton an, um mich aufzufordern, ihr zuzuhören und den langen Reden zu folgen, die sie führte. Dieses Mädchen, das ich einst für schweigsam hielt, war in Wirklichkeit eine große Schwätzerin und hatte wie viele Personen ihres Alters die Manie, sich ständig jemandem anzuvertrauen.

Drei Wochen lang sahen wir uns so jeden Nachmittag, und es will mir scheinen, daß sie mir alles anvertraute, was ihr je durch den Kopf gegangen war. Es fiel mir auf, daß sie keine zehn Sätze sagte, in denen nicht auf die eine oder andere Weise schließlich von der Liebe die Rede war, denn auf dieses Thema kam sie unaufhörlich zurück. Sie zählte die Monate, die ihr noch verblieben, bis sie die Rue Saint-Guillaume verlassen konnte, und schien zu glauben, daß man noch in der darauffolgenden Woche um ihre Hand anhalten würde. Ohne die geringste Scham schilderte sie das körperliche und geistige Porträt des Mannes, den sie brauchte, zweifelte keinen Augenblick an der Existenz einer solchen Person, bildete sich sogar ein, daß er sie irgendwo in der Stadt erwartete. Sie sprach von ihm mit der Zuversicht jener, die dummes Zeug reden und denen eine fixe Idee den Anschein von Autorität verleiht.

Mir wurde bald klar, daß sie nicht mehr dasselbe Vergnügen an meiner Gesellschaft fand, nachdem sie mir ungefähr alles gesagt hatte, was sie mir anvertrauen wollte. Außerdem hörte ich ihr schlecht zu, da ich zu jung war, um dem Thema Heiraten viel Interesse abzugewinnen. Eines Morgens wohnte ich der Messe bei, ohne das gewohnte Briefchen erhalten zu haben, und sowie wir die Kapelle verließen, suchte ich Wildfang auf, um eine Erklärung zu verlangen, aber sie schnitt mir nur eine Art Grimasse, indem sie die Brauen hob und das Kinn vorstreckte, wie um zu sagen, daß sie nichts dafür könne. Von diesem Tage an sprach sie nicht mehr zu mir.

Ich schluckte meinen Kummer nach bestem Vermögen herunter und versuchte nun, mir die Zuneigung der Großen zurückzuerobern, die ich wegen meiner Bindung an Wildfang vernachlässigt hatte, aber sie verübelten mir meine einstige Gleichgültigkeit und verwiesen mich zu den Kameradinnen meines Alters. Eine von ihnen besaß die Grausamkeit, mir zu sagen, ich solle doch wieder zu Wildfang zurückkehren. Später erfuhr ich, daß sie uns ohne unser Wissen beobachtet hatten und bestens über unsere kleinen Schliche informiert waren, was ihnen willkommenen Anlaß bot, sich über mich lustig zu machen; außerdem erfuhr ich zu meiner größten Schande, daß ich nicht die erste war, die Wildfang zu ihrer Vertrauten gemacht hatte. Eine der Großen, die mitfühlender als die anderen war, erklärte mir, daß diese Art, sich ganz plötzlich in einen Menschen zu vernarren und ihn dann ebenso plötzlich sitzenzulassen, von einem unausgeglichenen Geist zeuge und von einem Herzen, das einer wahren Zuneigung nicht fähig sei, daß Wildfang jedoch, seit sie im Kloster war, nie anders gehandelt habe, solange sie eine Neuangekommene fand, die naiv genug war, an die Aufrichtigkeit ihrer Worte zu glauben; und es erstaunte sie, daß ich, ein sonst so vernünftiges Mädchen, nicht begriffen hatte, daß ich an eine Verrückte geraten war. Mit dieser Rede beabsichtigte sie, mich zu verletzen, und in der Tat vermochte ich mich nicht länger zu beherrschen; die Tränen rannen mir über die Wangen. Die Große musterte mich einen Augenblick, verzog den Mund zu einem verächtlichen Schmollen, kehrte mir den Rücken zu und ging zu ihren Gefährtinnen zurück, die die Szene aus der Ferne beobachtet hatten.

Jetzt war ich allein. Niemand sprach mehr mit mir; man witzelte sogar nicht mehr über meine zu auffälligen Kleider, die als ein sicheres Zeichen für Armut galten. Fast vermißte ich die Spötteleien der ersten Tage, denn so sehr schmerzte mich das Gefühl, von allen verlassen zu sein und inmitten von sechzig oder siebzig Personen zu leben, die mich nicht einmal zu sehen schienen. Vermutlich hatten sie sich abgesprochen und wollten mich gemäß der auf den Schulen und Pensionaten üblichen Methode für mein ihrer Meinung nach tadelnswertes Verhalten bestrafen. Ich litt hart unter dieser Quarantäne, zu der ich verurteilt war. Jetzt, dreißig Jahre später, kann ich sagen, daß die Welt mir nie grausamer und unmenschlicher erschienen ist als in diesem Kloster der Rue Saint-Guillaume, wo die Lehrerinnen immerhin keine Gelegenheit ausließen, die Barmherzigkeit als die schönste christliche Tugend zu empfehlen. Aber die Heuchelei herrschte über alles. Die Jugend ist von Natur aus dem Mitleid verschlossen, und alle Predigten der Welt werden nichts daran ändern. Mutter Marthe sprach manchmal zu mir, wenn ihr Weg sie zufällig über den Hof führte; dann gab sie mir einen Kuß auf die Wange und fragte mich, wie es käme, daß ihre junge Cousine so besorgt dreinschaute, aber weiter ging ihre Neugierde nicht, denn sie wartete nie auf die Antwort, die ich ihr hätte geben können. Wie viele Leute, für die die Güte nur eine äußerliche Angelegenheit ist, glaubte sie, genug für mich getan zu haben, nachdem sie mir einen Klaps auf die Wange gegeben und ein paar scherzende Worte gesagt hatte. Da endete ihre Barmherzigkeit.

Bereits zweimal seit meinem Eintritt ins Kloster war Tante Simone mich besuchen gekommen. Diese Zusammenkünfte, die in Gegenwart der Oberin im Sprechzimmer stattfanden, bereiteten mir gar keine Freude. Tante Simone verhörte mich mit eisiger Stimme, stellte mir tausend Fragen über den Zustand meiner Wäsche oder meine Arbeit, und während ich antwortete, verständigte sie sich in stummen Zeichen mit der Oberin, wie um sie zu fragen, ob ich auch wirklich die Wahrheit sagte und sie nicht zu täuschen versuchte.

Als sie zum drittenmal kam, waren nur wenige Tage vergangen, seitdem Wildfang aufgehört hatte, mit mir zu reden, und ich war so traurig, daß allein der Gedanke, auf

Tante Simones Fragen antworten zu müssen, mir unerträglich schien; während ich ins Sprechzimmer trat, wischte ich mir die Augen mit einem Zipfel meiner Schürze. Aber an diesem Tage war Tante Simones Benehmen ganz anders als gewöhnlich. Kaum stand ich auf der Schwelle des kleinen Zimmers, in dem sie mich erwartete, da stieß sie einen Schrei aus, zog mich an sich und fragte mich, ob ich nicht krank sei. Um die Wahrheit zu sagen, war ich ein bißchen magerer geworden, weil ich ziemlich schlecht schlief und nicht mehr so viel aß. Sie drückte mich in ihre Arme, und ich fühlte, wie ihre langen, knochigen Hände sich hinter meinen Schultern schlossen. Auf einmal glänzten Tränen in ihren Augen, und ihre Stimme bebte, als sie sich an die Oberin wandte: »Sie passen doch gut auf sie auf, Mutter Oberin? Sie ist noch nie so blaß gewesen.«

Mutter Marthe schien verblüfft und stammelte einige Sätze über die Sorgfalt, mit der die Lehrerinnen sich der kleinen Mädchen annahmen. Schließlich versprach sie, mich in die Krankenstube zu schicken, wo ich für einige Tage bleiben könnte, und das beruhigte meine Tante ein wenig. Ich hatte sie noch nie in einer solchen Aufregung gesehen. Sie zwang mich, auf ihrem Schoß zu sitzen, und wollte nicht von mir lassen.

Von Zeit zu Zeit näherte sie ihre Wange der meinen und sprach meinen Namen mit einer Stimme, die vielleicht nicht gerade liebevoll, jedoch sanfter als gewöhnlich klang. Diese Veränderung überraschte mich zu sehr, als daß ich ihr hätte antworten können, und ich blickte sie fassungslos an, als ich sah, wie ihr Gesicht sich verzerrte; dann brach sie plötzlich in Tränen aus.

Noch nie hatte sie in meiner Anwesenheit geweint, und dieser Anblick verwirrte mich, weil ich so etwas nie für möglich gehalten hätte. Bisher war mir Tante Simone immer als die strengste und härteste Person auf der Welt erschienen, und die Tränen, die ich über ihr Gesicht rinnen sah, hatten für mich etwas Unerklärliches, ja fast

Unanständiges. Ich ließ mich zu Boden gleiten und schlug instinktiv die Augen nieder, während Mutter Marthe zu meiner Tante eilte und sie in ihre Arme schloß. Aber Tante Simone wehrte sie ab und hörte fast sofort zu weinen auf. Nach bestem Vermögen beantwortete sie die Fragen, die Mutter Marthe an sie richtete, und entschuldigte sich für das, was sie einen Augenblick der Schwäche nannte. Als sie fortging, tätschelte sie mir die Wangen mit den Fingerspitzen, küßte mich aber nicht.

Während meines Aufenthalts im Krankenzimmer, wo ich etwa eine Woche blieb, hatte ich alle Muße, über diese sonderbare Szene nachzudenken. Ich war zwar nicht wirklich krank, was auch immer meine Tante glauben mochte, aber die Krankenhausatmosphäre und alles, was mir daran neu war, wirkten sich bestens auf meinen Geisteszustand aus. Die ersten beiden Tage verbrachte ich im Bett, und da ich die einzige Kranke war, genoß ich die ganze Aufmerksamkeit der beiden Krankenschwestern, die sich zu Tode langweilten und gern mit mir plauderten, um sich ein bißchen zu zerstreuen. Diese geschwätzigen und neugierigen Frauen wurden es nicht müde, mich auszufragen. Das Leben der anderen war ihr Leben. Sie mußten beide etwa fünfzig Jahre alt sein, und beide waren dick, mit ehrlichen runden Gesichtern, die unter dem weißen Schleier stark gerötet wirkten. Meine Antworten gefielen ihnen ungemein, und während ich redete, tauschten sie oft Blicke voller Einverständnis aus. Ihre dem ersten Anschein nach naiven Fragen waren sehr geschickt, und ein- oder zweimal ertappte ich mich dabei, mehr gesagt zu haben, als ich hätte sagen wollen, aber da ich nicht scharfsinnig genug war, um zu erraten, worauf diese Frauen hinauswollten, merkte ich immer zu spät, daß ich mich zu weit vorgewagt hatte, um den Rest zu verschweigen, und ich konnte auch nicht schweigen, weil das als Mangel an Respekt gegolten hätte. So wußten sie bereits am Abend des zweiten Tages alles über mein Abenteuer mit Wildfang.

Ich hätte viel dafür gegeben, diese Geschichte nicht erzählt zu haben, aber sie hatten mich mit einem so wohlwollenden Interesse gedrängt, ihnen keine Einzelheiten vorzuenthalten, daß ich ihnen wehrlos ausgeliefert war und ihnen alles anvertraut hatte, alles, von den mir während der Frühmesse zugesteckten Briefchen bis zu der Blechschachtel, in der ich meine Andenken verwahrte.

Als ich meinen Bericht beendet hatte, blickten die Nonnen einander kopfnickend an und fragten mich dann mit ernsthafter Miene, ob ich ihnen darüber sonst noch etwas zu sagen hätte. In meiner Einfalt antwortete ich nein, aber falls mir zufällig noch etwas einfallen sollte, das sie interessieren könnte, so würde ich es ihnen bestimmt sagen. Auf einmal hatte ich nämlich Angst vor ihren ernsten Gesichtern, und obgleich ich bereits überzeugt war, viel zuviel gesagt zu haben, war ich entschlossen, eine noch vollständigere Beichte abzulegen, wenn ich mir dadurch wieder ihre Gunst gewinnen und auf ihren Gesichtern jenen Ausdruck von Sanftmut und Wohlwollen wiederfinden könnte, den sie bisher gezeigt hatten.

Kalt und ohne auf meine letzten Worte einzugehen, verließen sie mich, setzten mich einer quälenden Unruhe aus, die sich erst am folgenden Tag legte, als ich sie ins Zimmer treten und mir einen guten Morgen wünschen sah. Wenn sie am Vorabend meine Geschichte allem Anschein nach mit schwerer Besorgnis angehört hatten, so war jetzt jede Spur von Mißbilligung aus ihren Gesichtern verschwunden. Eine von ihnen überreichte mir ein frommes Werk und empfahl mir, jeden Tag ein paar Seiten davon zu lesen. Es war ein sehr langweiliges Buch. Die andere, Schwester Claire, kniff mich in die Wange und sagte, ich hätte nun lange genug gefaulenzt und müsse aufstehen.

Ich verbrachte noch vier weitere Tage auf der Krankenabteilung, las, arbeitete und half manchmal den Schwestern beim Stricken oder Nähen. Oft schaute ich aus dem Fenster, von dem ich den Hof und die Fliederbüsche mit ihren ersten Blüten sehen konnte. In meiner Treuherzigkeit hatte ich das mir bisher von meinen Kameradinnen zugefügte Unrecht vergessen und konnte es kaum erwarten, sie wiederzufinden. Ich hielt es sogar für wahrscheinlich, daß Wildfang mich mit Freudenschreien und Küssen begrüßen würde, nicht etwa, weil ich Grund zu glauben hatte, daß ich ihr fehlte, sondern einfach nur, weil ich es mir wünschte, und ich wünschte es mir so sehr, daß ich es für so gut wie sicher hielt.

Am folgenden Montag, kurz nach dem Mittagessen, wurde ich endlich entlassen, und ich begab mich sofort auf den Hof. Zu meiner Enttäuschung sprach niemand mit mir. Ich hatte zumindest neugierige Fragen erwartet. Wollte man denn gar nicht wissen, warum ich für eine Woche verschwunden war oder wie ich meine Zeit im Krankenzimmer verbracht hatte? Aber man schien meine Gegenwart nicht einmal zu bemerken.

Auf dem Hof war nicht alles wie gewöhnlich. Hie und da hatten sich kleine Gruppen gebildet, die aufgeregt diskutierten. Die Großen taten sehr geheimnisvoll, flüsterten einander mit vorgehaltener Hand Worte ins Ohr, die die Kleinen vergeblich zu erhaschen suchten.

»Was hat sie gesagt?« schrien einige meiner Klassenkameradinnen und klammerten sich an die Rockschöße der Älteren. Und eine von ihnen, wahrscheinlich in der Hoffnung, die Großen zum Reden zu bringen, rief plötzlich:

»Ihr tut so, als ob ihr alles wüßtet, aber wenn ihr etwas wüßtet, würdet ihr es sagen.«

Diese Worte wurden mit spöttischem Gelächter aufgenommen, und Georgette, ein fünfzehnjähriges Mädchen, das mich in den ersten Tagen viel liebkost hatte, antwortete mit frecher Miene:

»Und du dumme Gans bist vielleicht besser informiert als wir?«

Die Kleine wurde puterrot, biß sich auf die Lippen und erwiderte trotzig:

»Jedenfalls weiß ich darüber so gut Bescheid wie ihr.«

»Du weißt, warum man sie rausgeschmissen hat?«

Die Kleine schüttelte den Kopf.

»Nun sag's schon«, riefen vier oder fünf Stimmen. »Wir sagen dir dann, ob du dich geirrt hast.«

Es folgte ein Schweigen. Die Gruppen rückten zusammen, verhielten sich still und warteten gespannt. Die Kleine murmelte etwas.

»Lauter!« schrie man.

Da warf sie den Kopf zurück, so daß die blonden Locken ihr über die Schultern fielen, und sagte mit leicht würgender Stimme:

»Sie hat auf das heilige Sakrament gespuckt!«

»Was? Was?« fragten alle jene, die es nicht gehört hatten.

»Sie hat auf das heilige Sakrament gespuckt«, wiederholten die Großen mit gespielter Entrüstung und unter schallendem Gelächter.

In diesem Augenblick trat die Oberin aus einer Tür zum Hof und näherte sich uns so verstohlen, daß niemand sie hörte. Aber da ich später als die anderen gekommen war und ein wenig abseits stand, konnte ich sehen, wie sie sich hinter zwei kleine Mädchen in der letzten Reihe stellte.

Als das Gelächter verklungen war, sagte Georgette verächtlich:

»Das ist gar nicht der Grund. Du hast dir bestimmt viel Mühe gegeben, um einen solchen Blödsinn zu erfinden, meine Kleine.«

Ich tat, als sähe ich nicht die nun sehr aufmerksam lauschende Oberin, duckte mich ein wenig, um unbemerkt zu bleiben, aber eine stürmische Freude stieg in mir auf. Diese Georgette war nämlich diejenige, die mir noch vor einigen Tagen in einem angeblich so vernünftigen Ton gesagt hatte, ich hätte vorsichtiger in der Wahl meiner Freundinnen sein sollen. Schon deshalb sah ich mit großer Freude, welch ein Gewitter sich jetzt über ihrem Kopf zusammenballte, und ich hoffte auf ein paar freche Bemerkungen über die Oberin.

»Also was ist es dann?« fragte die Kleine, ganz rot vor Verwirrung.

Georgette grinste.

»Das würdest du nicht verstehen, Kleine. Solche Dinge sind nichts für dich.«

»Das sagt sie nur, weil sie nichts weiß«, riefen ein paar enttäuschte Stimmen.

Erneutes Gelächter. Georgette wandte sich ihren Gefährtinnen zu, mit denen sie sich durch Blicke verständigte, und sie wollte gerade wieder das Wort ergreifen, als die Dinge ganz plötzlich eine für alle unerwartete Wendung nahmen, für alle außer mich, denn ich hatte Mutter Marthe ständig heimlich beobachtet.

»Das ist ja ein hochinteressantes Gespräch, meine lieben jungen Damen«, sagte die Oberin von ihrem Platz aus, »und ich beglückwünsche mich, in einem so passenden Augenblick bei Ihnen zu sein.«

Alle drehten sich um. Diese Stimme, dieser spöttische Ton versetzten die Schülerinnen in Bestürzung, und als ich ihre verblüfften Gesichter sah, glaubte ich, in schallendes Gelächter ausbrechen zu müssen. Die Oberin warf kopfschüttelnd ein paar ironische Blicke in die Runde, bahnte sich einen Weg durch die Gruppen der Kleinen, die der Ohnmacht nahe schienen, und gelangte zu den Großen. Diese betrachtete sie eine Weile, ohne ein Wort zu sagen. Die dem Lärm der Streitereien folgende Stille, das Erscheinen dieser Nonne, die niemand erwartet hätte, verliehen dieser Szene einen für meine Kameradinnen wahrscheinlich erschreckenden, für mich jedoch vergnüglichen Charakter, denn ich lächelte als einzige.

»Das Schicksal dieses unglücklichen Kindes interessiert euch also in einem solchen Maße?« fragte die Oberin, und Georgette, der diese Frage galt, trat ein wenig zurück und machte den Mund auf. »So wisset«, fuhr Mutter Marthe fort, »daß sie soeben unser Haus verlassen hat. Ihr Onkel hat sie im Wagen abgeholt.«

Ihre Stimme war ruhig, wenn auch nicht ohne einen

Hauch von Betrübnis, aber ich konnte nicht umhin, zu bemerken, daß diese Frau nicht aufrichtig sein konnte, denn sie genoß sichtlich die Wirkung, die sie auf die Schülerinnen erzielt hatte, und sie beabsichtigte, diese Situation noch eine Weile zu ihrem eigenen Vergnügen auszukosten. Aufs neue schüttelte sie den Kopf und ließ den Blick in die Runde schweifen. Plötzlich wurde sie meiner gewahr, ihre auf mich gerichteten Augen begannen zu funkeln, und sie winkte mich mit dem Finger zu sich heran.

Meine Verwirrung war so groß, daß ich noch heute nicht an diese grausame Szene zurückdenken kann, ohne ein wenig von jener Betroffenheit zu verspüren, die ich im Augenblick, da sie sich ereignete, empfand. Und während ich diese Zeilen schreibe, scheint es mir, als errötete ich. Wieder sehe ich die mir einmütig zugewandten Schülerinnen, ihre plötzlich neugierigen und boshaften Gesichter, das schadenfrohe Aufleuchten ihrer gierigen Blicke. Meine Knie begannen zu schlottern. Ich wollte glauben, ich hätte mich getäuscht, der Wink der Oberin habe jemandem hinter mir gegolten, und ich drehte mich verstohlen um. Da fingen einige Schülerinnen zu lachen an, lautlos zwar, aber mit der zufriedenen Miene jener, die sich plötzlich von einer Bürde erleichtert und von ihrer Unruhe befreit fühlen. Die Oberin geruhte zu lächeln, gestattete somit den Ausbruch einer allgemeinen Freude, die bald so lärmend wurde, daß Mutter Marthe den Finger an die Lippen legen mußte, um dieser plötzlichen Heiterkeit Einhalt zu gebieten.

Als die Ruhe wiederhergestellt war, setzte die Oberin eine ernste Miene auf, faltete die Hände und sagte:

»Mademoiselle«, das war an mich gerichtet, »habe ich Ihnen nicht befohlen, zu mir vorzutreten?«

Ich ging einen Schritt auf sie zu und gelangte in den Kreis, der sich um Mutter Marthe gebildet hatte.

»Gut«, sagte sie, »schauen Sie mich an.«

Ich hob den Kopf. War das das gütige Gesicht, das mir

am Tage meiner Ankunft zugelächelt hatte? Jetzt las ich darin nur eine unerbittliche Strenge; unter einer Falte inmitten der Stirn zogen sich die Brauen zusammen, und die fleischigen Lippen hatten sich zu einem grausamen Grinsen verengt, das die Mundwinkel furchte. Der Anblick Mutter Marthes brachte mich völlig aus der Fassung, und ich fragte mich nicht einmal mehr, welches Unrecht ich begangen haben könnte: Seit einigen Sekunden fühlte ich mich einer Ohnmacht nahe. Verschwommen hörte ich, wie die Oberin mich fragte:

»Wissen Sie, worum es sich handelt, Mademoiselle?«

Ich schüttelte den Kopf. Schweigen. Mutter Marthe ließ mich nicht aus den Augen. Schließlich sagte sie mit schroffer Stimme:

»Ihre Freundin Andrée Décluze wurde aus dem Haus verwiesen.«

Ich war zu verwirrt, um zu verstehen, und diese Worte schienen mir überhaupt keinen Sinn zu ergeben.

»Haben Sie gehört?« fuhr Mutter Marthe fort. »Passen Sie auf, daß Ihnen nicht das gleiche geschieht, Mademoiselle. Meine Auskünfte über Sie sagen nichts Gutes.«

Schweißtropfen rannen mir über die Schläfen und kitzelten mir die Wangen. In diesem erbärmlichen Zustand betrachtete Mutter Marthe mich eine Weile, dann drehte sie mir ohne ein weiteres Wort den Rücken zu und entfernte sich.

Sofort schloß sich der Kreis um mich, ich wurde von zwanzig kleinen Mädchen umringt, die mich mit Fragen bedrängten und ihren Spott an mir ausließen, während die Großen, wieder eingebildet und dünkelhaft, sich ein wenig abseits begaben, um in ihrem gewichtigen und selbstzufriedenen Ton zu plaudern.

Umsonst versuchte ich mich zu befreien und zu fliehen, aber meine Kameradinnen ließen es nicht zu. Die Neugier machte sie grausam; sie hofften, von mir etwas Neues über Wildfangs schimpfliche Entlassung zu erfahren, sie wollten sich auch an meiner Bestürzung weiden, und ihre Freude wäre vollkommen gewesen, wenn ich geweint hätte, aber ich hielt meine Tränen zurück.

Ein Glockenschlag, der das Ende der Pause verkündete, befreite mich endlich. Ein neues Leben begann und mit ihm mein Entschluß, jede Form der Religion zu verabscheuen und alle Frauen zu hassen. Die Folge meines Lebens ergab sich aus dieser Minute.

(1. Januar 1926)

Mit achtzehn Jahren war Sylvie Witwe. Die Geschichte ihrer Ehe könnte nicht banaler sein; ihre Eltern hatten einen Mann für sie gewählt, und sie hatte ihn genommen, wie es damals in neun von zehn Fällen geschah. Sie hatte ihn genommen, weil sie sich nicht stark genug fühlte, um zwei so entschlossenen Menschen wie ihrem Vater und ihrer Mutter die Stirn zu bieten; aber sie liebte ihn nicht. Er war zwar erst siebenundzwanzig, aber immerhin zehn Jahre älter als sie, und er hatte bereits das Verhalten eines Graubarts. Er war reich, besaß Ländereien in der Gegend von Mantes und kam sich um so wichtiger vor, als er Waise und absoluter Herr über sein Vermögen war. Kurz, ein langweiliger und hochmütiger Mann, der an seinem Besitz hing und der seine Frau auf die gleiche Weise liebte, wie er sein kleines Schloß, seinen Park und seine Wagen liebte; im übrigen unfähig, die bei einem jungen Mann üblichen Gefühle aufzubringen, eifersüchtig ohne Liebe und mit einem natürlichen Hang zur Grausamkeit.

Im Laufe der Zeit, die Sylvie mit ihm verbrachte, lernte sie eine Menge Dinge, die sich in der Folge als nützlich für die junge Frau erwiesen. Bis dahin hatte sie nur wenig über sich selbst und das, was sie sich vom Leben wünschte, nachgedacht, aber der Kummer, den diese Ehe ihr bereitete, ließ sie tiefer in sich gehen. Zum erstenmal wurde sie sich all dessen bewußt, was zwei Menschen trennen konnte, auch wenn sie miteinander lebten, sich jeden Tag sahen und Worte wechselten. Sie fragte sich, infolge welchen ungerechten Geheimnisses sie gezwungen war, ihr Leben mit einem in jeder Beziehung so von ihr verschiedenen Mann zu verbringen, und machte sich bittere Vorwürfe, dem Willen ihrer Eltern nicht getrotzt zu haben. Aber was nützte ihr das jetzt? Die Tage in

Ferrières, so hieß das Haus ihres Mannes, vergingen in steter Eintönigkeit, und nichts ließ erhoffen, daß sie je ihren Lauf wechseln würden.

Ferrières ist der Name einer am Ufer der Seine, etwas unterhalb von Poissy gelegenen Villa. Vom Fluß aus erblickt man ihr terrassenförmiges Dach und die Fassade mit den falschen Säulen, die ihr ein neoklassizistisches Aussehen verleiht. Sie ist von einem großen Park umgeben, der dem Geschmack des vorigen Jahrhunderts entspricht, mit einem Buchsbaumlabyrinth und einem Bach, über den eine winzige, scharf gewölbte Brücke führt. Keinerlei Regelmäßigkeit in der Anlage der Rasenflächen; die Kieswege verzweigen sich aufs Geratewohl, verschwinden hinter Gebüschen, tauchen ganz unerwartet wieder zwischen den Bäumen auf. Aber man glaube nur nicht an eine Wirkung des Zufalls! Ein gewissenhafter Gartenarchitekt hat diese Überraschungen ersonnen; seine Launenhaftigkeit tritt auch in der Wahl der Bäume und ihrer Anordnung hervor, denn sie sind alle von verschiedener Gattung und bilden weder Alleen, noch Spaliere, noch Haine, sondern wachsen in einer augenscheinlich künstlerischen Unordnung, die einen inmitten der Rasenfläche, andere auf den Wegen, die sie wie zum Vergnügen zerteilen.

Das Haus selbst besteht aus einem Erdgeschoß und weist keine obere Etage auf, es sei denn, man zählt die Dachterrasse mit, auf die man über eine kleine Wendeltreppe gelangt. Die riesigen Zimmer sind durchgehend und so angeordnet, daß man das Haus in einer geraden Linie durchschreiten und es durch einen Ausgang verlassen kann, indem man der Tür, durch die man eingetreten ist, den Rücken zuwendet. Dorthin hatte sich Sylvie nach dem Tode ihres Mannes zurückgezogen.

Eines Nachmittags im April saß sie mit ihrer Schwester in einem kleinen Salon, dessen Türen geschlossen waren.

Ein großes Kaminfeuer erhellte dieses Zimmer mit den ein wenig dunklen Wandtäfelungen und verbreitete den leichten Geruch des sich in den Flammen windenden und seinen Saft ausschwitzenden frischen Holzes. Die beiden Frauen hatten vor dem Kamin Platz genommen und stickten Wandteppiche, die sie in der Hand hielten oder auf die Armlehnen ihrer Sessel legten, wenn sie sich ein bißchen ausruhen wollten. Von Zeit zu Zeit wandten sie die Blicke einem großen Aquarell zu, das zwischen ihnen auf einem Tischchen lag und ihnen als Vorlage diente, aber die lebhaften und grellen Farben ihrer Arbeit glichen kaum den zarten Tönen des Originals. Man sah sofort, daß es sich nur um eine Zerstreuung handelte, und daß es den beiden Frauen nicht auf Vollkommenheit ankam.

Nach einer Weile steckte Sylvie ihre Nadel in die Gitterleinwand und warf ihren Wandteppich auf die Rückenlehne eines Stuhls.

»Das genügt für heute«, sagte sie. »Ich arbeite nicht mehr weiter.«

Damit stand sie auf und ging zum Fenster.

»Warum denn nicht?« fragte ihre Schwester, die immer noch über ihren Anemonenstrauß gebückt saß. »Hast du etwas Besseres zu tun?«

Nach einem flüchtigen Blick auf Sylvie, die ihr den Rücken zukehrte, fügte sie hinzu:

»Bei diesem Wetter können wir doch nicht ausgehen.«

Es regnete in der Tat. Sylvie zuckte die Schultern.

»Ach, das Wetter ...«, sagte sie. »Das sollte mir kein Hindernis sein. Wenn ich ausgehen wollte, würde ich ausgehen.«

Sie kehrte zu ihrem Sessel zurück und setzte sich, mit überdrüssiger Miene, den Körper leicht nach vorn dem Feuer zugeneigt. Ihr regloses Gesicht, dem die Verdrießlichkeit etwas fast Hartes verlieh, wirkte nicht angenehm, trotz ihrer Jugend und der Ebenmäßigkeit ihrer Züge. Die grünen Augen schienen schwarz im Gegenlicht, und ihr ein wenig starrer Blick verstärkte noch den Ausdruck von Scheu und Trübsal, der diesem Antlitz innewohnte. Dichtes schwarzes Haar bedeckte ihre Schläfen bis zum oberen Teil der Wangen und bildete in ihrem Nacken einen schweren Dutt, dessen Gewicht sie zu verspüren schien, denn sie bewegte nur langsam den Kopf. Erst nachdem man sie eine Weile betrachtet hatte, wurde man ihre Schönheit gewahr. Sie mochte etwa fünfundzwanzig Jahre alt sein.

»Was hindert dich denn dann am Ausgehen?« fragte ihre Schwester, eine hochgewachsene und hagere Frau, deren abgezehrtes Gesicht erkennen ließ, daß sie fünfzehn Jahre älter als Sylvie war.

»Nichts«, antwortete diese.

Nach einem Augenblick des Zögerns nahm sie ihre Stickerei wieder auf, arbeitete mit dem Fleiß einer Person, die nicht schnell vorankommen kann und stets fürchtet, Fehler zu machen, ganz im Gegensatz zu ihrer Schwester, deren Hand nur so über die Gitterleinwand zu laufen schien. Ein langes Schweigen trat ein, während dessen die beiden Frauen nur aufblickten, um ihre Vorlage anzuschauen. An dieser Art, wie sie gebückt in ihren Sesseln hockten, an ihrem Schweigen, an ihrer Haltung erriet man alles, was ihnen diese Beschäftigung so notwendig machte. Eine schreckliche Langeweile bedrückte sie, und um der Verzweiflung eines so völlig leeren Daseins zu entkommen, suchten sie Zuflucht in dieser kleinen Handarbeit, in der so viele Frauen einen Trost gefunden haben. Die Ältere schien die Mutigere und Entschlossenere zu sein. In diesem Blick war keine Einfalt zu lesen, hinter dieser engen Stirn verbarg sich keine Illusion. Sie hatte die feinen und harten Züge einer Frau, der das Leben nichts geschenkt hat und die sich weigert, auf die Zukunft zu zählen. Ihr blasser und von braunen Flecken übersäter Teint war der einer vorzeitig gealterten Frau; Runzeln unterstrichen die hohlen Wangen und umfurchten den Mund mit den schmalen, geizigen Lippen. In ihrem dunkelblauen Kleid, ihrem aufs Einfachste über dem Kopf zusammengekämmten Haar, gemahnte sie an irgendeine Pensionatslehrerin und schien ihrer jüngeren Schwester das sie erwartende Schicksal zu verkünden: »Schau dir diese eingefallenen Schultern an«, schien sie zu sagen, »diese knochigen und fleckigen Hände, diese Haltung des Kopfes, alles, was mich so griesgrämig und häßlich macht, du wirst es eines Tages an dir wiederfinden. Wir sind vom selben Stamm, das Leben zeichnet uns parallele Bahnen vor. Glaubst du vielleicht, du wirst dem nagenden Kräfteverschleiß der Enttäuschungen entkommen, des Grolls, den man in sich hineinschlucken muß, der nicht endenwollenden Nächte, die keine Ruhe bringen? Noch lehnst du dich auf, noch hat die Erfahrung dich nicht mürbe gemacht. Aber nur Geduld! Die Resignation ist das Geschenk des Alters, und das Alter wird für dich nicht mehr lange auf sich warten lassen.«

Und als ob ein Teil dieser Prophezeiungen sich bereits vollzog, hockte Sylvie gebückt über ihrer Arbeit, den Rücken gekrümmt wie eine alte Frau, mit sorgenvollem Gesicht. Zuweilen legte sie die Stickerei nieder und stieß mit einem Schürhaken die halbverkohlten und brüchig gewordenen Scheite zurück. Der Fleiß, den sie dieser geringfügigen Tätigkeit widmete, bewies, wie willkommen ihr alles war, was sie von ihrer Arbeit ablenkte, und doch würde sie nach dieser Arbeit verlangen, wenn man sie ihr auch nur für ein paar Minuten weggenommen hätte. Sie wurde ungeduldig, rückte auf ihrem Sessel hin und her, ließ eine Ecke ihrer Stickerei ruhen, um eine andere vorzunehmen. Ihre Schwester blieb ruhig, bewegte ihre Hände immer im gleichen Rhythmus, beobachtete sie jedoch verstohlen und ließ sich nichts von dieser Mimik entgehen; ein verächtlicher Ausdruck zog ihre Mundwinkel zusammen, und sie warf Sylvie einen feindseligen Blick zu, den sie dann sogleich auf ihre Arbeit senkte. In diesem Zimmer mit den schweren Wandbehängen und den dicken Teppichen war kein Laut zu hören, außer dem Atem der beiden Frauen und von Zeit zu Zeit dem leisen Zischen des feuchten Holzes auf der Glut. Auch dieses Mal war es Sylvie, die das Schweigen brach.

»Ich werde klingeln«, sagte sie, »damit man Licht macht.«

»Ich sehe noch gut.«

Ohne diesen Worten Beachtung zu schenken, klingelte Sylvie. Einige Minuten später trat ein Zimmermädchen ein und zündete alle Lampen auf den kleinen Tischen an. Resigniert faltete die alte Jungfer ihre Stickerei zusammen und schob ihren Sessel in die Nähe einer Lampe. Dann setzte sie sich und nahm ihre Arbeit wieder auf. Nichts hatte sich an ihrer Haltung geändert, nur wandte sie sich jetzt anstatt dem Blumenkranz in der Mitte der Gitterleinwand dem einfarbigen Hintergrund des Wandteppichs zu, um Fehler in der Wahl der Farbtöne zu vermeiden, denn die Lampe warf ein gelbes Licht und gab der Wolle ein anderes Aussehen. Ihre geduldige Hand zog den Faden bis zum Ende, steckte die Nadel in das Gitter, führte sie in einer schrägen Bewegung durch die Löcher, zog dann wieder mit einer Regelmäßigkeit, die an die wunderbare Geschicklichkeit jenes Insekts gemahnte, das allein durch die Kraft seines Instinkts eine unfehlbare Arbeit vollbringt. Bald schien sie völlig in ihre Tätigkeit versunken. Das Zimmermädchen hatte noch die Jalousien heruntergelassen und war lautlos verschwunden.

Sylvie saß ein wenig hinter ihrer Schwester in einer anderen Ecke des Salons und hatte dieses ihr in allen Einzelheiten so bekannte und sich tagtäglich unverändert wiederholende kleine Szenenspiel beobachtet. Sie wußte, daß ihr noch zwei Stunden bis zum Abendessen blieben, zwei endlose Stunden, während derer sie gegenüber ihrer Schwester am anderen Tischchen dieses verbitterte, sich nie aufheiternde Gesicht und diese knochigen Hände sehen mußte, die, wie besessen von der Arbeit, nicht ruhen würden, bis die Uhr halb acht geschlagen hätte. Plötzlich sagte sie:

»Simone.«

»Ach, du bist da?« antwortete ihre Schwester. »Ich dachte, du seist ausgegangen.«

Sylvie rückte einen Stuhl an das Tischchen und setzte sich.

»Ich habe mit dir zu reden«, sagte sie nach einem Augenblick des Zögerns.

»Nun, was ist es denn?« fragte Simone ohne aufzublikken.

Die junge Frau faltete die Hände auf der Tischplatte. Ihr Blick spannte sich.

»Du mußt verstehen«, sagte sie mit einer etwas bebenden Stimme; dann ließ sie den Kopf sinken und verstummte.

»Natürlich«, sagte Simone in einem Ton, der eher zu sagen schien, daß sie entschlossen war, nichts zu verstehen. Sie unterbrach sich, um ihre Nadel einzufädeln und nahm dann wieder seelenruhig ihre Arbeit auf. »Warum sagst du nichts?« fragte sie, als sie sah, daß ihre Schwester schwieg. Sylvie seufzte tief.

»Ich kann so nicht weiterleben«, sagte sie schließlich.

Die alte Jungfer machte noch ein paar Stiche, ohne zu antworten; dann wandte sie sich ihrer Schwester zu und legte ihre Arbeit auf die Knie.

»Was willst du damit sagen?« fragte sie.

»Verstehst du denn nicht, daß ich unglücklich bin?«

»Ich verstehe vor allem, daß du nicht weißt, was du willst«, erwiderte Simone. »Du tust den ganzen Tag nichts, und du langweilst dich. Suche dir eine Beschäftigung.«

Diese Worte hatte sie rasch ausgesprochen, und sie nahm wieder ihre Arbeit auf, aber Sylvie reagierte heftig.

»Ich bin kein Kind«, schrie sie. »Das Leben hier ist unerträglich. Ich will mein Leben ändern.«

Simone hob den Kopf und betrachtete ihre Schwester. Vor Überraschung hatte sie ihre Stickerei aus den Händen fallen lassen.

»Dein Leben ändern«, wiederholte sie, als ob sie diesen

Worten keinen Sinn zu entnehmen vermochte. »Wie willst du dein Leben ändern? Das ist unmöglich.«

»Warum ist es unmöglich?«

Offenbar kam diese Frage unerwartet, denn Simone schien verblüfft, antwortete nicht sofort; mit einer raschen Bewegung ihrer schwarzen Augen blickte sie sich um, als wollte sie sich zuerst vergewissern, daß sie nicht wahnsinnig geworden war und daß sie sich immer noch in diesem ihr so vertrauten Zimmer befand.

»Habe ich richtig gehört?« sagte sie schließlich. »Du denkst also allen Ernstes daran, nicht mehr so weiterzuleben wie bisher? Aber wie kannst du auf eine andere Art leben? Machst du nicht hier bereits, was du willst?«

Sylvie schüttelte verneinend den Kopf, ließ sich mit niedergeschlagener Miene in ihren Sessel sinken. Das Feuer, das während einiger Sekunden ihr Gesicht belebt hatte, wich nun wieder dem gewohnten Ausdruck von Trübsal und Verdruß.

»Nein?« rief Simone aus. »Dann sage mir gefälligst, wer dich daran hindert. Ich mische mich nie in deine Angelegenheiten ein, ich lasse dich in Ruhe, und du wirst mir zumindest zugute halten, daß ich wenig mit dir rede.«

»Das ist wahr«, murmelte Sylvie.

»Also?« fuhr Simone in einem immer ruhiger werdenden Ton fort. »Was brauchst du noch? Du bist die Herrin deines Lebens, du hast keine Geldsorgen, du erfreust dich, wie ich vermute, einer guten Gesundheit. Worüber beklagst du dich? Natürlich kannst du in deinem Alter keine großen Pläne mehr machen, du bist nicht mehr sechzehn. Dein Leben hat seine endgültige Richtung genommen. Du bist Witwe und Mutter eines vierjährigen kleinen Mädchens. Schätze dich glücklich, daß du dich verheiraten konntest. Du mußt dich mit dem zufriedengeben, was das Schicksal dir beschert hat.«

»Ich bin nie glücklich gewesen«, sagte die junge Frau.

»Und ich?« schrie ihre Schwester. Die Wut funkelte in

ihren Augen auf. »Glaubst du vielleicht, das Glück hätte mir je zugelacht? Und doch beklage ich mich nicht!«

Sie wandte sich wieder ihrer Stickerei zu. Sylvie stand auf und ging im Zimmer auf und ab.

»Darin unterscheiden wir uns voneinander«, sagte sie nach einer Weile, mit mehr Entschlossenheit in der Stimme. »Ich will nun einmal glücklich sein.«

Simone zuckte die Schultern.

»Jedenfalls wirst du jetzt nicht mehr heiraten«, sagte sie schroff.

Sylvies Gesicht wurde puterrot.

»Warum nicht?« fragte sie und blieb plötzlich stehen.

Die Antwort kam sogleich:

»Weil man nicht eine Frau mit Kind heiratet, es sei denn, sie wäre steinreich, und du bist nicht reich genug. So verstehe doch: Wenn der Anreiz einer Mitgift fehlt, muß die Frau über einen beträchtlichen Charme verfügen, über etwas, das die Existenz dieses kleinen Mädchens aufwiegt, diese Bürde ...«

Sie unterbrach sich, hielt die Worte zurück, die ihr auf den Lippen lagen. Sylvie warf ihr einen haßerfüllten Blick zu, ging dann langsam vom Fenster zum Kamin. Ein langes Schweigen trat ein. Schließlich setzte sie sich wieder in ihren Sessel und nahm wieder ihre Stickerei auf. Die beiden Frauen arbeiteten bis zur Stunde des Abendessens.

Die Nacht brachte Sylvie guten Rat. Früh am nächsten Morgen war sie auf, und nachdem sie ihrer Schwester ein paar Zeilen geschrieben hatte, verließ sie Ferrières und begab sich zu Fuß zum Bahnhof. Es blieben ihr etwa zwanzig Minuten bis zur Abfahrt des Zuges nach Paris. Sie wartete in einem kleinen Café in der Nähe, bestellte eine Tasse Schokolade und las die Schlagzeilen der Zeitungen. Einige Arbeiter, die ihren Kaffee stehend am Tresen tranken, blickten sie mit spöttischer Neugier an, denn es erstaunte sie wahrscheinlich, daß diese Frau im Pelzmantel sich zu so früher Stunde an einem so bescheidenen Ort befand. Sylvie errötete, leerte ihre Tasse, bezahlte und ging rasch hinaus.

Auf dem Bahnhofsplatz wehte ein eisiger Wind, unter dem sich die schmächtigen Bäume eines kleinen Parks beugten. Dunkle Wolken zogen am Himmel auf und verkündeten einen jener abscheulichen Tage, mit denen oft der April endet. Die junge Frau kaufte ihre Fahrkarte und trat in den Wartesaal, aber der Geruch von Tabaksqualm trieb sie auf den Bahnsteig. Dort setzte sie sich einen Augenblick, stand wieder auf, kaufte eine Zeitung, die sie nicht las, vergrub die Hände in den Manteltaschen und ging mit weit ausholenden Schritten auf und ab. Als der Zug einfuhr, unterdrückte sie einen Freudenschrei und lief nach vorn, wo sie ein leeres Abteil zu finden hoffte. Es war kaum jemand zu sehen.

Der Zug hielt. Rasch stieg sie ein und setzte sich in eine Ecke am Fenster. Während einer Minute, die ihr endlos schien, blieben sie auf dem Bahnhof. Sie fürchtete, in letzter Sekunde könnte ein Reisender auftauchen und das Abteil wählen, in dem sie sich befand, aber diese unerwünschte Person erschien nicht, und der Zug fuhr ab. Jetzt stand sie auf, schaute aus dem Fenster der Wagentür und gab sich dem kindlichen Vergnügen hin, die immer schneller vor ihr vorbeifliehenden Häuser zu erkennen. Die Brauen gerunzelt, das Gesicht bald zur einen, bald zur anderen Seite gewandt, wollte sie unbedingt noch einmal diese ihr doch so vertraute Landschaft sehen. Im Augenblick, da der Zug auf die über die Seine führende Brücke gelangte, blinzelte sie stark und versuchte, zwischen den Baumkronen die weiße Terrasse von Ferrières zu erspähen, aber der Regen verwischte den Horizont und vernebelte die Ufer des Flusses.

Wieder ließ sie sich auf die Sitzbank sinken und schlug ihren Mantel auf. Plötzlich von einer jähen Traurigkeit ergriffen, fuhr sie sich mit den Händen über die Stirn, kämpfte mit den Tränen und bemühte sich umsonst, eine

Art Jammern zu unterdrücken, das in ihrer Brust aufstieg. So blieb sie eine Weile, geschüttelt von den Stößen des ratternden Zugs, die behandschuhten Hände an die Augen gepreßt.

Sylvie hatte Ferrières zum erstenmal gesehen, als sie sich auf den Arm eines hochgewachsenen Mannes stützte, der sie durch die Alleen des Parks führte und ihr mit der Spitze seines Spazierstocks die Fenster des Hauses zeigte, das man zwischen den Bäumen erblickte. Die junge Frau ging mit kleinen Schritten, ohne den Kopf zu wenden oder auch nur einmal ihre freie Hand zu bewegen, die ihr schlaff zur Seite hing. Sie trug ein langes schwarzes Seidenkleid, dessen Rocksaum den Sand streifte, und einen Hut mit breiter Krempe. Als sie in einen abschüssigen Pfad einbogen – diese plötzlichen Unebenheiten des Geländes waren eines der Geheimnisse dieses Parks –, stolperte Sylvie und wäre beinahe gestürzt. Sie war kreidebleich; ihre Augen gaben keinen Ausdruck zu erkennen, nur jene Starre, die der Ruhe ähnelt und deren Ursache in Wirklichkeit eine Todesangst ist. Eine Art Beben lief über ihre halboffenen Lippen, aus denen alles Blut gewichen war, und sie murmelte ein paar Worte mit undeutlicher Stimme, faßte sich jedoch sogleich; als er sie mit überraschter Miene fragte, ob ihr nicht wohl sei, schüttelte sie den Kopf und richtete sich auf. Einen Augenblick später traten sie in das Haus.

Ein klägliches Leben begann für sie. Ihr Vater und ihre Mutter hatten sie gezwungen, einen von ihnen ausgewählten Mann zu heiraten, ohne sie nach ihrem Einverständnis zu fragen. Seit Jahren war diese Ehe beschlossen, und man hatte soviel davon geredet, daß es ihr schließlich wie etwas vom Schicksal Gewolltes erschienen war. »Wenn Sylvie verheiratet ist … Wenn sie einmal in Ferrières wohnt …« Das waren die Sätze, die das junge Mädchen ständig zu hören bekam und an die sie sich gewöhnt hatte, bevor sie sich ihrer Bedeutung so recht bewußt wurde. Mit sechzehn Jahren wußte sie, daß sie aufwuchs, um jemandem gegeben zu werden, daß nichts auf der Welt es verhindern konnte und daß man auf Grund eines unerklärlichen Rechts ein für allemal über sie verfügt hatte. Inzwischen hatte sie sich in einen jungen Mann verliebt, der gelegentlich ihren Vater besuchte und der ihr keine Beachtung zu schenken schien. Zu dieser Zeit und in der Einfalt ihres Alters konnte sie das Geheimnis nicht für sich bewahren und hatte sich ihrer älteren Schwester anvertraut, der Person, die gerade am meisten an einer für die ganze Familie vorteilhaften Heirat interessiert war. Eine schallende Ohrfeige war die Reaktion auf dieses Geständnis. »Bist du verrückt?« fragte Simone das in Tränen aufgelöste junge Mädchen. »Willst du das Glück der Deinen mit diesen Schulmädchengeschichten gefährden? Merk dir, in deinem Alter ist man nicht verliebt. Du wirst deinen Mann lieben, und damit basta.«

An diese Szene dachte Sylvie zurück, als sie die Stufen des Hauses emporstieg. Sie bat ihren Mann, sie in ihr Zimmer zu führen und sie dort für einen Augenblick allein zu lassen. Er gehorchte. Nachdem die junge Frau die Tür hinter sich geschlossen hatte, blieb sie eine Weile reglos stehen; sie befand sich einem Spiegel gegenüber und betrachtete sich, ohne sich wiederzuerkennen. Wer war diese Unbekannte, die vor ihr stand und so unglücklich aussah? Sie erstickte einen tiefen Seufzer und ließ sich in einen Sessel sinken. Was ihr Wille verweigerte, was ihr Geist verabscheute, wie konnte sich das vollzogen haben? Wie konnte es sein, daß sie mit einem anderen verheiratet war? Aber ja doch. Warum nicht? So viele Leute waren gegen sie, und sie hatte nachgegeben. Und es schien ihr, als sagte eine Stimme in der tiefen Stille zu ihr: »Jetzt wirst du sehen, wie sehr du ihn liebtest.«

Im Eisenbahnwagen, der sie forttrug, überwand sie ihre Ängste, und bald lächelte sie über die Folge ihrer Geschichte, die sie sich unfreiwillig in Erinnerung rief und über die andere Frauen geweint hätten. Ein Autounfall hatte sie ihres Mannes beraubt – das war das herkömmliche Wort, das ihr dazu einfiel. Eines Nachmittags im Winter, als sie seit etwas über zwei Jahren verheiratet waren, wurde er an einem jener unbewachten Bahnübergänge, die man noch hie und da auf den kleinen Landstraßen der Ile de France findet, von einem Zug erfaßt und kam unter die Räder. Bei Nebelwetter hätte er nicht ausfahren sollen, aber er brachte seinen Wagen eine viel sentimentalere und sogar körperlichere Liebe entgegen als seiner Frau, die er nur mit einer Art Besitzerstolz liebte. Sylvie blieb als Witwe mit einem kleinen Mädchen zurück, für das sie keinerlei Gefühl aufbrachte, es sei denn das Bedauern, daß es nicht das Kind des anderen war.

Das Glück, wie soll man es sonst nennen, das Glück wollte, daß die Beerdigung des Gemahls ihrer Mutter zum Verhängnis wurde. Bei solchen Anlässen erkältet man sich immer in der Kirche, und Friedhöfe sind tödlich. Ihr Vater erlag kurz danach eher einer Grippe als dem Kummer, denn Sylvie sah ihre Eltern mit dem unpersönlichen Auge eines Untersuchungsrichters, seit sie ihnen diese bürgerliche Standesehe verdankte, die ihr das Herz gebrochen hatte, ohne ihre Wünsche zu befriedigen. Ihrem Egoismus hatte sie im Grunde ihrer selbst eine Gleichgültigkeit entgegengesetzt, die schlimmer als erklärter Haß war, und ihr Tod kam ihr gelegen, wenn die Eltern ihr auch in der auf das Begräbnis ihres Mannes folgenden Zeitspanne die Gegenwart ihrer Schwester aufgezwungen hatten, als ob sie glaubten, sie stünde unter einem Schock und jemand von der Familie müsse die junge Witwe überwachen. Ihre Schwester, eine versauerte und neidische alte Jungfer, eine Art weltliche Nonne, hegte einen Groll auf alle Erscheinungsformen des Glücks, und besonders wenn auch noch Reichtum hinzu kam.

Das einzige, was ihr Vater ihr gegeben hatte, war ein

sozusagen postumes Geschenk: Der Mann, in den sie sich vor ihrer Ehe verliebt hatte, war zur Beerdigung ihrer Mutter gekommen, und sie hatte sich nicht gescheut, ihn durch ihren schwarzen Schleier ausgiebig anzuschauen.

Unter dem Vorwand, ihrem Vater beim Absenden der Dankschreiben zu helfen, hatte sie seine Adresse abgeschrieben und ihm nicht lange danach eine neue Todesanzeige geschickt. Er war wieder gekommen. Sie hatte mit ihm gesprochen, hatte ihn im Namen ihres Vaters gebeten, ihr einige Ratschläge zu erteilen, und da er juristisch tätig war, hatte er eingewilligt, sie ein paar Tage später zu empfangen.

Sie wußte zwar, daß er verheiratet war, und er schien sich nie besonders für sie interessiert zu haben, aber in ihrer feurigen Frauenphantasie bastelte sie sich aus dem Nichts einen ganzen Roman zusammen. Endlich, am Tage, da er sie empfing, war die ganze Kraft ihrer ersten Liebe über sie gekommen, und sie sah ihn wieder mit dem Blick ihrer sechzehn Jahre. Er schien verwirrt, sie brach plötzlich in Tränen aus und weinte, ohne es zu merken, an seiner Schulter.

Natürlich mußte sie es vor ihrer Schwester verbergen, aber sehr rasch siegte die Gewohnheit über die Stunden des Schwindelgefühls, und die imaginäre Leidenschaft hielt den wenigen Nachmittagen der Wollust nicht lange stand.

Das Leben in Ferrières nahm wieder seinen eintönigen Lauf. Aber der gestrige Abend hatte sie zur Auflehnung getrieben. »Du bist frei«, sagte sich Sylvie, »zum zweitenmal frei. Jetzt mußt du dir deine Schwester vom Halse schaffen.«

Der Zug lief im Bahnhof Saint-Lazare ein. Sie zog einen kleinen Spiegel aus der Handtasche und warf einen diskreten Blick auf das ernsthafte Gesicht, das wiederum wissen wollte, was sie eigentlich noch vom Leben erhoffen könne, aber da verspürte sie bereits, wie eine werdende Mutter, die die erste Bewegung des Kindes in ihrem

Leibe fühlt, die ihr noch zugemessene Zeit des fleischlichen Glücks, und sie erriet mit Schrecken das Nahen des Augenblicks, da die Welt für sie jener gleichen würde, die ihre Eltern ihr hatten aufzwingen wollen.

(10. April 1926)

Der Gegenstand wurde in den ersten Jahren des 14. Jahrhunderts dem Dogen Pietro Gradenigo von einem aus Spanien gekommenen jüdischen Philosophen geschenkt. Das Volk nannte ihn Embelicador, und man kannte ihn bei keinem anderen Namen. So groß ist die Kraft, mit der ein Spitzname einem Menschen anhaftet, daß er ihm überallhin folgt und den wahren Namen vergessen läßt. Von den Verfolgungen des erzkatholischen Königs aus dem Lande getrieben, war er in Genua gelandet und hatte die Lombardei unter äußersten Vorsichtsmaßnahmen durchreist, denn der Jude wittert den Scheiterhaufen, und deshalb sprach er nie und versteckte seine Bücher unter Überröcken und Kapuzenmänteln in den Tiefen seiner Reisetruhen. Man weiß, daß er sich für einige Zeit ein paar Meilen von Venedig entfernt in Casale aufhielt und daß er dem Dogen einen Brief voller geschickt formulierter Gedanken und in einem angenehmen und gelehrten Stil schrieb. Sein Latein erregte Gefallen. Man erlaubte ihm, sich in der durchlauchtigsten Stadt am Getto genannten Ort niederzulassen, wofür er dem Dogen mit einem Geschenk von zweitausend Piastern in Gold dankte, die ein eigens dazu bestellter Offizier aus seinen Händen entgegennahm.

Während des Volksaufstands, der das Leben Pietro Gradenigos in Gefahr brachte, wurde er in aller Eile in den Dogenpalast gerufen und in seiner Eigenschaft als der wichtigste Jude der Kolonie aufgefordert, binnen vierundzwanzig Stunden genug Geld zu beschaffen, um die Anführer der Aufständischen zu bestechen, oder irgendein anderes Mittel zu finden, durch welches der Doge der wütigen Rebellion entkommen könnte. Embelicador beteuerte, daß er arm sei und man ihm alles genommen habe, bis auf die kleine Summe, die er für seine verzinslichen Darlehen beiseite gelegt hatte, aber da er ein furchtsamer Mann war und sein Fleisch schlecht die zärtliche Berührung mit den rotglühenden Eisen vertrug, schwor er schließlich bei Elohim und Adonaï, daß er dem Dogen – koste es ihn, was es wolle – das Leben retten würde.

Was darauf folgte, ist nicht genau bekannt. Man weiß nur, daß der Jude noch am gleichen Tage bei einbrechender Nacht in den Palast zurückkehrte und dem Dogen eine mit kleinen Löchern versehene Kupferplatte von der Größe einer Handfläche sowie ein zusammengerolltes und versiegeltes Manuskript überreichte. Als das Volk die Türen des Zimmers erbrochen hatte, in das der Doge geflohen war, fanden sie ihn in Gesellschaft des Juden, der sofort in Stücke gehackt wurde, und einer alten Frau, die man am Leben ließ, weil sie die Schulterbinde des Glückseligenordens trug und man ihr ansah, daß sie eine arme Unschuldige war. Was den Dogen betraf, der den Verstand verloren zu haben schien und behauptete, behext worden zu sein, so wurde er auf der Stelle erwürgt.

Doch gerade diese Tatsache, die nach der Unterdrükkung des Aufstands in den hochnotpeinlichen Verhören der Mörder allgemein bezeugt wurde, mußte in der Folge aus gutem Grunde angezweifelt werden, denn es steht fest, daß dieser selbe Doge Gradenigo am Tage des Sieges der Patrizier über das Volk auf dem Balkon erschien und eine Ansprache an die Truppen hielt. Diese Auferstehung verbreitete Schrecken in den Herzen der Rebellen, jubelnde Freude in denen der Edelleute und Bestürzung bei allen. Man zog Erkundigungen ein, man stellte neue Verhöre an, man witterte einen Betrug, und schließlich forderte man den Dogen auf, seine Identität zu beweisen, was dieser mit bester Bereitwilligkeit und äußerster Einfachheit dann auch tat. Jetzt ließen die Politiker ihren Leidenschaften freien Lauf; die Bleikammern hallten von Schmerzens- und Wutschreien wider, das Volk glaubte an ein Wunder und muckste nicht mehr, zumal es seiner Anführer beraubt war. Ein Doktor der Universität von

Padua hielt dem Dogen eine Rede, in der er ihn *Redivivus* nannte und damit eine schöne Parallele zur Auferstehung des Herrn Jesus zog, zwischen der und jener des Dogen nur zwei Sonntage lagen.

Einige Rebellen hatten gestanden, daß ihnen der Jude wie festgenagelt, in einem sozusagen starrkrampfartigen Zustand erschienen sei, aber man vermutete, daß die Angst den Mördern zuvorgekommen war. Jedenfalls hatte der tote Jude das Geheimnis des Manuskripts und der durchlöcherten Kupferplatte ins Grab mitgenommen, und ich sage mitgenommen, weil der Doge auf die Frage des Großen Rats, was es mit den Gerüchten über diese Gegenstände für eine Bewandtnis habe, nichts antwortete und nicht zu verstehen schien, worum es sich handelte. Heimlich verhörte Zeugen schworen, daß sie gesehen hätten, wie der Jude Embelicador diese Dinge dem Dogen übergeben habe, daß sie jedoch nicht wüßten, was aus ihnen geworden sei, nachdem der Doge sich mit dem Philosophen und in Begleitung der alten Ordensfrau im Geheimgemach eingeschlossen hatte; nach dieser Frau suchte man vergeblich, und sie schien, gemäß den Aussagen ihrer Nachbarinnen, noch vor dem Aufstand gestorben zu sein; diese Nachbarinnen lieferte man den religiösen Behörden aus, die sie hochnotpeinlichen Fragen unterzogen, ihnen jedoch nur Schreie und Gebete zu entlocken vermochten. Schließlich steckte man sie auf Lebenszeit in den Kerker eines Klosters und mußte auf weitere Ermittlungen zur Aufklärung dieser finsteren Affäre verzichten ...

Als der Graf Molino von Buonaparte beauftragt wurde, die »Bucentaurus« zu zerstören, gab es viel Heulen und Wehklagen in der ganzen Stadt, und in der Nacht, die dem Todesurteil der heiligen Galeere folgte, versuchten zahlreiche Personen, sich einige kleine Holzstücke des der Vernichtung geweihten Schiffs zu beschaffen, um das glorreiche Andenken zu bewahren, und sei es auch nur in Form dieser traurigen Reliquien. Einer von ihnen, ein

gewisser Domenico de Amici, war kühner als seine Mit-
bürger und beschloß, eine der Bugfiguren unter dem
Prunkbalkon an sich zu nehmen. Das Glück stand ihm
bei, denn es gelang ihm nicht nur, den Kopf und den
Torso einer Sirene aus vergoldetem Holz loszulösen, ohne gesehen zu werden, sondern ein wohlgezielter Ham-
merschlag ließ ihn auch eine Höhlung im dicksten Teil
des Schiffsrumpfs entdecken. Ohne eine Sekunde zu verlieren, sprang Domenico wieder an Land und eilte nach
Hause, wo er sich das notwendige Werkzeug holte, um
die Fugen der Planken zu verbreitern, die Vernagelungen
zu entfernen und bis in die von ihm vermutete Höhlung
zu dringen. Er schickte seinen Diener fort, kehrte auf die
Galeere zurück und machte sich mit allem Fleiß an die
Arbeit. Dank seiner Behendigkeit gelang es ihm, einen
großen Holzblock zu lösen, den man allem Anschein
nach zu einem späteren Zeitpunkt eingefügt hatte, obgleich die Maserung des Holzes und die Beschaffenheit
der Planken des übrigen Schiffsrumpfs aufs Genaueste
nachgeahmt waren und man auch der kaum sichtbaren
Fugen Sorge getragen hatte, die auf ein dem Schiff frem-
des Holz hinweisen könnten, falls etwas Unvorhergese-
henes wie der hohle Laut, den es wiedergab, das dort
befindliche Versteck verraten hätte. Unter den Schlägen
eines kleinen Hammers fiel die mit einem Eisenwinkel
befestigte Holzverkleidung und gab eine kleine Nische
frei. Domenico griff hinein und zog einen Kasten heraus,
den er unter seinem Mantel verbarg.

Pochenden Herzens kehrte er heim und öffnete heimlich den Kasten. Den Deckel mußte er mit Zangen auf-
brechen. Im Inneren fand er eine mit Löchern versehene
Kupferplatte und ein altes, von Würmern zerfressenes
Manuskript, das nicht mehr entzifferbar war.

Domenico de Amici starb 1816, hinterließ seinem Va-
terland die Sirene aus vergoldetem Holz und seinem Sohn
Andrea den kleinen Kasten und die Kupferplatte.

Doch Andrea war ein nüchterner Mann, den Kuriositäten nicht interessierten. Er zog nach Triest und dachte nicht mehr an Venedig, seinen Vater oder die Kupferplatte. Als er sie eines Tages in einer Truhe entdeckte, bediente er sich ihrer, um den Kot von seinen Stiefeln abzukratzen.

Ein Fremder, der sie auf dem Boden liegend fand, hob sie auf, um sie sich genauer anzusehen, und entdeckte eine Inschrift in gotischen Unzialen; er bat Andrea, ihm diesen Gegenstand zu überlassen und erhielt ihn im Austausch gegen eine amerikanische Tabaksdose. Der Fremde hieß Edward Archer und kam aus Richmond in Virginia; er war ein Büchersammler und Kaufmann, der sich vorübergehend in Triest aufhielt, um von dort nach Venedig und Genua zu reisen und dann, nachdem er gute Geschäfte in der europäischen Türkei gemacht hatte, nach Amerika zurückzukehren. Er packte die Kupferplatte in seinen Koffer, nachdem er sie gesäubert und sich die Inschrift notiert hatte. Dann sagte er seinen Freunden in Triest Lebewohl und schiffte sich ein. Als er wieder heimgekehrt war, seine Frau umarmt und an die Seinen venetianische Halsketten und Schals aus Sevilla verteilt hatte, eilte er in seine Bibliothek und suchte in allen Büchern nach irgendeiner Seite, auf die der Geheimschriftschlüssel passen würde, aber er verstand sehr bald, daß dieser Schlüssel für ein sehr altes Buch bestimmt war; so kam er auf die Idee, ihn auf ein Manuskript aus dem 14. Jahrhundert zu legen, aber die Löcher entsprachen keinem Buchstaben genau.

Noch am gleichen Nachmittag beschloß er, nach Cordoba zu reisen, denn eine Zeichnung am Rande des Metalls schien auf diesen Ort hinzuweisen; es war allerdings eine fast ausgelöschte Zeichnung, als habe man ein Losungswort wegkratzen wollen. Unter dem Vorwand neuer Geschäfte machte er sich weniger als eine Woche später nach Spanien auf und versprach, in einigen Monaten wieder zurück zu sein.

Eines Abends im Mai, als er in den Gassen der einstigen

Almoravidenstadt spazierenging, stand er plötzlich vor dem Haus des Maimonides. Die Tür hatte nur noch ihre Angeln, der Garten war ein Gestrüpp von Unkraut, aber das auf ein Fenster der Etage scheinende Mondlicht verführte zu der Illusion, daß dort oben eine zahlreiche Versammlung stattfand.

Ohne zu zögern, stieg er die locker gewordenen Stufen empor und trat in das kleine dunkle Zimmer, das er hell erleuchtet geglaubt hatte. Es war eine Bibliothek. Das Haus war seit so vielen Wintern verlassen, daß er über den frischen Zustand erstaunte, in dem sich die Pergamentrollen und einige Inkunabeln befanden, die offenbar trotz der Verlassenheit des Ortes auch nicht den geringsten Dieb in Versuchung geführt hatten.

Er mußte das Fenster öffnen, um zu versuchen, im hellen Mondlicht einige der teils hebräischen, teils arabischen Manuskripte zu entziffern, aber er entdeckte dabei auch eine geheimnisvolle Sprache, die er zuerst für magyarisch hielt, doch auf der letzten Seite des Bandes fand er eine Notiz, durch die er erfuhr, daß es sich um die alte Sprache einer verschwundenen Welt handelte, von der dieses Buch das einzige war, das man entdeckt hatte. Der Autor dieser Notiz – vielleicht Maimonides selbst – glaubte, es sei das einzige Dokument, das von dem versunkenen Kontinent Atlantis zeugte. Ein portugiesischer Seefahrer hatte es in einer Höhle auf der Insel Madera gefunden und es dem Besitzer dieser Bibliothek geschenkt.

Archer nahm die Kupferplatte und legte sie aufs Geratewohl auf jede Seite. Fast am Ende angelangt, sah er plötzlich, daß die oberen Löcher ein wenig mit dem geschriebenen Text übereinstimmten. Sein Geist – aber war es der seine – gab ihm ein, die Seite zu wenden, doch kaum hatte er die Platte darübergelegt, da verschwand das ganze Zimmer. Er befand sich an einem ihm unbekannten Gestade; in der Ferne leuchteten kristallene Kuppeln in der Sonne, und in Weiß gekleidete Personen kamen auf ihn zu. Dann ertönte auf einmal ein Donnern, das so grüne und so schöne Meer tat sich wie unter einem Schwertstreich auf, und alles stürzte ein ...

Nach sieben Jahren beharrlicher Ermittlungen war Archers Familie zu dem Schluß gekommen, er sei Räubern zum Opfer gefallen, da er vermutlich eine große Summe Geldes bei sich getragen habe. Doch inzwischen fanden Kinder, die in einem alten Haus in Cordoba spielten, eine kleine durchlöcherte Metallplatte im Garten und vergnügten sich damit, Sand durch sie rieseln zu lassen.

(1921)

Die Hölle

Sein Zimmer lag im alten Teil des Hauses und ging auf den kleinen schattigen Hof hinaus, in dem die Köchin am späten Nachmittag Gemüse putzte und mit Ian plauderte. Es war das kleinste Zimmer des Hauses, und man benutzte es gewöhnlich als Unterkunft für Gäste, aber Harold hatte es gewählt, weil man dort mehr Ruhe hatte und die Sonne kaum hineinschien, außer vielleicht eine Stunde vor dem Abendessen; und man hatte es ihm gelassen, weil man es für richtig befand, daß er sich abseits hielt und nicht mit dem Rest der Familie verkehrte.

Er hatte es nach seinem Geschmack möbliert, den man als nicht schlecht bezeichnen konnte: Weiße Holztäfelungen, die Wände mit einem hellgelben Stoff bespannt, dessen Muster aus Kronen und Girlanden von einem dunkleren Gelb waren. Die Möbel im Directoire-Stil, aber einem ländlichen und einfachen Directoire ohne Vergoldungen; nur der wie ein Tempel mit Säulen und Giebeln verzierte Sekretär stellte geziemend den Triumph dieses Stils in der bürgerlichen Wohnkultur dar; er war tief und breit, mit einer Unzahl falscher Schubladen und Geheimfächer, wie um eine unschuldige Geheimniskrämermanie zu befriedigen. Diese von Harolds Großvater aus Frankreich mitgebrachten Möbel erregten den Argwohn der Familie, die sich nur in ihrem freundlicher wirkenden und solideren englischen Mobiliar wohl fühlte. Im Grunde war der Vater froh gewesen, dieses zu kurze Bett und diese unbequemen Stühle loszuwerden, und er erwähnte sie nie, ohne dabei verächtlich zu schmollen.

Vom Fenster aus sah man das Reservoir in einer Ecke des Hofs; es war ein großer, auf langen Eisenfüßen ruhender Kasten, aber zum Glück hatte eine geduldig wuchernde Vegetation ihn in Laub und wilde Blumen gehüllt, so daß man auf den ersten Blick nicht wußte, wozu diese Art Turm diente; besonders in den ersten Junitagen, wenn ein ganzes Netz kleiner dunkler Rosen sich dem glänzenden und kräftigen schwarzen Efeu hinzufügte. Ein mehrmals im Jahr mit Kalk geweißter Gitterzaun schmückte den Hof von beiden Seiten und umgab den Gemüse- und Blumengarten, der sich bis zum Luzernenfeld erstreckte. In einer Ecke des Gemüsegartens stand ein kleines rotgestrichenes Holzhaus mit einer winzigen Veranda und drei Stufen, auf die man sich manchmal im Sommer bei Sonnenuntergang setzte. Es diente keinem besonderen Zweck, und man warf dort kunterbunt alles hinein, was man nicht mehr brauchte: rissig gewordene Sattel, zerbrochenes Werkzeug, zu arg verschmutzte Kleidungsstücke, leere Flaschen, und alles das lag haufenweise in den verwahrlosten Zimmern. Man nannte es manchmal die Schule, weil es während des Krieges gegen die Nordstaaten den benachbarten Dörfern als Lehrsaal gedient hatte; die Schwarzen betraten es nie und behaupteten, man sähe am Abend weiße Gesichter, die sich an die Fensterscheiben drückten.

Zwischen der Schule und dem großen Haus war ein freies Stück. Eine geschmeidige und schmale junge Birke spendete ein wenig Schatten und neigte sich beim geringsten Wind. Das war ungefähr alles, was man von Harolds Zimmer aus sehen konnte; doch wenn man sich ein bißchen hinauslehnte, erblickte man die Prärie und die roten Dächer der Ställe und Schuppen sowie auch die Hügel, wenn das Wetter klar war.

Ziemlich früh am Morgen pflegte man sich zum Frühstück unter den Buchen zu versammeln. Ein Korbtisch wurde auf dem Rasen aufgestellt, und Jemina servierte den Kaffee, im gelben Leibchen und mit einem scharlachroten Kopftuch. Sie war eine noch ganz junge Negerin, deren nach Erde duftende dicke Arme eine solche Frische ausstrahlten, daß man Lust hatte, in sie hineinzubeißen.

Die Brüder amüsierten sich damit, ihr die Beine zu peitschen, um ihre Schreie zu hören, und dann hüpfte sie
unter den Rutenschlägen und schrie manchmal, bevor sie
getroffen wurde; das war ein tägliches Spielchen, das die
Familie sich schwerlich hätte entgehen lassen.

Die aufreizenden Eigenschaften des Kaffees regten die
Intelligenz der Männer an und entfesselten die üblichen
Bemerkungen über das Wetter und die Aussichten auf
eine gute Ernte. Die wunderbare Banalität dieser Gespräche amüsierte Harold; er freute sich insgeheim über
ihre Selbstgefälligkeit und verstand es manchmal, ihnen
die gröbsten Ungeheuerlichkeiten zu entlocken, wie aus
Rache dafür, daß er nicht wie sie ein schöner und kräf-
tiger Bursche war, aber auch, weil er sie um ihre Frau-
en beneidete, die ihnen gestatteten, die bestialische Wut
ihrer perversen Instinkte zu befriedigen. Die vier Frau-
en wiederum straften ihn mit Verachtung, verhielten
sich still, nahmen nie an den Gesprächen teil, starrten
geradewegs auf die große Wiese und die zerzausten
Birken am Straßenrande. Vier geduldigen Tieren gleich,
hatten sie den trägen Blick der Pflugochsen und auch
deren Gleichgültigkeit gegenüber den Ereignissen des
Lebens anderswo. Ihre Sturheit war undurchdringlich.
In ihren geringsten Gesten offenbarte sich ein erstaunli-
cher Mangel an Ausdrucksmitteln. Blöde war ihre Art,
die Hand auf die Armlehnen eines Sessels zu legen, sich
eine Haarsträhne zu richten, aufzustehen, sich zu setzen, zu gehen, die Blumen anzuschauen, eine Zeitung
aufzuschlagen. Immer wieder war man überrascht, sie
so borniert zu sehen; alles an ihnen zeugte in jedem
Augenblick von einer so abgrundtiefen Dummheit, daß
man eine Art intellektuelles Schwindelgefühl verspürte.

Der Vater warf einen zärtlichen Blick auf die Gruppe
der vier Einfältigen, hüllte seine dicken Waden in die
graue Seide eines zu kurzen Morgenrocks, der sich weit
über dem Bauch öffnete. Seine lange Tabakspfeife qualm-

te in seinen Fingern, und er gestikulierte ein wenig mühsam, aber präzise.

Harold konnte seinen Vater nie ansehen, ohne sich zu wundern, daß er einen Kopf hatte. In der Tat war sein Körper so gewaltig und rund, daß er keinen zu brauchen schien. Zwischen den gleich Hammelkeulen fetten Schultern wirkte der Kopf wie ein überflüssiger Auswuchs, wie ein bedauerlicher Fehler des Architekten, der doch immerhin die Sphäre des Bauchs und des klotzigen Brustkastens so gut ausgewogen hatte. Abgesehen davon, stellte dieser Kopf mit seinen wie Wogen über den Kragen rollenden Kinnfalten, den vor Fett bis zu den Augen wuchernden Wangen, die ihm zur Hälfte die Lider schlossen, mit der winzigen Stirn unter dem trotz des Alters noch dichten Kraushaar, das diese von roten und weißen Flecken überzogene lila Fleischpyramide krönte, ein prächtiges Einzelstück dar.

Auf den Gesichtern seiner Brüder entdeckte Harold die Kampfspuren, welche die zwar eingeschläferte, aber noch nicht ganz abgetötete Intelligenz hinterlassen hatte, was den Triumph der von rechtschaffenen Professoren eingetrichterten tapferen und robusten Dummheit verhinderte. Man hatte sie in der Tat den betrüblichen Unterrichtsmethoden einer großen Universität ausgesetzt, und sie hatten sich nie ganz von ihrem letzten Jahr des Philosophiestudiums erholen können. Aber man spürte, daß sie dank Schlemmereien und Ausschweifungen schließlich ihre Anwandlungen von Pedanterie ersticken und eines Tages wieder ehrbare Tiere werden würden, ohne die entwürdigenden intellektuellen Ansprüche, die das Laster der amerikanischen Jugend sind.

Meist schloß er sich von zwei Uhr nachmittags an in seinem Zimmer ein und verließ es nicht vor Sonnenuntergang. Zuweilen schrieb er, aber das war eine Beschäftigung, die ihn ein wenig ermüdete, und er sah nicht ein, warum man sich den Spaß des Denkens verderben sollte, indem man den Phantasien des Geistes eine schriftliche Form gab, es sei denn, man bediente sich einer solchen Arbeit, um seinen Lebensunterhalt zu verdienen. Die glücklichsten Ideen ertrugen es seines Erachtens nicht, daß man sie ausdrückte, und welkten unter der Feder dahin; und wenn er sich von Zeit zu Zeit zu einer Übung dieser Art bequemte, so wollte er nur sehen, ob er nicht schließlich Geschmack daran fände und von dieser Seite ein neues Vergnügen entdeckte.

Gern las er erotische Romane, die er sich im geheimen beschaffte, aber diese wollüstigen Ergüsse, die während einiger Jahre seinen Sinn angefacht hatten, ließen ihn jetzt immer kälter, und er zog es vor, überhaupt nichts zu tun.

Auf seinem Bett liegend, betrachtete er den großen zweiteiligen Spiegel, der schräg über einer Konsole aus Mahagoni hing und das Zimmer in einem schiefen Winkel reflektierte. Dieser neue Aspekt seines Zimmers gefiel ihm. Es sah aus, als ob sein Bett sich anschickte, die Wände emporzuklettern, während der Sekretär zur Tür glitt, und daraus ergab sich für ihn, den Zuschauer dieses ungeheuerlichen Möbelkarussels, ein köstliches Unbehagen. Manchmal verlängerte er sogar den Strick, der den Spiegel an der Wand zurückhielt, um den Winkel zu verändern; dann schloß er die Augen für eine Weile und bemühte sich, nicht mehr an den anders hängenden Spiegel zu denken, so daß er, wenn er wieder aufblickte, halb überrascht sein Bett über der Konsole zum offenen Fenster gleiten sah.

Diese unschuldige Vergnügung verlor nie ihren Reiz. Sie wurde, als Harold ihre philosophische Bedeutung erkannte, zum Ausgangspunkt einer neuen Existenz.

Obwohl er das Leben in all seinen Erscheinungsformen akzeptierte, versuchte er stets, diese zu verwandeln, aber nicht etwa im materiellen Sinn des Wortes, sondern indem er ihr Aussehen durch eine willentliche Verzerrung seiner eigenen Sinne veränderte; das heißt, er beschloß, die Außenwelt nicht mehr auf natürliche Art wahrzunehmen, und suchte das Abnormale und das Ungeheuerliche nicht im Draußen sondern in sich selbst. Sowie er sich überzeugt hatte, daß der Spiegel sein Zimmer in seinem wahren Aspekt darstellte, bereitete es ihm ein großes Vergnügen, auf dem horizontalen Fußboden zu spazieren und dabei zu bedenken, daß die Lage dieses Fußbodens illusorisch war, und daß er in Wirklichkeit fast vertikal emporragte.

Auch die moralische Welt eröffnete ihm unverhoffte Perspektiven, und jeder Schritt, jeder Allgemeinbegriff, jede Tugend und jedes Laster bescherte ihm köstliche Überraschungen. Als er sich die absolute Gewißheit erworben hatte, daß das Wassertrinken das abscheulichste Verbrechen war, daß man in seiner Familie begehen konnte, bereitete es ihm äußerste Freude, in Gegenwart der anderen ganze Karaffen Wasser zu leeren. Desgleichen überzeugte er sich, daß die scheußlichsten Verderbtheiten in Wirklichkeit seltene und schwierige Regungen der Tugend waren, und er gab sich ihnen nach der Lektüre frommer Bücher mit Inbrunst hin.

So verdrehte er die Welt und eröffnete seiner Neurasthenie neue Gebiete.

Diese Kindereien beeinträchtigten allerdings kaum seinen klaren Verstand, wie sehr er sich auch bemühte, diesen zu trüben und in die Irre zu führen, und schließlich fand er in den künstlichen Vergnügungen, mit denen er seine Einsamkeit beschäftigte, jene Traurigkeit wieder, die er zu fliehen suchte. Die Langeweile beherrschte all seine Freuden und vergiftete sie. Da wünschte er sich den Wahnsinn, jene vollkommene Irre, die Illusionen schafft und sich von angenehmen Lügen nährt.

All diese Komplikationen der Gehirntätigkeit hatten ihn schließlich ermüdet. Sie hatten die Kräfte der Jugend in ihm aufgezehrt, und er verspürte die Nichtigkeit seines Daseins wie eine schwindelerregende Leere. Mit Schrecken stellte er fest, daß ihm die notwendige Energie fehlte, um aus sich selbst herauszugehen und am Leben der Außenwelt teilzunehmen, und daß er nicht mehr den Willen aufbrachte, sich einer Tätigkeit zuzuwenden, deren Ursache und Zweck nicht er allein war. So vergnügte er sich mit sich selbst und schloß sich in diesen hypnotischen Kreis ein, aus dem er keinen Ausweg fand.

Der Winter war so streng, daß der Vater sich beunruhigte und seinen Pächtern mehrere Besuche machte. Das war bisher noch nie vorgekommen, und seine vier verheirateten Söhne regten sich darüber auf. Was Harold betraf, der sehr wohl wußte, daß er, was auch immer geschähe, im Hause bleiben würde, so teilte er nicht die Gefühle seiner Brüder, die eine Überprüfung der finanziellen Lage wünschten und sogar daran dachten, das Haus zu verkaufen und anderswo zu leben, falls das für den Unterhalt des Guts und seiner Nebengebäude nötige Geld plötzlich fehlen sollte. Der Besuch ihres Vaters in einem ziemlich entlegenen Dorf lieferte ihnen die erwartete Gelegenheit. Hastig öffneten sie den Geldschrank. Ihre Befürchtungen erwiesen sich als berechtigt: Er war fast leer. Andrerseits gefährdete die große Kälte die Einkünfte aus ihren Ländereien; kurz, alles bestätigte ihre Besorgnis, und sie hielten Rat.

MacLean, der von der Mutter den Wahnsinn geerbt zu haben schien, schlug vor, daß man auf der Stelle mit dem Verkauf des ganzen Besitzes beginnen sollte, damit der Vater bei seiner Rückkehr die Sache zu weit fortgeschritten fände, um sich ihr zu widersetzen. Diese Idee schien vortrefflich, und man erklärte sich einverstanden, ohne es sich lange zu überlegen und bevor man an diesem Vorhaben irgendeinen Haken entdeckte. Sie hatten bereits alles unter sich geteilt, und die Pläne nahmen rasch feste Formen an, als Harold eine Frage stellte, die Bestürzung unter den Intriganten verbreitete. Er hatte sich bisher abseits gehalten und als spöttischer und übelgesinnter

Zuschauer die Unbeholfenheit genossen, mit der seine Brüder ihre Habgier preisgaben.

»Die Abwicklung des Verkaufs wird langwierig sein«, begann er frohen Herzens, »und voller Schwierigkeiten aller Arten. Um das Haus zu verkaufen, müßt ihr zuerst die Erlaubnis des Eigentümers einholen.«

»Aber es gehört uns doch«, riefen die Männer entrüstet aus. »Vater hat uns versichert, daß wir es besitzen.«

»Eine verbale Zusicherung hat keinen Wert vor dem Gesetz. Ihr braucht ein Papier, ein Dokument, einen schriftlichen Beweis.«

»Na schön, das Testament also«, sagte MacLean. »Ich bin überzeugt, daß es gemacht ist.«

»Wenn es gemacht ist, wie ihr sagt«, fuhr Harold fort, »so ist es in den Händen eines Notars, der es bei Lebzeiten unseres Vaters niemandem von euch übergeben darf. Aber nehmen wir einmal an, es würde euch gelingen, ihm dieses Testament mit Gewalt zu entreißen, wäret ihr dann sicher, daß die Einwilligung von vier Eigentümern genügt?«

Die vier Eigentümer verstanden nicht; sie rissen die Augen auf, als ob sie hofften, daß sich damit auch ihr Geist öffnen würde. Harold trat zur Tür. Durch das Fenster sah er, daß sein Pferd gesattelt war, wie er es befohlen hatte.

»Ich bin der fünfte Eigentümer«, sagte er, »und ich will nicht, daß ihr das Haus verkauft.«

Und mit einem Satz war er draußen.

Während er im Galopp davonritt, kostete er die Freude aus, die Wünsche seiner Brüder vereitelt und sich so schön über sie lustig gemacht zu haben. Aber er genoß auch das bittere Vergnügen, dem Schicksal gehorcht zu haben, denn das Schicksal wollte nicht, daß ihm das Haus entging oder eher, daß er dem Haus entging. Diese Worte werden dem nichts bedeuten, der sich nie willentlich selbst geschadet hat, der nie die Katastrophen, deren einziges Opfer er sein wird, begünstigt und vorbereitet hat, und das mit einer vollkommenen Zufriedenheit und mit dem innigen Wunsch, seinen Untergang zu sichern und ihn unwiederbringlich zu machen.

Ganz seinen Gedanken hingegeben, war Harold, ohne achtzugeben, einer Straße gefolgt, die sich zwar um einen kleinen Wald und durch ziemlich weite Felder schlängelte, dann aber wieder zu dem Hause führte, das er soeben verlassen hatte. Infolge dieser Unbesonnenheit lief er seinen Brüdern in die Falle, die, fest entschlossen, ihm mit Gewalt die zum Erfolg ihres Unternehmens nötige Einwilligung abzuzwingen, in den Büschen lauerten, aber er bot ihnen keinerlei Widerstand, denn er hatte in der Ferne den in einer weißen Staubwolke nahenden Wagen des Vaters erblickt.

Die Rückkehr des Vaters verbreitete Verzweiflung in den Reihen der Verschwörer. Nichts war getan, also war alles verloren. In aller Eile mußte man die Stricke lösen, mit denen man Harold gefesselt hatte, um keinen Verdacht zu erregen, denn man war ja noch dazu der Gnade dieses Schwächlings ausgeliefert, aber man ließ ihn verstehen, daß er sich großen Ärger einhandeln würde, wenn er die Pläne seiner Brüder verriet; so schien er auch Vernunft anzunehmen und versprach, nichts von dem, was sich an diesem Tage ereignet hatte, zu erzählen.

Die staunenswerte Unschuld seines Vaters erfüllte ihn mit Ekel. Ahnte er denn nicht, wie heimtückisch seine Söhne waren, denen er mit offenen Händen und einem Lächeln auf den Lippen entgegentrat? War er in einem solchen Maße verblödet, daß er sich über die Gefühle täuschte, die ihre Gesichter verzerrten? In der Tat schienen alle bestürzt und drängten sich wie ertappte Kinder aneinander. In ihrer Fassungslosigkeit standen sie wie angewurzelt da und vermochten nicht, auf die Fragen ihres Vaters zu antworten, als dieser sich fröhlich scherzend erkundigte, wen man denn heute beerdigte.

»Seid ihr krank?« rief er. »Schaut, hier habe ich etwas, das euch heilen wird.«

Und ohne länger auf ihre Verwirrung zu achten, setzte er sich in einen Sessel und knöpfte seinen Mantel auf. Die dicke Hand am Ende des zu kurzen Arms fingerte vergebens in den Tiefen der Weste; es gelang ihr kaum, bis über die Knöpfe zu fassen, von denen einige bereits dem Druck des gewaltigen, sich unter dem Atem blähenden Brustkastens nachgegeben hatten. Sein Unvermögen ärgerte ihn, doch dann lachte er darüber.

»Ich schaffe es nicht«, sagte er. »Harold, zieh du mir die Geldbörse aus der Tasche.«

Und auf einmal verstand Harold, daß er diesen dicken Mann falsch beurteilt hatte; sein Vater war durchaus nicht der sanftmütige Trottel, für den er ihn gehalten hatte, denn er war durchtrieben genug, um den Machenschaften seiner Söhne vorzugreifen und ihre Pläne zu vereiteln, indem er ganz einfach ihre Wünsche erfüllte.

Die Neugier war zu tief in Harolds Natur verankert, als daß er nicht versucht hätte, das Betragen seines Vaters zu verstehen. Bisher hatte er diesem mißgestalteten und selbstzufriedenen Freßsack, dessen Leben ganz animalisch schien, nicht viel Aufmerksamkeit geschenkt und ihn mit seinen Brüdern und Schwägerinnen zu dem sich im Hause häufenden nutzlosen Vieh gezählt. Aber die Sanftmut, mit der er zu seinen Söhnen gesprochen hatte, die doch ganz offenbar irgendeiner bösen Absicht schuldig waren, hatte Zweifel an seiner Dummheit geweckt. Es wäre wirklich zu blöde gewesen, diese Schurken zu verzärteln, die nur hinter seinem Geld her waren; er mußte also einen Hintergedanken haben, der ihn davon abhielt, sie nacheinander zu ohrfeigen, denn so bescheiden auch die Summe der Intelligenz und des Muts bei einem Menschen sein mag, so gibt es immer einen Punkt, über den hinaus man ihn zwangsläufig in Wut und Empörung versetzen muß. Und da dieser Punkt bei dem Vater schmäh-

163

lich überschritten war, konnte es gar nicht anders sein, als daß er seine Söhne zum besten hielt, zumal er sie mit Schmeicheleien überhäufte und große Geldbeträge an sie verteilte.

Harolds Mutmaßung war im großen und ganzen richtig, und der Fehler, den sie enthielt, rührte von einem gewissen Hang zum Dramatischen her. In Wirklichkeit dachte der Vater nicht daran, seinen Söhnen Fallen zu stellen, um sich dann an ihrer Beschämung zu weiden. Er wünschte ganz einfach ihr Glück, nicht etwa, weil er sie liebte, denn er verachtete sie, sondern weil sie ihn in Ruhe ließen, wenn sie glücklich waren. Der Frieden schien ihm das Wünschenswerteste auf Erden; es war bei ihm eine Art Leidenschaft. Der Frieden und das Essen. So räumte er sich alles aus dem Wege, was seine Ruhe stören könnte. Eine so einfache Überlegung war nicht angetan, von der feinsinnigen Intelligenz Harolds verstanden zu werden. Und doch erklärte sie alles, was der Vater getan hatte, um sich das zur Befriedigung seiner Erben nötige Geld zu beschaffen.

In eintöniger Fröhlichkeit nahm das Leben wieder seinen Lauf. Immer häufiger hielten sie Freßgelage ab; jeder Vorwand war ihnen recht zu Schlemmereien: Geburtstage, Trauerfälle, Hochzeiten. Manchmal in diesem Winter dauerten die Mahlzeiten so lange, daß sie fast unmittelbar aufeinander folgten, und daß nur eine halbe Stunde das Mittagessen vom Abendessen trennte. Man räumte nicht mehr ab, ließ Schüsseln und Töpfe auf dem Tisch stehen, um alles auf einmal zu genießen. Zwei große Ausziehplatten gestatteten, sich breit zu machen, ohne den Nachbarn zu stören, und die Stühle wurden durch bequeme Polstersessel ersetzt.

Diese Völlereien machten sie zusehends fetter. Die Frauen wurden so dick, daß man ihre Krinolinen erweitern mußte, damit sie ihre Hinterbacken hineinzwängen konnten; sie stöhnten beim Essen und konnten keinen

Schritt gehen, ohne zu schnaufen; ihre dicken Gesichter verfärbten sich puterrot; die Haut straffte sich über dem Fett, die Züge verschwammen und rundeten sich. Sie glichen formlosen Fleischsäcken. Und doch ermutigten die Männer sie zum Essen, wie um sich dafür zu rächen, daß sie selbst mit jedem Tage dicker und unförmiger wurden. Ihre Kleider platzten bei der geringsten Bewegung, und die verzweifelten Schneider mußten ihnen bauschige Jakken und Hosen anfertigen, um der Verfettung vorzubeugen und den ständig zunehmenden Fleischmassen Platz zu schaffen. Man konnte diese beleibten Personen nicht mehr voneinander unterscheiden, denn sie verloren ihren individuellen Charakter, und ihre teigigen Gesichter schwollen zu einförmigen Klumpen an.

Doch sie alle fanden Trost beim Anblick ihres Vaters.

Dieser thronte in einem aus zwei aneinandergenagelten Sitzen gebastelten Sessel, der mit seinen sechs Füßen kaum dem enormen Gewicht dieses Greises standhielt, an dem nur noch die Stimme menschlich war. Sein Hintern quoll zwischen den Stäben der Rückenlehne hervor. Man verstand die Struktur seines Körpers nicht mehr; die Arme waren viel zu kurz und schienen nutzlos. Der Kopf erregte, je nach dem Naturell des Beschauers, Entsetzen oder Heiterkeit, und er war so klein, daß man jederzeit befürchtete, ihn wie den Spund eines Fasses, in dem Alkohol gärt, knallend in die Luft fliegen zu sehen, und man hatte Lust, auf ihn zu spucken, um ihn noch glänzender zu polieren und sein Lilarot noch heller strahlen zu lassen.

Aus Vorsicht schnürte er seinen Leib in drei Pferdebauchgurte ein, aber sie platzten vor dem Ende der Mahlzeit, und man mußte ihn immer schnaufend und fluchend aus dieser dreifachen Höllenpein befreien. Dann sprang der endlich freie volle Bauch auf die Schenkel und rollte bis zu den Knien. Das entfesselte stets schallendes Gelächter bei den schmächtigeren Gästen, die sich in ihren fast normalen Sesseln mit genüßlichem Grunzen die Hintern rieben.

Harold nahm an diesen Gelagen nie teil. Die Tafel zog ihn viel weniger als früher an, denn er frönte anderen Phantasmen. Der Gott seiner Brüder war ihr Bauch, doch sein Gott lag sozusagen etwas tiefer, und er gab sich seinem Kult mit dem ganzen Ernst eines krankhaften Wesens hin. Allerdings hatten seine Brüder nicht völlig der Wollust abgeschworen; sie verrichteten noch die alten Riten, nur mit weniger Inbrunst als in den schönen Tagen ihrer Ehebrüche, denn sie fühlten wohl, daß der Kult des Bauches viel geruhsamer war und die Energie, die Nerven und die Phantasie viel weniger anstrengte. Vielleicht waren sie es auch müde, ihre Frauen zu wechseln.

Harold dagegen fand kein Vergnügen mehr an den Freuden der Tafel und der Verdauung; er zog ihnen heftigere, mühsamere und vor allem weniger träge Genüsse vor, denn er wurde ungeduldig. Bei ihm tötete die Überlegung das Vergnügen. Er wollte durch Überraschung genießen, und die Sklaven hatten Befehl, ihn in gewissen Nächten brutal zu wecken und noch ganz schlaftrunken in den Kampf des Fleisches zu stürzen. Jedesmal ging er daraus gebrochen, finster und noch begieriger hervor.

Allmählich fühlte er die Macht seiner sinnlichen Manie überhandnehmen. Seine Einsamkeit bevölkerte sich mit erotischen Visionen; all seine Einfallskraft setzte er ein, um neue Raffinessen, noch nie dagewesene Komplikationen zu erfinden. Und mit seinen fünfundzwanzig Jahren hatte er einen bemerkenswerten Grad der Vollkommenheit erreicht, aber damit wurde auch die Wollust in jeder Nacht zu einem immer heikleren Problem, denn jetzt weigerte er sich schon, zweimal das gleiche Vergnügen auszukosten: Er brauchte jeden Abend ganz neue Schweinereien.

Sein Zimmer, das er in der Hoffnung, etwas Blasphemisches und Unanständiges zu sagen, prätentiös Weihestatt der Liebe oder Erostempel nannte, hatte er umgebaut. Die Directoire-Möbel wurden durch gerundete Diwane und Sessel von verlockender Tiefe ersetzt. Die Stühle sahen lüstern aus, ein Puff regte zu obszönen Ideen an. Um die Anstößigkeit der Einrichtung ein wenig zu betonen, schmückten nicht nur Aktmalereien die Wände, sondern auch fromme Bilder und von ihm als doppelsinnig empfundene Bibelsprüche.

Eines Tages, als er sich in seinen gewohnten Arbeiten erschöpfte, saßen seine Brüder, ihre Frauen und sein Vater bei einem ungeheuerlichen Freßgelage. Sie hatten niemanden eingeladen, und es freute sie, daß Harold nicht erschienen war, denn mit ihrer Völlerei wuchs auch ihr Geiz, und je weniger Gäste sie hatten, desto mehr gab es für jeden von ihnen zu essen.

Auf ihren Befehl hatte man Berge von Speisen an beiden Enden des Tischs angehäuft, damit man zwischen den Gängen nicht seine Zeit mit nutzlosem Warten verlor. Über einem Postament von Schinken türmte sich eine Pyramide aus Würsten aller Arten; Äpfel und Bananen schmückten diesen Haufen toten Fleisches. Das war die Seite des Vaters, der wie ein aufgeregt flatterndes Huhn mit seinen kurzen Armen fuchtelte. Das andere Ende des Tischs bog sich unter der Last einer zweiten Freßburg, deren Zinnen allerdings bereits von den Frauen geschleift wurden und die von oben einzustürzen drohte. In der Mitte ruhten Zuckersäulen auf einer Grundfeste aus Fladen und Früchten; man hatte die Spalten mit Gelee und glasiertem Laub zugestopft, das die gefräßigen Zähne der Tafelnden ebenfalls zerkauten; in diese kompakte und bunt schillernde Masse tauchten die emsig wütenden Finger, und die von allen Feuern einer tierischen Verfressenheit gefärbten Fratzen witterten den Zucker, prusteten mit einer Art Geilheit auf die Hügel der Bonbons.

Die zuerst begeisterten, dann aber angewiderten Sklaven schleppten unaufhörlich neue Gerichte herbei, die in ihrer herrlichen Aufmachung den Appetit eines jeden anregten. Riesige Fleischstücke schwammen auf einem Meer glacierter Bratensoße; eine Pute, die im Augenblick des Aufflugs erhascht schien, feierte eine Art Triumph und wurde geräuschvoll begrüßt. Einige wollten aufstehen, vermochten aber nur grotesk mit dem Kopf zu wakkeln. Die Gesichter der Männer verfärbten sich dunkelviolett, und die Frauen japsten mit offenen Mündern. Eine Dunstwolke schwebte über ihnen; die Luft wurde plötzlich drückend, man gestikulierte und zeigte auf die Fenster.

In diesem Augenblick ließen zwei Frauen ein Glucksen vernehmen, das einem Lachen ähnelte, und fuchtelten mit den Händen, wie es ganz kleine Kinder tun. Man hielt es für einen Ausbruch der Freude, den man jedoch als unzeitig empfand, denn jetzt hatte man zu essen und nicht zu lachen.

Plötzlich, fast im selben Augenblick, wich das Leben aus ihnen. Dank ihrem Gewicht und den riesigen Ausmaßen ihrer Hinterbacken fielen sie nicht, blieben sitzen, mit schwarzem Gesicht, weit offenem Mund, aus den Höhlen tretenden Augen, schrecklich anzuschauen.

Erst nach den Likören bemerkte man, daß sie tot waren.

Gegen vier Uhr verfinsterte sich der Himmel, und Regen prasselte auf die Dächer, die wie Trommeln hallten. Harold nahm eine Fackel und stieg ins Eßzimmer hinunter. Er ging mit Mühe und zitterte am ganzen Körper. Die von den violetten Ringen um die Höhlen geweiteten Augen schienen sein abgezehrtes Gesicht zu durchlöchern. Ein dumpfer Schmerz kroch über seinen Nacken und verbreitete sich strahlenförmig in seinem Kopf. Als er eintrat, blinzelten die an das Dunkel gewöhnten Augen vor dem feindlichen Licht. Alle saßen noch da, benommen vom Essen und vom Wein, und betrachteten reglos die Toten. Die geringste Anstrengung hätte sie töten können.

Mit einer krankhaften Neugier ging Harold um den Tisch und beleuchtete jedes Gesicht, um die besonderen

Schäden zu entdecken, die sie seit Beginn der Mahlzeit erlitten hatten. Als er zu den beiden toten Frauen gelangte, hielt er sie irrtümlicherweise für lebendig, denn sie unterschieden sich kaum von ihren Nachbarinnen.

In seinem vom Vergnügen erschöpften Gehirn vermochte er keinen klaren Gedanken zu fassen. Es war ihm, als sei er beschwipst. Schließlich stellte er die Fackel auf den Tisch und setzte sich in einen Sessel, um zu sehen, was sein Vater, seine Schwägerinnen und seine Brüder taten. Erst bei diesem Rundblick begriff er, daß die beiden Frauen tot waren, denn sie schnauften nicht wie alle anderen, denen es übrigens kaum besser ging. Das bereitete ihm ein köstliches Vergnügen der Überraschung und gestillter Rache, das ihn wieder klar denken ließ, und er stand leise auf. Noch einmal ging er um den Tisch herum, bis er bei seinem Vater war, der vor sich hinstarrte, als ob er sich weigerte, die beiden Leichen zu sehen; und Harold hockte sich vor dem alten Mann auf den Boden, fast zu seinen Füßen, wie früher, als er noch ein kleiner Junge gewesen und die dicke Hand des Vaters ihm das Haar gestreichelt hatte. Es schien ihm in der Tat, als wäre er wieder ein kleiner Junge und als sagte sein Vater zu ihm: »Bleib hier, ich will, daß du hier bei mir bleibst.« Weil er diese Illusion liebte und sie suchte, hockte er zu Füßen seines Vaters, denn die Gegenwart war ihm immer verhaßt, und er wünschte, ihr durch die offenen Türen der Vergangenheit oder der Zukunft zu entfliehen. Plötzlich fühlte er die schlaffe Hand des Vaters auf seinem Kopf und hörte die wohlbekannte Stimme, das einzige, das an diesem dickleibigen Greis noch menschlich geblieben war, und die Stimme sprach: »Bleib, bleib hier bei mir.«

Und da erinnerte er sich an alle möglichen Dinge, die er vergessen zu haben glaubte, Dinge, an die er während der in der Lust verbrachten Wochen nicht eine Sekunde lang gedacht hätte. Er erinnerte sich, wie man sich an ein Ungeheuer aus einem Albtraum der Kindheit erinnert, er erinnerte sich plötzlich an das Haus. Es war auf ihm, um ihn, es zwängte ihn in seinen geizigen Mauern ein, und er fühlte den gegen ihn und seine Wünsche emporragenden Willen der Türen und des beharrlich verschlossenen Gartentors. Es war menschlich, hatte ein Gesicht und Hände, und seine Hand lag auf seinem Kopf; diese Finger, die Finger des Hauses, spielten mit seinem Haar, und seine Stimme, nicht die seines Vaters, wiederholte: »Bleib.«

Aber vielleicht waren sie, das Haus und der Vater, nur ein einziges Wesen, vielleicht war das Haus nur der Körper, das Fleisch, und der alte Mann der ihm innewohnende Geist. Vielleicht brauchte man nur das Haus in Brand zu setzen, um aus dem alten Mann eine Art körperlose Seele, ein ohnmächtiges Gespenst zu machen, und vielleicht brauchte man nur den alten Mann umzubringen, und das Haus wäre nur noch ein unnützes und harmloses Gerippe.

»Vater«, sagte er zu dem alten Mann. »Grace und Charity sind tot.«

»Laß mich«, antwortete der Vater. »Ich will nur die Freude meiner Kinder um mich haben. Rede mir nicht von unangenehmen Dingen.«

»Aber sie sind dennoch tot. Wollen Sie nicht befehlen, daß man sie wegträgt und auf Prunkbetten aufbahrt?«

Unterdessen waren alle gesättigt eingeschlummert, und ein lautes Schnarchen stieg wie eine Klage von der Gruppe der Schlafenden auf.

»Befiel du, daß man sie wegschafft, wenn du willst«, erwiderte der Vater gelangweilt von soviel Aufhebens.

Da klatschte Harold in die Hände, aber die Sklaven hatten sich alle trotz des strömenden Regens in die Kirche geflüchtet. Mit dem Gewitter schien die Nacht eingebrochen zu sein. Das Licht der Fackel flackerte, als ein Luftzug durch die halboffene Tür drang. Die Dunkelheit überfiel den Raum wie eine aus allen Richtungen hastende schweigende Menge. Von Zeit zu Zeit, wenn der Wind zum Hause hin wehte, hörte man die Gesänge der in Schrecken versetzten Sklaven.

Plötzlich klopfte der Vater dem Sohn auf die Schulter, um ihm zu verstehen zu geben, daß er etwas sagen wollte. Harold blickte auf.

»So«, sagte der Greis mit einem Seufzer. »Soeben haben wir das restliche Geld verpraßt, das uns blieb.«

»Wie?« fragte Harold zusammenzuckend. »Hatten Sie es sich nicht von Ihren Pächtern geborgt?«

»Jawohl, genau um dieses Geld handelt es sich. Jetzt hilf mir auf mein Zimmer. Ich habe nichts mehr. Wir sind ruiniert. Für immer.«

»Aber wieso denn?«

»Das Haus ist das Pfand für das, was man mir geliehen hat.«

Der alte Mann schien auf einmal das Gleichgewicht zu verlieren. Schließlich erhob er sich mit Harolds Hilfe, und sie stiegen die Treppe empor. Auf jeder Stufe schrie und stöhnte der Vater, den die Gicht plagte. Endlich gelangten sie zur Tür.

»Greif in meine Tasche und gib mir den Schlüssel«, sagte der Vater.

Harold reichte ihm den Schlüssel.

»Und jetzt geh.«

Harold gab vor, zur Treppe zu gehen, aber bevor die Tür sich schloß, schlüpfte er rasch ins Zimmer.

Man hörte ein undefinierbares Rumoren, ein Rücken von Stühlen, dann plötzlich eilige Schritte, eine zuerst leise Stimme, darauf Schreie und Geheul und schließlich zwei fast gleichzeitig abgefeuerte Pistolenschüsse.

Unten saßen die Lebenden und die Toten immer noch am Tisch und schienen auf neue Speisen zu warten. Ein Windstoß brachte die von Harold stehengelassene Fackel zu Fall, und das Tischtuch fing Feuer. Bald drang weißer Rauch unter der Tür hindurch, stieg auf und hing wie ein Vorhang. Man hörte ein fröhliches Knistern.

(Mai 1922)

Ich war ein schweigsames Kind und vergnügte mich in meinem Zimmer mit Spielen, von denen die Erwachsenen nichts verstehen. Eine meiner Beschäftigungen bestand darin, in den Spiegel zu schauen und mir einzubilden, daß mein Gesicht sich veränderte. Oder ich setzte mich in meinen kleinen Sessel ans Fenster und betrachtete sehr aufmerksam das dem unseren gegenüberliegende Haus auf der anderen Seite des Hofs. Vor allem interessierte mich das Erdgeschoß mit seinen fast immer geschlossenen großen Fenstertüren; doch manchmal öffnete sich eine ganz leise, und ich sah eine junge Frau herauskommen, ein paar Schritte über den Hof und um die kleine Rasenfläche gehen, dann wieder lautlos zurückkehren und die Tür schließen. Ein- oder zweimal sah ich einen Mann herauskommen, der mir ein wenig älter als sie schien, aber dessen Gesicht mir verborgen blieb, weil er den Kopf beugte. Er blieb einen Augenblick vor der Tür stehen, ging dann vor den anderen Fenstern auf und ab und trat nach wenigen Minuten wieder rasch ins Haus zurück. Diese beiden Personen erregten meine Neugier aufs äußerste.

Die Frau trug fast immer ein großes buntes Schultertuch, dessen Spitze ihr im Rücken bis zu den Volants ihres Rockes hing. In der Hand hielt sie ein großes Stück rosa Stoff, das sie von Zeit zu Zeit ganz nahe vor ihre Augen hielt, wie um die Faserung zu prüfen. Ihr Gesicht war nicht deutlich zu erkennen, doch es schien mir ein wenig rot. Der Mann trug einen schwarzen Gehrock und eine graue Hose mit Steg. Stets hatte er die Hände im Rücken verschränkt. Sein Haar war sehr schwarz und dicht; zuweilen griff er nach einer Strähne und wand sie in seinen Fingern.

Eines Tages, als ich an meinem Fenster saß, sah ich die

Tür leise aufgehen, und die junge Frau, ihr Stück Stoff in der Hand, trat hinaus. In diesem Augenblick fielen ein paar Regentropfen, und die junge Frau blickte auf. Jetzt sah ich ihr ebenmäßig geformtes Gesicht, zu dessen heiterem Ausdruck vielleicht der stark gerötete Teint beitrug. Sie erblickte mich, lächelte mir zu und winkte, obgleich sie mich gar nicht kannte. Ich nickte heftig und wurde puterrot. Einige Sekunden später ging sie in ihr Haus zurück. Am übernächsten Tag erschien sie wieder und blickte sogleich in meine Richtung. Wie beim letztenmal winkte sie und lächelte mir zu. Ich erwiderte ihren Gruß und errötete noch tiefer.

Ein paar Tage danach erhielt meine Mutter einen Brief auf rosa Papier. Er war von Mademoiselle Hogier; sie fragte, ob man dem kleinen Jungen nicht erlauben würde, Monsieur Hogier und seiner Schwester einen kleinen Besuch zu machen. Meine Mutter war sehr überrascht und beriet sich mit dem Zimmermädchen, das alle Leute im Hause kannte. Diese Frau war die Neugier in Person und wußte, wie meine Mutter meinte, mehr über die Mieter, als diese über sich selbst wußten. Von ihr erfuhren wir, daß Mademoiselle Hogier eine sehr anständige Person sei, die mit ihrem Bruder, einem hochgelehrten Herrn, der selten ausging, das Erdgeschoß am Ende des Hofs bewohnte. Jetzt erklärte ich meiner Mutter, daß ich mit Mademoiselle Hogier ein wenig Bekanntschaft gemacht hatte, und nach langem Bitten erhielt ich die Erlaubnis, sie im Laufe des Nachmittags zu besuchen. Das Zimmermädchen führte mich hin. Wir überquerten den Hof, und sie klopfte an die Tür, die ich so oft sich öffnen gesehen hatte. Mein Herz pochte. Endlich hörte ich Schritte, dann schob eine Hand vorsichtig den Riegel zurück, die Tür ging lautlos auf, und ich stand vor Mademoiselle Hogier. Lächelnd legte sie den Finger an die Lippen, um unser Dienstmädchen zum Schweigen zu bringen, neigte sich dann mir zu und sagte ganz leise: »Guten Tag, mein lieber kleiner Junge.« Und sie küßte mich. Dann wandte sie

sich wieder an unser Zimmermädchen und sagte flüsternd, sie danke meiner Mutter vielmals und lasse ihr
ausrichten, daß sie ihren kleinen Jungen bis nach dem Tee
bei sich behalten würde; dann nahm sie mich bei der
Hand, und wir traten ins Haus.

Ach, wie dunkel es bei ihr war! Ich sah überhaupt
nichts im Vestibül und auch nicht in dem Zimmer, das
wir dann durchquerten. Sie führte mich in einen langen
Raum, in den das Licht mit Mühe durch die Spalten der
Fensterläden drang. In der Mitte blieb sie stehen und
sagte zu mir: »Schau, mein lieber kleiner Junge.« Ich
blickte zu ihr auf und sah ihre mich prüfend musternden
kleinen blauen Augen. Sie wiederholte: »Schau!«, aber
ich verstand dieses Wort um so weniger, als das Zimmer,
in dem wir uns befanden, absolut leer war. So tat ich
meiner Schüchternheit Gewalt an und sagte: »Ich sehe
nichts, Mademoiselle.« Sie ließ meine Hand los und trat
einen Schritt zurück. »Was?« sagte sie mit schmerzlich
überraschter Stimme, »du siehst nichts? Aber schau doch
nur, mein Kind, die Bücher, die Bücher!« Und mit einer
weit ausholenden Geste zeigte sie auf die Wände. Jetzt
sah ich in der Tat, daß überall an den Wänden ringsum
volle Bücherregale standen, und diese Bücher waren in
dunkles Leder gebunden, was ich in der Dunkelheit für
eine Art durchwirkter Tapete gehalten hatte, wie man sie
noch in altmodischen Speisezimmern findet. Groß war
meine Beschämung. Noch nie hatte ich eine solche Menge Bücher an einem Ort gesehen. Und so wiederholte ich
mit Mademoiselle Hogier: »Die Bücher, die Bücher!«

Sie fragte mich, ob ich mir eins anschauen wollte, und
ohne auf meine Antwort zu warten, zog sie aus einem
Regal einen dicken Band mit rosa Schnitt heraus. Es war
eine Bibel. Sie schlug sie behutsam auf und blätterte etwa
zehn Seiten um; bei jeder Seite sagte sie: »Schau, schau
doch nur«, aber ich sah nichts als zwei Kolonnen eng
aneinandergereihter Buchstaben. Endlich war auf einer
der Seiten ein Bild zu sehen, und darüber freute ich mich

so sehr, daß ich es berühren wollte, aber Mademoiselle Hogier hob es sofort aus meiner Reichweite und warf mir einen schrecklichen Blick zu. »Nicht anfassen!« zischte sie mich verärgert an.

Ich verschränkte die Hände auf dem Rücken, und Mademoiselle Hogier senkte das Buch und blätterte weiter. Noch heute glaube ich das leise knisternde Geräusch des alten Papiers zu hören. Nachdem sie etwa zwanzig weitere Seiten umgeblättert hatte, stellte sie das Buch wieder an seinen Platz zurück und nahm mich bei der Hand.

Jetzt führte sie mich in ein neben der Bibliothek liegendes und ebenso dunkles Zimmer, das aber eine Überfülle von Möbeln enthielt, Sessel, Tischchen, Puffs, Vitrinen, die ich ziemlich gut erkennen konnte, weil ich mich allmählich an die Dunkelheit gewöhnte und weil all diese Möbel weiß und mit hellem Stoff überzogen waren. Sie setzte sich in einen Lehnsessel und zog mit dem Fuß einen Puff zu sich heran, auf den mich zu setzen sie mich einlud. Dann zog sie das Schubfach eines kleinen Tischs auf und entnahm ihm Nadel und Faden, mit denen sie das Stück rosa Stoff, das sie stets in der Hand trug, zu säumen begann. Ich schaute ihr zu und wagte kein Wort zu sagen. Mit gerunzelten Braunen bückte sie sich über ihre Arbeit und ich hörte sie vor sich hinmurmeln: »Mein Gott, ich sehe ja überhaupt nichts mehr.«

Ich begann mich zu langweilen, als eine kleine Pendeluhr mit heller Stimme vier schlug. Mademoiselle Hogier wandte sich mir zu und fragte: »Hast du Hunger, mein kleiner Junge? Man wird dir gleich etwas bringen.« Mit diesen Worten zog sie an einer Klingelschnur. Eine große Frau, deren Hals in einer Art Kinnbinde verschwand, erschien und wartete schweigend auf der Schwelle. Sie war in Schwarz gekleidet, und ihr Gesicht zeigte die Merkmale eines sittenstrengen Lebenswandels und eines zur Härte neigenden Geistes.

»Elisa«, sagte Mademoiselle Hogier, ohne sich nach ihr

umzudrehen, »bringen Sie uns eine Tasse Schokolade und die Keksdose.«

Elisa nickte und ging hinaus. Die Aussicht auf einen guten Nachmittagsimbiß gefiel mir ungemein, und ich wollte mit Mademoiselle Hogier ein bißchen plaudern, aber sie blieb stumm und lächelte nur von Zeit zu Zeit, wenn sie von ihrer Arbeit aufblickte. Schließlich fragte ich sie, wo Monsieur Hogier sei. Diese Frage schien sie lebhaft zu beeindrucken, denn sie schaute mich überrascht an und erwiderte:

»Aber er arbeitet, mein kleiner Junge. Er ist in seinem Schreibzimmer.«

»Und wo ist sein Schreibzimmer?« fragte ich dann.

Mademoiselle Hogier zeigte auf eine kleine Tür ganz hinten im Zimmer.

»Diese Tür«, sagte sie, »geht auf eine Treppe hinaus, die ins Obergeschoß führt, und dort arbeitet mein Bruder.«

»Kann ich ihn nicht besuchen, Mademoiselle?«

»Monsieur Hogier besuchen? Nein, mein Kind, das geht nicht; er mag keine Kinder, weil sie zuviel Lärm machen, verstehst du?«

»Aber was macht denn Monsieur Hogier, Mademoiselle?«

»Aber das habe ich dir doch gesagt, mein kleiner Junge. Er arbeitet«, sagte sie mit erstaunter und fast entrüsteter Miene. Dann beugte sie sich wieder über ihre Arbeit und murmelte: »Ach, ich sehe überhaupt nichts.« Und während sie sich in ihrem Sessel zurückwarf, seufzte sie. »Ich habe so viel zu tun«, sagte sie, »und ich bin müde. Wie heißt du eigentlich, mein kleiner Junge?«

»Julien, Mademoiselle.«

»Julien? Nun, also Julien, willst du manchmal hierherkommen und mir Gesellschaft leisten? Dann werde ich dir von Monsieur Hogier erzählen. Komm auf meinen Schoß, ich will dir etwas ins Ohr flüstern.«

Ich setzte mich auf den Schoß der jungen Frau, die

mich heftig an sich drückte und mein Gesicht mit Küssen bedeckte. Dabei bemerkte ich, daß ihre Wangen von zahllosen kleinen Falten durchfurcht waren, die ihnen das Aussehen alter Äpfel verliehen. Ihre dicken feuchten Lippen glitten leicht überall über meine Stirn und die Augen. Plötzlich hielt sie inne und flüsterte mir ins Ohr:

»Weißt du was, mein kleiner Junge? Monsieur Hogier ist ein Genie. Aber das darfst du nicht weitersagen, es ist ein Geheimnis.«

Sie küßte mich noch einmal, ließ mich herunter, legte Nadel und Faden ins Schubfach des kleinen Tischs zurück, behielt aber ihre Nadelarbeit in der Hand. Da es jetzt noch dunkler war und sie gar nichts mehr sah, stieß sie das Tischchen um, das ihr im Wege stand. Der Lärm schien sie zu erschrecken, denn sie faßte sich ans Herz. Fast im gleichen Augenblick hörte ich, wie jemand auf der oberen Etage heftig mit dem Fuß stampfte. Mademoiselle Hogier stieß mich zur Tür und sagte flüsternd: »Lauf schnell davon, beeile dich und komm morgen wieder, mein kleiner Junge.« Die Angst packte mich, und da Mademoiselle Hogier mir raschen Schrittes folgte, fürchtete ich mich noch mehr und glaubte irgendwie, sie eilte mir nach, um mir weh zu tun. Fast rennend durchquerte ich die Bibliothek; als wir im Vestibül waren, wiederholte sie: »Lauf schnell davon, mein kleiner Junge, beeile dich!« und stieß mich auf den Hof hinaus.

Ein seltsames Ehrgefühl gebot mir, meiner Mutter zu erzählen, daß ich sehr gut gegessen hätte.

Am nächsten Tag ging ich wieder zu Mademoiselle Hogier.

Dieses Mal öffnete mir die große Frau mit dem traurigen Gesicht die Tür. Stumm nahm sie mich bei der Hand und führte mich in das kleine Zimmer, in dem Mademoiselle Hogier mit ihrem rosa Stoff beschäftigt war. Sie hatte wieder den Puff neben ihren Sessel gezogen, lud mich mit einem Wink ein, darauf Platz zu nehmen, sagte mir leise guten Tag und nahm dann wieder den auf ihrem

Schoß ruhenden Stoff auf. Sie nähte sorgfältig, zog die Nadel in einer schrägen und regelmäßigen Bewegung an sich. Von Zeit zu Zeit murmelte sie, sie sähe überhaupt nichts mehr, was ich äußerst lustig fand. Wie am Vortag versuchte ich, mit ihr zu plaudern, aber sie runzelte nur die Brauen und sagte »Psst!«, wenn ich den Mund aufmachte.

Endlich, als es vier Uhr war, zog sie die Klingel und bat Elisa, ihr die Tasse Schokolade und die Keksdose zu bringen, aber sogleich danach stand sie auf, beugte sich mir zu, küßte mich und sagte, ich müsse jetzt gehen. Ich war verdutzt und fühlte mich überdies gedemütigt. Machte sie sich über mich lustig? Zu Hause wiederholte ich die gestrige Lüge und behauptete aufs neue, daß der Nachmittagsimbiß sehr gut geschmeckt habe.

Obgleich ich mich meiner kleinen Mahlzeit beraubte, die mir notwendig erschien, begab ich mich am folgenden Tag wieder zu Mademoiselle Hogier, deren für mich so neuartige und geheimnisvolle Wohnung es mir offenbar angetan hatte. Das Durchschreiten der drei dunklen Zimmer bereitete mir ein um so größeres Vergnügen, als es mir Furcht einflößte; und wenn Mademoiselle Hogier mich auch ein bißchen erschreckte, besonders wegen ihrer Art, plötzlich aufzustehen und mich fortzuschicken, so fand ich das nichtsdestoweniger recht amüsant. Weniger gut ertrug ich die Prüfung der Schokolade, die sie beim Dienstmädchen bestellte und die dann nie kam. Aber andererseits langweilte ich mich zu sehr in unserer Wohnung im Vergleich zu der von Mademoiselle Hogier mit all den köstlichen Schrecknissen, die sie bot, um meine Naschhaftigkeit nicht zu vergessen.

Ich fand Mademoiselle Hogier wie gewöhnlich über ihr Stück Stoff gebeugt. Sie nickte mir wortlos zu, ohne ihre Arbeit zu unterbrechen, und ich setzte mich artig auf den Puff neben sie. Eine tiefe Stille herrschte im ganzen Hause, und ich hörte nur das eintönige Ticktack der kleinen Pendeluhr und von Zeit zu Zeit Mademoiselle Hogiers

Stimme, wenn sie ihr »ich sehe überhaupt nichts mehr« murmelte.

Den Kopf auf die Sessellehne gestützt, versuchte ich, die Gegenstände im Zimmer zu erkennen, und als ich schließlich nicht mehr an mich halten konnte, fragte ich Mademoiselle Hogier, warum sie die Fensterläden nicht öffnete. Eine Weile schaute sie mich verständnislos an, und ich spürte ihre auf mich gehefteten Blicke, die bis auf den Grund meiner Gedanken dringen zu wollen schienen, doch dann seufzte sie und nahm wieder ihre Arbeit auf. Einige Minuten danach schlief ich ein. Die vier Schläge der Uhr weckten mich. Ich sah Mademoiselle Hogier wie gewöhnlich die Klingel ziehen, sah die Tür aufgehen und das Dienstmädchen erscheinen. Die Hoffnung in mir triumphierte über die bittere Erfahrung, und ich wollte glauben, daß die von Mademoiselle Hogier bestellte Schokolade endlich kommen würde.

Vielleicht, so sagte ich mir, hatte man meine Geduld und meine guten Manieren auf die Probe stellen wollen, und ich beschloß, mich nicht zu rühren und kein Wort zu sagen. Mademoiselle Hogier schien mich vergessen zu haben, nähte weiter und murmelte Worte, deren Sinn ich nicht immer verstand.

Eine Viertelstunde verging, dann ging die Tür auf, und zu meiner großen Freude erschien Elisa, brachte ein Tablett mit einer Tasse und einer Keksdose herein und stellte es auf das Tischchen neben Mademoiselle Hogier. Ich erhob mich und starrte Mademoiselle Hogier solange an, bis sie sich mir zuwandte. Eine Weile starrte nun sie mich an, aber es schien mir, als sähe sie mich nicht. Plötzlich vernahm ich hallende Schritte auf der kleinen Treppe, über deren Existenz man mich unterrichtet hatte. Offenbar sah sie jetzt erst, daß ich vor ihr stand, und ihr Gesicht nahm einen vor Furcht gequälten Ausdruck an, der mir angst machte. Sie bewegte ihre Hand, wie um mich fortzuschicken, aber da ging bereits die Tür vor der Treppe auf.

Ein großer und hagerer Mann in einem schwarzen Schlafrock trat ein. Sein Gesicht war sehr ernst, und er hatte die Daumen unter die seine Taille schnürende Kordel gesteckt. Sowie er im Zimmer war, sah er mich und blieb stehen. Ich hörte, wie er Mademoiselle Hogier in einem barschen und ungeduldigen Ton fragte: »Wer ist dieses Kind?« Sie antwortete ihm mit einer so schwachen Stimme, daß ich sie kaum hörte: »Aber das ist doch der kleine Fletcher, der mich manchmal besuchen kommt. Er ist sehr artig und schwatzt nie.«

Der Mann runzelte die Brauen und schwieg, ließ mich aber nicht aus den Augen, bis Mademoiselle Hogier auf die Schokolade und die Kekse deutete, die ich für mich bestimmt geglaubt hatte. Da schritt er langsam auf das Tischchen zu, nahm die Tasse und führte sie an seine Lippen. In diesem Augenblick hätte nicht mehr viel gefehlt, um mich zum Heulen zu bringen. Er trank lautlos und blickte mich von der Seite an wie ein argwöhnisches Tier. Seine böse Miene machte mir angst und faszinierte mich zugleich. Auch Mademoiselle Hogier schaute ihn an, aber mit einem verzückten Ausdruck und die dicken Hände mit den fingerlosen Handschuhen im Schoß wie zum Gebet gefaltet. Nachdem der Mann seine Schokolade ausgetrunken hatte, begann er die Kekse zu essen, einen nach dem anderen, langsam und genüßlich und mit einer Beharrlichkeit, als wollte er das Mißvergnügen, das er auf meinem Gesicht las, bis ins Unerträgliche steigern. Schließlich schluckte er den letzten Bissen, rieb sich lebhaft die Hände und gab mir dann mit dem Finger ein gebieterisches Zeichen, dem ich mich nicht zu widersetzen wagte.

Ratlos blickte ich Mademoiselle Hogier an, und sie sagte mir ganz einfach: »Geh nur, mein kleiner Junge; Monsieur Hogier wird dir seine Bücher zeigen.« So folgte ich Monsieur Hogier, der bereits hinter der kleinen Tür verschwunden war, und wir stiegen eine kleine Wendeltreppe empor, deren Wände Radierungen schmückten, die, wie ich später erfuhr, Szenen aus der Mythologie und die berühmtesten Statuen des Altertums darstellten. Plötzlich blieb Monsieur Hogier stehen, und ich wäre beinahe gegen ihn gestoßen, als er eine Tür öffnete und in sein Arbeitszimmer trat. Ich folgte ihm hinein.

Es war ein kleiner quadratischer Raum, dessen Aussehen mir sofort gefiel. Die Wände verschwanden unter den Regalen mit den in gelbes Leder gebundenen, wie auf Hochglanz polierten Büchern, deren Rücken im durch die halboffenen Fensterläden dringenden Licht schimmerten. In einer Ecke stand ein prächtiger Schemel, der sicher dazu diente, bis an die obersten Reihen der Bücherregale zu gelangen, und die Mitte des Zimmers nahm ein großer Tisch ein, auf dem sich Mappen, Stiche und so riesige Bogen von weißem Papier häuften, daß man einen ganzen Tag brauchen würde, um auch nur einen davon mit Tieren, Eisenbahnen oder Soldaten vollzumalen. Eine Uhr in einem Glaskasten, durch dessen Wände man das Pendel sah, schmückte den Kamin zwischen zwei kupfernen Fackelleuchtern. Alles in diesem Zimmer verriet die Sorge einer Ordnung, deren Schönheit mir dunkel bewußt wurde. So blickte ich Monsieur Hogier mit einer Bewunderung an, von der er etwas in meinen Augen sehen mußte, denn er lächelte zum erstenmal, als er sich in den breiten Sessel mit dem buntgestreiften Polster an seinem Tisch setzte.

Da er nichts sagte, erkühnte ich mich zu sprechen und fragte ihn, ob er immer in diesem Zimmer lebe. Ich weiß nicht mehr, was er mir antwortete, aber ich erinnere mich an den beängstigenden Eindruck, den seine Grabesstimme auf mich machte. Dann fragte ich ihn, was er den ganzen Tag lang tue, worauf er sehr ernst wurde, auf eine Feder zeigte, die auf einem der großen weißen Bogen lag, und sagte:

»Ich schreibe.«

»Was schreiben Sie?« fragte ich.

Da machte er eine Geste, die mich an die seiner Schwester erinnerte, als ich sie zum erstenmal besucht hatte, und wies mit dem Arm auf die Bücher, von denen sein Zimmer voll war.

»All diese Bücher?« rief ich in meiner Einfalt aus. »Sie haben all diese Bücher geschrieben?«

Monsieur Hogier schnitt eine schreckliche Grimasse.

»Aber nein«, sagte er mit lauter Stimme. »Ich schreibe zwar Bücher wie die, die du siehst, aber diese wurden von anderen geschrieben.«

Ich schwieg eine Weile, dann fragte ich:

»Aber wo sind denn dann die Ihren?«

Bei diesen Worten sprang Monsieur Hogier auf und stieß heftig den Sessel zurück, auf dem er gesessen hatte.

»Hinaus mit dir, du elender Knirps«, schrie er. »Siehst du denn nicht, daß du mir meine Zeit stiehlst?«

Und dabei hob er die Hand, wie um mich zu schlagen, aber ich floh und hielt mir die Hände vor das Gesicht, denn Monsieur Hogiers Augen machten mir angst.

Unten traf ich wieder auf Mademoiselle Hogier, die immer noch nähte, obgleich es inzwischen viel dunkler geworden war. Sie hob den Kopf, als sie mich eintreten sah, und sagte, ich solle morgen wiederkommen, und wenn ich hübsch artig sei, könne ich auch Monsieur Hogier wiedersehen. Dann führte sie mich zur Tür. Während sie mich küßte, kniff sie mich mit den Fingernägeln in den Arm, und Tränen traten mir aus den Augen.

Ich besuchte sie nicht wieder. Meine Mutter fand es nicht gut, daß ich meine Nachmittage in irgendeiner Wohnung mit fremden Leuten verbrachte, anstatt mich unter der Obhut unseres Dienstmädchens im Jardin du Luxembourg zu vergnügen. Ich machte nicht viel Einwände. Monsieur und Mademoiselle Hogier ängstigten mich.

Im folgenden Jahr zogen meine Eltern um, und ich dachte nicht mehr an Monsieur und Mademoiselle Hogier, bis ich sechzehn Jahre alt war. Da ich inzwischen Geschmack an Büchern gefunden hatte und wir in der

Rue de Nevers wohnten, ging ich oft auf den Quais Conti und des Grands Augustins spazieren, wo alle Bücher der Welt schließlich im gemeinen Staub der Bouquinistenkästen enden. Dort erblickte ich eines Tages Monsieur Hogier, der sich über einen Haufen zerfledderter Bücher beugte. Ich erkannte ihn sofort, obwohl er mir viel schmächtiger und kleiner schien, als ich ihn in Erinnerung hatte. Er trug einen bis über die Ohren gestülpten Zylinderhut und einen langen Gehrock, der ihm bis über die Waden hing, aber in seiner Haltung lag etwas so Charakteristisches, daß gar kein Zweifel aufkommen konnte. Er stand reglos, die beiden Unterarme auf ein großes Buch gestützt, und während er las, blickte er von Zeit zu Zeit verstohlen nach rechts und links. Meine ganze Kindheit kam mir wieder in den Sinn.

Es war mir unbegreiflich, daß ich vor einem so jämmerlich aussehenden Mann gezittert hatte, und ich bemerkte auch bei dieser Gelegenheit, wie sehr die Straße Menschen verkleinert, die bei sich zu Hause gewaltig wirken. Ich näherte mich Monsieur Hogier, der mich nicht erkannte und erschrocken zusammenzuckte, als ich ihm die Hand entgegenstreckte. Ich mußte ihm erklären, wer ich war, und sein Argwohn wich erst, nachdem ich ihm von seiner Schwester und seinem Arbeitszimmer erzählt hatte. Von da an interessierte er sich plötzlich für das, was ich sagte. Seine Wangenmuskeln zuckten krampfhaft, und er blinzelte, wie um mich besser zu sehen. Dann machte er den Mund auf und stotterte unverständliche Worte. Seine Anstrengungen, zu sprechen, waren gräßlich; er warf konvulsivisch den Kopf zurück, und ich sah seinen Adamsapfel unter der runzligen Haut seines mageren Halses hin und herrollen; gleichzeitig stieß er eine Art Röcheln aus, während sich in seinen Augen die Angst spiegelte, etwas Wichtiges nicht sagen zu können und lächerlich zu erscheinen. Ich errötete. Noch nie hatte ich ein so trauriges und erbärmliches Gesicht gesehen, mit dieser zu langen Nase, den schlaffen Wangen und den kraftlosen Lippen. Beschämt senkte ich den Blick und sah die ständig zitternden kurzen Hände. Eine Weile standen wir uns so gegenüber, bis er endlich die Sprache wiederfand.

»Sie müssen mich einmal besuchen«, sagte er schließlich. »Ich wohne immer noch am selben Ort.«

Nun gehöre ich zu den Menschen, die nicht in der Gegenwart leben können, sich aber mit Entzücken in ihrer eigenen Vergangenheit verlieren. So ergriff ich begierig die sich mir bietende Gelegenheit, ein Stück meines früheren Lebens in Monsieur Hogiers Wohnung wiederzufinden, und am folgenden Tag war ich in der Rue de Bellechasse. Ich zitterte beim Gedanken, daß Mademoiselle Hogier tot sein könnte, und das aus dem ziemlich nichtigen Grunde, weil ihr Bruder sie nicht erwähnt und gesagt hatte: »Sie müssen mich besuchen«, anstatt »Sie müssen uns besuchen«, aber diese Befürchtung erwies sich als voreilig, denn Mademoiselle Hogier öffnete mir die Tür.

Wie ihr Bruder erschien sie mir viel kleiner, als ich erwartet hatte, und wie er auch weniger schrecklich. Jetzt war sie eine rundliche kleine Frau in einem hübschen schwarzen Atlaskleid und dem langen Schal, den ich an ihr kannte. Ihr rotes Gesicht drückte eine kindliche Einfalt aus und schmückte sich, seitdem ich sie zum letztenmal gesehen, mit einer riesigen in Gold gefaßten Brille, die ihre klaren Augen vergrößerte. Es entging mir nicht, daß sie genau wie früher wieder ein rosa Stück Stoff in der Hand hielt. Sie erkannte mich fast sofort und küßte mich ohne Umstände, obgleich ich inzwischen größer als sie geworden war.

Natürlich war ich sehr neugierig, die Orte wiederzusehen, die eine ganze Epoche meines Lebens in mir wachriefen, und ich äußerte ganz offen den Wunsch, mit Mademoiselle Hogier in alle Räume zu gehen, in die sie mich einst geführt hatte. Sie lächelte, und mit jener Stimme, die immer zu fürchten schien, man könne sie hören, murmelte sie: »Aber natürlich.« Zuerst führte sie mich in die Bibliothek. Ich sah sofort, daß der Eindruck, den ich von diesem Zimmer gehabt hatte, der Wahrheit entsprach und sich im Gegensatz zu dem, was man gewöhnlich in solchen Fällen erlebt, bestätigte. In seinem Frieden und seiner geheimnisvollen Atmosphäre war es ein köstlicher Ort. Das Tageslicht drang nur sehr spärlich durch die Ritzen der Fensterläden und zeichnete parallele Silberstreifen auf das schimmernde Parkett. Im Zwielicht sah man die Bücherreihen, und als ich mich ihnen näherte, stellte ich fest, daß sie sehr genau nach Größe geordnet waren. Sie zu berühren, traute ich mich nicht, denn Mademoiselle Hogier machte mir immer noch ein bißchen angst, aber als ich die Titel las, wurde mir klar, daß weder Inhalt noch Autor, noch Fachgebiet in dieser Anordnung eine Rolle spielten. Allein der Einband schien im Geiste des Besitzers von wirklicher Bedeutung gewesen zu sein. Ich fragte Mademoiselle Hogier, ob ihr Bruder immer noch so emsig wie früher arbeitete. Sie hob die Augen zur Decke und faltete die Hände, wie um zu sagen: »Seine frühere Arbeit ist nichts im Vergleich zu dem, was er jetzt tut.« Und sie flüsterte mir ins Ohr: »Wenn Sie wollen, gehen wir zu ihm.«

Zu Monsieur Hogier gehen, Monsieur Hogier stören! Der bloße Gedanke daran schien mir so unerhört, daß ich »nein« sagen wollte, aber da hatte Mademoiselle Hogier mich wieder bei der Hand genommen, und wir traten in das kleine Zimmer, in dem ich sie einst über ein großes Stück rosa Stoff gebückt inmitten ihrer Möbel hatte arbeiten sehen. In dem ein klein wenig helleren Licht bemerkte ich jetzt, daß diese Möbel ziemlich bunt zusammengewürfelt waren und nicht dem gewöhnlich empfundenen Bedürfnis entsprachen, sich mit Dingen der gleichen Epoche oder eines gleichen Stils zu umgeben, daß es ihnen aber andererseits im einzelnen genommen nicht an Reiz mangelte. Und da fiel mir plötzlich ein, daß Monsieur Hogier vielleicht den Beruf eines Antiquitätenhändlers ausübte. Als ich sie fragte, ob diese Möbel dieselben wie die seien, die ich gekannt hatte, antwortete sie schlicht »nein«, was meine Vermutung bestätigte.

Auf den Treppenflur der ersten Etage gelangt, klopfte Mademoiselle Hogier an die Tür ihres Bruders. Zuerst hörte ich jemanden aufstehen, dann wie ein großes Buch flach auf einen Tisch fiel, und dann rief eine mir bekannte Stimme: »Herein!«

Monsieur Hogier stand an seinem Arbeitstisch und schien bei einer Beschäftigung unterbrochen worden zu sein, deren Natur ich nicht gleich erriet, denn vor ihm lag nur eine große Mappe und auf ihr ein Bogen jenes schönen marmorierten Papiers, das im 18. Jahrhundert so geschätzt wurde. Sein Gesicht hatte etwas Unzugängliches und Verhaltenes, das mich ein wenig in Verlegenheit brachte. Er schien sich in diesem Augenblick mit großer Mühe zu beherrschen und irgendwie seine Geduld zu erproben. Der Blick, den er auf mich richtete, war von gezwungener Gleichgültigkeit, in der ich einen Funken Zorn zu erkennen vermeinte, und ich glaubte, ihn auf unerklärliche Weise beleidigt zu haben. Ich hielt es für gut, ihn zu fragen, ob ich ihn nicht störte, worauf er ohne zu zögern »jawohl« antwortete. Doch dann, als ob er mit dieser Antwort seinen Ärger befreit hätte, wurde er auf einmal liebenswürdig und bat mich, Platz zu nehmen. In diesem Augenblick nickte Mademoiselle Hogier mir kurz zu und verließ uns. Ich blieb mit ihrem Bruder allein.

Er begann zu reden, und er redete viel. Es fiel mir auf, daß sein Stottern fast verschwunden war, und daß er zwar langsam, aber mit einer gezierten Genauigkeit sprach, die auf die Dauer ermüdete. Nachdem er sich in üblicher Weise über meine Beschäftigungen erkundigt hatte, erging er sich in einem Monolog, und dabei rückte er unwillkürlich einen hölzernen Becher hin und her, in welchem Federhalter und Pinsel standen. Einen Augenblick lang neigte er den Kopf und schien sich in einer schmerzlichen Meditation zu verlieren. Ich sah, wie die

Falten seiner Stirn sich runzelten, während er aufmerksam seine flach vor ihm auf einem weißen Bogen Papier liegende linke Hand betrachtete. Dann blickte er wieder auf und wandte mir ein Gesicht zu, in dem sich zugleich die schrecklichste Verzweiflung und eine sanftmütige Güte ausdrückte. Diese Veränderung mißfiel mir, weil sie mich ein bißchen erschreckte. Ich hatte mir von Monsieur Hogier ein Bild geformt, das schlecht mit der moralischen Not übereinstimmte, in die ich ihn gestürzt sah. Ich mochte ihn lieber stolz, ungeduldig, jähzornig, doch allem Anschein nach glücklich, und ich war nicht darauf vorbereitet, ihn zu bemitleiden, und das um so weniger, als ich mein Mitleid ebenso schmerzlich empfinde wie der, dessen Unglück es hervorruft. So fürchte ich alles, was sich an das Herz richtet, weil mein Herz mir immer befiehlt, gegen meinen Willen und zu meinem eigenen Schaden zu handeln.

Deshalb blickte ich ihn mit einer steinernen und ausdruckslosen Miene an, als er wieder den Mund aufmachte. Das war meine Art, mich zu schützen.

»Erinnern Sie sich«, sagte er schließlich, »an die Worte eines Dichters über das Papier, das sich in seinem Weiß zur Wehr setzt? Die Dichter sind schrecklich. Sie geben gewissen Dingen einen unwandelbaren Aspekt, lassen sie in ihrem Ausdruck erstarren. Ich kann mich nicht vor einem weißen Bogen Papier wie diesen hier setzen, ohne an diesen verfluchten Vers zu denken. Er lähmt mich, er verleiht diesem Blatt eine furchtbare Macht. Vergebens versuche ich, mich darauf zu stürzen, sozusagen ohne eine weiße Farbe zu sehen, und es mit Worten zu bedecken, mit Sätzen zunichte zu machen. Aber würden Sie es glauben? Kein einziges Wort kommt mir in den Sinn. Kein erstes Wort, weil das erste Wort einer Seite eine magische Kraft besitzt. Ihm entspringen alle anderen, und das Weiß der Seite will nicht, daß es sich einstellt. So vergeht eine Stunde, zwei Stunden. Nach zwei Stunden stehe ich auf, nehme ein Buch zur Hand, lese und sehe, wie einfach, wie natürlich, wie frisch alles ist, wie gut ausgewogen die Sätze stehen, flüssig, doch mühelos, elegant, doch ohne Kunstgriffe. Die Worte scheinen nicht gewählt worden, sondern gemäß einer Art Fatalität von selbst gekommen zu sein. Überall hat die Schärfe des Gedankens den Ausdruck erzwungen; nie scheint der Ausdruck auf den Lauf der Ideen einzuwirken, er bleibt ihr Diener. Bei mir dagegen herrscht der Ausdruck über alles. Er unterbricht den Satz, wo er will, er verändert den Lauf, er fälscht meinen Gedanken, er verrät mich. Ich wage kein Wort zu schreiben, denn ein unbedachtes Wort trägt in sich den Keim eines ganzen blödsinnigen Abschnitts. Was soll ich tun, Monsieur, was soll ich tun? Ich weiß, daß Sie das, was ich Ihnen sage, übertrieben finden werden, aber Sie können es nicht verstehen, wenn Sie selbst noch nie zu schreiben versucht haben. Früher schrieb ich und schrieb meine ersten Sätze gut, oder ich fand in ihnen zumindest, wenn ich sie wieder las, alle Qualitäten, die ich ihnen beigeben wollte: die verborgene Ironie, die Tiefe, die Harmonie ... Und dann sackte auf einmal der ganze Rest auf eine mir unerklärliche Weise ab. Ich wurde gewahr, daß der Gedanke, den ich so sinnreich glaubte, in Wirklichkeit banal war, wenn er auch seine Armut unter dem oberflächlichen Luxus wohlgewählter Beiwörter verbarg.

Ich habe, wie ich Ihnen sagte, mehrere Werke geschrieben. Vor allem eins.«

Er bückte sich, griff nach einem fast direkt unter seinem Schreibtisch liegenden Paket, legte es schnaufend auf den Tisch und ereiferte sich, die Knoten der Schnur zu lösen.

»Dieses Buch ist mein Fleisch und Blut. Der genaue und buchstäbliche Ausdruck meines Wesens ... Ich hätte es mildern, ich hätte es mäßigen können und, wer weiß?, daraus vielleicht etwas Publizierbares machen können, aber ein leidenschaftlicher Eifer hat sich meines Geistes bemächtigt, und schwarze, traurige Worte auf düsteren

Seiten quollen hervor, ohne jenes versüßlichende Verfahren, mit dem die Stilisten den Satz verwässern, um die brutalen Töne zu läutern, ohne die feige und methodische Kastration der Ideen.«

Auf einmal gab der Knoten nach. Hastig schlug der Mann das Schutzblatt auf, aber die Seite darunter war schwarz, so absolut schwarz, daß es ihn verwirrte. Langsam blätterte er um, aber die zweite Seite bot den gleichen nächtlichen Anblick. Rasch drehte er die folgenden Seiten um, aber auf allen war nur Finsternis zu sehen. Jetzt verstand ich die Beschäftigung, bei der ich ihn unterbrochen hatte, und den Grund für die Pinsel neben den Federn und für das auf der Ecke des Tischs umgekehrt aufgeschlagene Buch, das er wie seine Manuskripte, wie alle Bücher auf den Regalen hinter ihm mit schwarzer Tinte überpinselt haben mußte.

(15. Mai 1923)

Schon seit weit mehr als einer Viertelstunde wartete Stephanie am Gitter. Die Uhr des Palais de Justice schlug sechs mit einem hohen und gebieterischen Klang, der die junge Frau zusammenfahren ließ; die gewaltig bebende Stimme hüllte sie ganz ein, und ein Schauder überlief die milchige und matte Haut dieser schönen Rothaarigen. Ohne zu wissen warum, errötete sie und wandte den Kopf verlegen zur Seite, als ob dieses feierliche Gedröhne nur erschallte, um die Aufmerksamkeit der Spaziergänger auf sie zu lenken. In einer ungeduldigen Geste pflückte sie ein Spindelbaumblatt mit ihrer schwarz behandschuhten Hand und hielt es sich sogleich an die Lippen, um seine Frische zu verspüren; seit ihrer Kindheit liebte sie diese kleinen dunklen, glatten und glänzenden Blätter, deren bitterer Duft sie verträumt stimmte.

Sie ging ein paar Schritte die Parkallee entlang, wartete, bis die Glocke schwieg, und kehrte, noch das Summen in den Ohren, zum Gitter zurück. In ihrer Art zu gehen lag etwas Ungewisses, fast Schwankendes, und man hätte meinen können, daß sie sich von einer Krankheit erholte. Sie war hochgewachsen und blaß, wirkte aber noch höher und blasser wegen ihrer schwarzen Kleidung, die ihre schlanke Taille und den hohen und züchtigen Busen hervorhob. Es umgab sie jene Einsamkeit, in der die Trauernden sich bewegen, die Art Wüstenei, in die die Uniform des Kummers sie verbannt.

Unter dem frischen, vom Licht überrieselten Laub schritt sie dahin, düster und seltsam, und jeder Schritt führte sie ein wenig weiter in eine verschwiegene Meditation. Unter dem Trauerflor und dem Schwarz glaubte sie sich vor den Blicken der Neugierigen geschützt, aber gerade deshalb wirkte sie ungewöhnlich und irgendwie auffällig in ihrer Verschiedenheit. Zugleich linkisch und graziös, ganz umdunkelt von ihren Schleiern, schien sie eine lebendige Kränkung des tiefblauen Himmels, und sie wanderte in der Sonne wie ein von der Nacht gelöster Schatten.

Ihr rundes, fast kindliches Gesicht hatte den ein wenig hinterlistigen Ausdruck jener, die über ein Unternehmen nachdenken und entschlossen sind, kein Wort darüber zu sagen. In ihren braunen, mit goldenen Tupfen gesprenkelten Augen mühte sich ein beharrlicher Gedanke, der den Blick ein wenig härter erscheinen ließ und ihm das nahm, was ihm Liebreiz verleihen könnte, während ein halbes Lächeln, dessen Stephanie sich nicht bewußt war, über einen Mund von unschuldiger Naschhaftigkeit irrte; und aus diesem Gegensatz zwischen dem, was die Augen sagten und dem, was die Lippen verrieten, ergab sich ein undefinierbarer Ausdruck, der diese Frau noch geheimnisvoller machte. Es war nicht möglich, sie zu beobachten, ohne sich sogleich zwanzig Fragen zu stellen, denn sie schien der Neugier zuvorkommen zu wollen, wie um sie herauszufordern, aber wenn man ihr gesagt hätte, daß sie unwissentlich die Aufmerksamkeit des einen oder anderen erregte, wäre sie aus dem Park geflohen.

Noch einmal trat sie in die Allee, wo der zarte Duft der Linden sich mit den schwereren und weniger unschuldigen Gerüchen in ihrem Umkreis vermengte. Unsicheren Schritts ging sie weiter, setzte den Fuß auf den Sandboden, als ob sie fürchtete, der Absatz würde sich verbiegen, und gelangte nach einigen Sekunden an ein großes Becken, dessen Wasser sich ruhig plätschernd in ein Bassin ergoß. Eine Frau mit zwei Kindern ging vorüber. Stephanie wandte den Blick in die entgegengesetzte Richtung, wartete, bis die kleine Gruppe sich entfernt hatte, und kehrte dann ein Stück zurück. Daß es in diesem Park so wenig Leute gab, verwunderte sie, aber dann erinnerte sie sich, daß auch gestern ... Sie verwies diesen Gedanken und murmelte: »Eigentlich um so besser.«

Um so besser, wenn sie im großen Trauerstaat auf die-

sen Parkalleen, die sie gewöhnlich so langweilig fand, ein
bißchen frische Luft schnappen wollte. Auf diese Weise
mied sie die aufdringlichen Menschen, und dann fehlte es
diesem großen Park in der Junisonne nicht an einem gewissen banalen Reiz. Wenn sie auch die Begonien haßte,
mit denen die Rabatte bepflanzt waren, so rochen die
Linden gut, und all dieses Laub, in dem das Licht spielte,
erinnerte sie an drei oder vier Verse eines Gedichts, das
sie auf der Schule gelernt hatte. Die langen braunen Wimpern halb geschlossen, genoß sie kennerisch die Wirkung
der goldenen Tupfen, die das leichte und raschelnde Gewölbe über ihrem Kopf sprenkelten. Einst hatte sie ein
paar Aquarelle gemalt, Unterholz mit violetten Schattie-
rungen, Gärten in kühnbunten Farben, aber infolge einer
Kurzsichtigkeit war sie nicht mehr fähig, diese Bahn weiter zu verfolgen. Plötzlich hielt sie ein Lorgnon in ihren
Fingerspitzen; gewöhnlich verbarg sie diesen Gegenstand, den sie ein wenig lächerlich fand und der den Frau-
en eine zugleich geringschätzige und altmodische Aus-
strahlung verleiht, aber an diesem verlassenen Ort erschien ihr das Risiko, gesehen zu werden, nicht sehr
groß, und sie warf lange aufmerksame Blicke in alle Richtungen, drehte sich nach rechts, nach links, und dann,
einer plötzlichen Eingebung folgend und in einer jähen
Bewegung, zurück dem Parkgitter zu. Auch dort niemand. Sofort verschwand das Lorgnon wieder, und nach
einem Moment der Ungewißheit ging Stephanie in Richtung der Platanen auf der parallel zum Park verlaufenden
Avenue.

Als sie durch das Tor trat, zögerte sie noch einmal und
blieb stehen. Ihr halboffener Mund lächelte nicht mehr,
und ihre Augen weiteten sich ein wenig. Doch dieser
Augenblick währte nicht lange. Sie faßte sich, überquerte
die Straße und stieg in eine der an der Ecke wartenden
Droschken.

Nachdem sie die Adresse einer ihrer Freundinnen ange-
geben hatte, ließ sie sich, wie von einer schweren Bürde

befreit, mit einem tiefen Seufzer zurücksinken, aber als sie dann einen Blick in den Wagenspiegel warf, erschrak sie über den Schmerz, den sie auf ihrem Gesicht las. Konnte sie wirklich so verstört und so unglücklich sein? Hatte sie gewöhnlich, und es nicht einmal wissend, diesen Ausdruck einer Schiffbrüchigen? Sie lächelte, zeigte ihre wunderbar weißen Zähne, aber diese Grimasse gefiel ihr erst recht nicht. Irgend etwas pochte in ihrer Brust, unter dem Busen, um es genau zu sagen, und in einer plötzlichen Lust zu weinen zog sie ihr Taschentuch aus der Handtasche, aber ein erneuter Blick in den Spiegel gab ihr die Ruhe zurück: Der Kummer machte sie zu häßlich, und warum sollte sie Tränen vergießen? Für was, für wen? Man weint doch nicht, weil man sich langweilt. »Wie dumm«, sagte sie ganz leise. Trotzdem verspürte sie immer noch dieses Pochen, das nicht aufhören wollte. Die Nerven, dachte sie sich. Dann bereute sie auf einmal, dem Fahrer diese Adresse gegeben zu haben; aber wo sollte sie hin? Nach Hause zu ihrer Mutter? Da zog sie das Geplapper Marcellines dem ungeheuren Schweigen Madame Bréchets vor: Und wer würde schon erfahren, daß sie dorthin gefahren war? Ihre alte Komplizin würde sie bestimmt nicht verraten.

Allerdings ließ Marcelline zu deutlich einen gewissen Mangel an Erziehung erkennen. Aus diesem Grunde traf Stephanie sich mit ihrer ehemaligen Schulkameradin lieber allein; so brauchte sie ihretwegen nicht zu erröten, wenn andere Leute dabei waren, die Marcellines Herzensqualitäten weniger zu schätzen wußten und zu empfindlich auf ihr etwas ordinäres Betragen reagieren könnten. Im Grunde schämte sich Stephanie ihrer Freundin Marcelline, und sie machte sich darüber halbherzige Vorwürfe. So ließ sie den Wagen in der Nähe des Hauses vor einem Postamt halten, um ihre Freundin anzurufen und sich zu vergewissern, daß sie allein war. »Aber natürlich!« rief die ein wenig dumpfe Stimme. »Komm schnell!«

Marcelline lebte in einer melancholisch anmutenden Wohnung am Ende eines langen ungleichmäßigen Hofs, auf dem vier Kastanienbäume ihre zarten Äste in einem grünen Licht ausstreckten, aber die besondere Trübsal, die diesem Ort innewohnte, war nicht ohne eine heimliche Anmut, die an frühere Dinge erinnerte. Aus diesem alten Gemäuer, dem die Jahre zugesetzt hatten, stieg ein Duft wie der Hauch der Kindheit auf, und die Reihen der Fenster mit den schwarzen Scheiben schienen von längst vergessenen Spielen zu träumen. Stephanie empfand Eindrücke dieser Art viel zu lebhaft, um von ihnen nicht sozusagen geformt zu sein, aber sie sprach nie darüber. Mit wem hätte sie auch von solchen Dingen reden können? Während sie auf Marcellines Hof stand und die an den Rändern der dunklen Dächer verlaufenden Traufen betrachtete, sagte sie sich: »Mit sechs oder acht Jahren von dieser Seite aus aufblicken und plötzlich den unerklärlichen Wunsch verspüren, nicht mehr auf der Welt zu sein, ohne Grund, aber auf unsagbare Weise, wegen dieses langen schwarzen Strichs, der hier den Himmel versperrt. Oder auf dieser brüchigen Stufe sitzen und mit dem Spaten oder dem Eimer auf den Boden schlagen, um das matte und verzweifelnde Geräusch zu hören, das es macht.«

Wie in einem Traum überquerte sie den Hof und stieß eine Tür mit mehrfarbigen Scheiben auf. Auf der Treppe erwartete sie der feuchte und ehrfurchtgebietende Geruch, den sie so gut kannte, ein Klostergeruch, in den der naive Duft eines Topfs Nelken auf einem Fenstersims drang. Manchmal fragte sich Stephanie, ob es nicht wegen dieser Treppe war, daß sie Marcelline besuchte, oder wegen dieses Hofs, der sie eine Todessehnsucht verspüren ließ. Heute jedoch ging sie ihrer selbst wegen zu Marcelline, weil sie ihr etwas zu sagen hatte und die Antwort darauf zu hören wünschte. Aber was denn? Darauf hätte Stephanie nicht antworten wollen; sie verließ sich da ganz auf ihre Eingebung und würde schon sehen, aber während sie die langen Stufen emporstieg, die sich wie ein halboffener Fächer ausbreiteten, stellte sie sich bereits all die langweiligen Worte vor, die man austauschen mußte, und bedauerte, nicht auf der Treppe verweilen, sich auf eine Stufe setzen und nach einigen verträumten Minuten fortgehen zu können, aber Marcelline erwartete sie und würde es nicht verstehen, und dann war da diese seltsam bedrückende Angst, die erst in Gegenwart der flinken und positiven Person weichen würde, die jetzt, zehn Meter hinter Wänden und Türen entfernt von ihr, einen Teller mit Keksen bereitstellte und sich dabei hinterhältige Fragen ausdachte. Beim bloßen Gedanken an dieses Gespräch, das unfehlbar zu einem Verhör ausarten würde, fühlte Stephanie eine Art Empörung:

»Nur weil ich gesagt habe, daß ich kommen würde«, murmelte sie, »muß ich klingeln und mich der Neugier dieser alten Näherin aussetzen.« Doch dann überlegte sie und fand, daß es ihr vielleicht gut tun und ihre Nerven entspannen würde. Noch ein oder zwei Schritte, und sie befand sich auf dem Treppenabsatz. Der schwarz behandschuhte Finger zögerte vor dem Klingelknopf, machte eine unentschlossene Bewegung, die einer Ableugnung ähnelte, drückte dann widerwillig.

Energische kleine Schritte näherten sich, hallten wie Hammerschläge auf dem Fußboden. »Um sie anzuhalten«, dachte sich Stephanie betrübt, »würde es eines Erdbebens bedürfen. Oder eines Schlaganfalls. Sie naht wie das Schicksal, sie wird die Tür aufmachen, als ob sie hoffte, mich mit dem Auge am Schlüsselloch zu ertappen.«

In der Tat wurde die Tür heftig aufgerissen, und aus dem Dunkel rief eine Stimme: »Bist du es, Stephanie? So komm doch schon herein. Guten Tag. Immer noch aufgeputzt wie ein Leichenwagenpferd, was?«

Nachdem sie ein finsteres Vestibül durchquert hatten, in dem man sich an aufgestapelten Schachteln und Pappkartons stieß, gelangten sie in ein Zimmer, durch dessen von gelben Tüllgardinen verdunkelte Fenster ein ungewisses Licht drang. In der dunkelsten Ecke stand ein mit Rips überzogener Diwan, der schamhaft dubiose Formen verbarg, rechts davon ein niedriger Tisch und links ein ebenso niedriger Sessel, zwei Möbelstücke, die ein berechnender Kopf dort wie Befestigungsanlagen hingestellt hatte. Das Ganze ergab eine Art Viereck, und das entsprach einer Absicht, die Marcelline geheim glaubte, obwohl sie dem naivsten Beschauer sofort klar wurde.

Der andere Teil des Zimmers interessierte die Mieterin dieser Wohnung nicht und schien dem Chaos ausgeliefert: Leere Schachteln lagen haufenweise auf dem Parkett, und zerknülltes Seidenpapier breitete sich wie Schaum um sie aus; an den Wänden zeugten einige Rahmen mit rußgeschwärzter Vergoldung von den Fußtritten, die sie erhalten hatten; zwei übereinandergestülpte Stühle vollendeten dieses Bild der Unordnung und schufen jenes Unbehagen, das Umzügen eigen ist. Umsonst entfaltete ein japanischer Wandschirm seine schneeigen Ebenen und seine schwarzen Himmel, um diesen entmutigenden Anblick vor dem Auge zu verbergen, denn auf dem Wege von der Tür zu dem Viereck, auf dem Marcelline ihre strategischen Fähigkeiten zur Geltung brachte, konnte man nicht umhin, das heillose Durcheinander zu sehen, aber nachdem sich der Besucher einmal gesetzt hatte, bemerkte er nichts Ungewöhnliches mehr, und sein Blick fiel unweigerlich auf einen Fudschijama von billigstem Kitsch.

Stephanie schaute sich entsetzt um, wurde dann jedoch rasch zu dem Sessel gestoßen, in den sie sich sinken ließ, während Marcelline sich wie eine Schwimmerin in den Tiefen des Diwans ausstreckte. Sie war eine kleine, untersetzte und kräftige Person, deren Körper in dem enganliegenden Seidenkleid ein wenig katzenhaft wirkte, aber das hatte nichts mit einer etwa besonderen Anmut zu tun, sondern war eher jener unschuldsvollen Sinnlichkeit zuzuschreiben, mit der sie ihre gerundeten Formen zeigte. Sie gehörte zu den Frauen, die Männer zugleich komisch und anziehend finden, zumal die einfachsten Wesen ja auch die geheimnisvollsten sind; sie vermittelte den Eindruck einer irgendwie zeitlosen Gerissenheit: Man konnte sie sich ebensogut nackt auf der Bühne eines volkstümlichen Theaters als am Hofe eines jener bärtigen Könige vorstellen, die man auf den Reliefs in Kleinasien sieht. Alle Epochen hätten sie willkommen geheißen. Obwohl ungebildet und borniert, ließ sie Frauen, die ihr bei weitem überlegen waren, wie unbeholfene Neulinge erscheinen. Sie redete in der Sprache des Volkes, aber sie wußte alles. Sie war jung, aber die Kupfer- und Silberreifen schellten seit zwanzig Jahrhunderten an ihren Armen.

Die schwarzen Locken ihres sorgfältig zerzausten Haars fielen auf eine niedrige und eigenwillige glatte Stirn und warfen einen Schatten auf die ehrlich blauen Augen, die sie lieber verderbt und beunruhigend gewollt hätte. Sie vergrub die Ellbogen in ein Kissen, stützte das Kinn in die Hände und fragte:

»Woher kommst du?«

Stephanie machte den Mund auf.

»Lüge nicht«, sagte Marcelline.

»Aber das ist doch nun wirklich zu stark!« rief Stephanie und richtete sich auf. »Woher ich komme? Von zu Hause natürlich. Was soll dieses Verhör?«

»Beruhige dich«, sagte Marcelline. »Tu so, als hätte ich nichts gesagt.«

Damit stieß sie einen tiefen Seufzer aus, rollte sich plötzlich auf den Rücken und hob die Hände zur Decke. Fünf oder sechs Kupfer- und Silberreifen glitten klirrend an ihren Armen entlang. Trotz allem Ärger, den Stephanie dieser Frau gegenüber empfand, konnte sie nicht umhin, über diese Allüren einer babylonischen Kurtisane zu lächeln. »Nur meinetwegen gebärdet sie sich wie eine wollüstige Sklavin«, sagte sie sich. »Sie will offenbar die gutbürgerliche Stephanie schockieren. Aber schämst du dich nicht, Marcelline? Du, die ich im schwarzen Schürzenkleid gekannt habe, als du im Garten des Cours

Duroy deinen Nachmittagsimbiß verschlangst. Mit dieser Aufmachung versucht sie auf orientalische Wollust zu machen, allerdings mehr die spanische Version. Aber manchmal hat sie seltsame Ahnungen; sie wäre nur zu glücklich, wenn sie wüßte, woher ich komme.«

»Siehst du Stephanie«, fuhr Marcelline fort, »was dir zustößt oder nicht zustößt –« (ihre Hände fuchtelten wie im Takt) – »das alles geht mich nichts an. Ich habe mein Leben, du hast das deine. Meins ist mir lieber. Es steht dir frei, vor Langeweile zu sterben, aber warum?«

»Ich bin nicht unglücklich«, sagte die sanfte und zurückhaltende Stimme.

Marcelline lachte kurz auf, und es klang wie ein Schrei.

»Mit dem Gesicht, das du vorhin beim Eintreten gemacht hast? Hältst du mich für ein kleines Mädchen? Nun komm schon, Stephanie«, sagte sie und drehte sich auf ihren Bauch. »Rede, ich höre dir zu.«

»Aber ich habe doch nichts zu erzählen«, sagte Stephanie mit einem so falschen Lachen, daß sie errötete. »Ich bin nur gekommen, um zu sehen, wie es dir geht ...«

Marcelline schüttelte ihre Locken:

»Wie nett von dir! Ach übrigens, gieß dir doch ein Glas Portwein ein, das wird dir die Zunge lösen.«

Ein kurzes Schweigen.

»Meine Mutter ...«, begann Stephanie.

»Lassen wir sie bei sich zu Haus«, unterbrach sie Marcelline. »Du redest um den heißen Brei herum. Komm endlich zur Sache. Wie ist er?«

Angesichts einer so direkten Frage stieg der schönen Rothaarigen aufs neue die Röte in die Wangen. Sie hatte das Gefühl, auf einmal buchstäblich zu brennen. Marcelline schenkte Portwein ein, und sie tranken beide schweigend, aber Marcelline leerte ihr Glas und füllte es sogleich wieder. Doch dabei ließ sie ihre Freundin nicht aus den Augen, blickte sie unverwandt an, wie um den letzten Widerstand einzuschläfern.

»Es ist nichts«, sagte Stephanie, »wenigstens nichts

Ernsthaftes. Wir haben uns in der Bibliothek gesprochen, als ich die Bücher meiner Mutter zurückbrachte, und dann sind wir im Park ein Stück spazierengegangen.«

»Ich ahnte schon immer, daß die reiche Bourgeoisie sich ihre Bücher gratis in den Bibliotheken beschafft. Das sieht Madame Bréchet ähnlich!«

»Du magst meine Mutter nicht.«

»Das beruht auf Gegenseitigkeit. Gestehe, daß du mich heimlich besuchst, wie du es schon immer getan hast. In ihren Augen war ich kein Verkehr für dich.«

»Marcelline, ich bitte dich!«

»Wie heißt er?« fragte die Odaliske und wand sich auf ihren Kissen.

»Fabien.«

Stephanie wollte den Namen zurückhalten, aber er war ihr ganz plötzlich entschlüpft.

»Fabien? Das ist kein Name für einen Liebhaber«, sagte Marcelline.

»Und was soll ich tun?«

»Was du tun sollst, um in seinen Armen zu landen?«

»Ach, Marcelline ...«

»Du ziehst es also vor, ganz allein im Park der Präfektur spazierenzugehen? Leugne es nicht: Nur dort gibt es diesen etwas gelben Sand, und die Ränder deiner Schuhe verraten dich. Wie gesagt steht es dir frei, vor Langeweile zu sterben. Wenn du daraus erwachst, wird es zu spät sein, und man wird im Begriff sein, dir die Augen zu schließen. Sage nichts, du weißt, daß ich recht habe. Du bist gekommen, um mir eine Geschichte zu erzählen, die keinen Sinn ergibt, zumindest noch nicht. Und ich werde dir einen guten Rat geben: Lade deinen Fabien hier zum Tee ein, und ich werde mich auf die natürlichste Art verziehen, um Einkäufe zu machen.«

Stephanie hob vage abwehrend die Hand.

»Aber vielleicht willst du lieber die unnahbare schöne Provinzlerin bleiben und dir deine Reize für das Jenseits bewahren!«

Marcelline riß ihre blauen Augen so weit auf, wie sie konnte, um jene großen ägyptischen Köpfe nachzuahmen, die eine unheimliche Nacht zu betrachten scheinen. Es wurde dunkler, und Stephanie stand auf.

»Ich werde es mir überlegen«, sagte sie.

Marcellines Stimme folgte ihr vom Diwan aus:

»Ich begleite dich nicht hinaus. Schlag einfach die Tür hinter dir zu. Ich ruhe mich noch ein bißchen im Dunkel aus, bevor man mich zum Abendessen abholt.«

Als Stephanie ins Vestibül trat, holte die Stimme sie ein:

»Rufe mich an, wenn du weißt, was du willst.«

(29. September 1944)

Die Antwort

für Eric

Der Tag ging zur Neige. Das war der Augenblick, den Charlotte am liebsten hatte, weil er ihr jene glückliche Melancholie bescherte, die sie seit ihrer Jugend in dieser Stunde genoß. Ein Sonnenstrahl durchdrang das Nebenzimmer und berührte die Füße dieser in der Bibliothek sitzenden Frau, die sich fragte, was sie tun sollte. Einen Brief zu schreiben schien ihr zwar vernünftig, aber sie haßte es, Briefe zu schreiben. Dieser hier, den sie von Monat zu Monat verschoben hatte, konnte nicht länger warten, ohne allen Sinn und Nutzen zu verlieren.

So beugte sie sich über den Louis-Philippe-Schreibtisch und begann tapfer: *»Meine liebe Eveline, wie geht es dir? Die Zeit vergeht und raubt uns Stunden, die ich so gern mit dir verbringen würde. Im Geiste schicke ich dir Briefe voller Neuigkeiten und Herzensergüsse, aber das genügt nicht. Zuerst einmal kommen die Antworten nicht oder bleiben Gedanken, denn ich will doch annehmen, daß meine Eveline an mich denkt, aber diese Art der Kommunikation, die uns das Porto erspart* (sie strich diesen Satz aus und sagte sich: »Es ist ja nur ein Entwurf.«), *aber diese Art der Kommunikation, die mich hungrig läßt . . .«*

»Was will ich ihr eigentlich schreiben?« brummte sie der ihr gegenüberliegenden Bücherwand zu. »Ich habe keine Lust, diese trübselige alte Jungfer zu sehen.«

Plötzlich stand sie auf und ging zur Tür. Unter ihren ein wenig schweren Schritten knarrte der mit einem Teppich aus Indochina bedeckte Fußboden. Auf dem Korridor mit den Vitrinen an den Wänden rief sie:

»Mike!«

Während einiger Sekunden hörte sie nichts. In der ganzen Stadt war kein Haus zu finden, in dem eine tiefere

Stille herrschte. Und doch war das 20. Jahrhundert nicht weit mit seinen Traktoren und Baggern, die Löcher in der Größe von Steinbrüchen in den Boden stampften, mit seinen hastigen Bauten, die den Himmel versperrten, aber nichts von all dem allgemeinen Lärm drang bis hierher, in diese durch die Gärten der Gesandtschaften geschützte Ecke.

»Mike!«

Sie fuhr zusammen. Im Halbdunkel des Korridors sah sie den jungen Mann in seinem verwaschen blauen Leinenanzug reglos stehen.

»Wie stellst du es an, so lautlos wie ein Gespenst aufzutauchen?«

»Ich bin schon seit einer Weile hier.«

»Du hättest doch wenigstens antworten können, als ich dich rief ... Ich habe geradezu das Gefühl, mit einem Spion zu leben.«

Diese letzte Bemerkung machte sie mit einem gezwungenen Lachen, das der junge Mann nicht zur Kenntnis nahm.

»Was tust du eigentlich auf diesem Korridor?

»Nichts.«

»So? Dann werde ich dir etwas zu tun geben. Ein kleiner Brief. Doch! Ein kleiner Brief, so etwas fällt dir ja leicht. Zur Belohnung kriegst du ein Geschenk. Es handelt sich um Mademoiselle Fournaize. Du schreibst ihr, daß ich sie schon seit langem gern einmal sehen würde und so weiter. Einfach ein paar nette und liebenswürdige Worte.«

Während sie redete, trat sie wieder in die Bibliothek, gefolgt von dem jungen Mann, dem sie den Sessel am Louis-Philippe-Schreibtisch anwies. Im Geiste beschäftigte sie sich bereits mit dem Geschenk, das sie ihm versprochen hatte: vielleicht eine Taschenuhr seines Vaters, aber Mike würde ein solches Andenken als Trödelkram aus einem anderen Jahrhundert betrachten und es, wer weiß, bei irgendeinem skrupellosen Händler verhökern;

ein bemaltes Emailkästchen ... wie seltsam das in den Händen eines jungen Mannes von heute aussehen würde. Was gefiel den jungen Leuten? Was wünschten sie sich? Hatten sie überhaupt noch den Wunsch, etwas zu besitzen? In Mikes Zimmer gab es außer dem am Boden stehenden Plattenspieler und dem Haufen Taschenbücher auf der Kommode nur kunterbunt aufgehängte Poster. Charlotte sah ein, daß sie ihm unrecht tat, denn mehr als einmal, wenn sie allein im Hause war, hatte sie sich dabei ertappt, wie sie fasziniert auf die schreiend großen Gesichter seiner Idole über dem Bett schaute. Wie sollte sie diesen jungen Menschen verstehen? Der Generationenkonflikt, den jeder von ihnen wiederum in einen Schild des Unverständnisses umschmiedete, konnte weder durch Gleichgültigkeit noch durch amüsierte Duldung ihrer tobend lärmenden Welt gelöst werden. Immerhin hatte sie sich nie über ihren Stiefsohn zu beklagen gehabt, denn er stellte seine Musik stets leise ein, wenn sie da war, wie um die Schlafwandlerin der Vergangenheit nicht zu wecken. Vergangenheit, das war das Wort, das sie unter sich benutzten, und das in ihrer Sprache soviel wie überholt bedeutete. Aber was war die Zukunft? Hatten sie eine? Stellten sie sie sich nicht nur vor? Gewiß, die Welt bot oder, besser gesagt, ließ ihnen nichts als ein Paradies, das jenen Reiseprospekten ähnelt, wo alles unter einem falschen Blickwinkel gezeigt wird, und wo der Himmel so unwandelbar blau ist, daß man am liebsten mit einem Revolver hineinschießen möchte.

Mike wartete.

»Was hast du?« fragte Charlotte.

»Die Adresse?« wollte der junge Mann wissen.

Aufs neue fuhr Charlotte zusammen; sie war zu sehr mit ihren Gedanken beschäftigt gewesen und hatte nicht bemerkt, daß der Brief bereits geschrieben und der Umschlag halb fertig war. »Ich bin doch unverbesserlich«, sagte sie sich. »Ich träume und versuche zu sehr, mich seinen Ansichten anzupassen.« Mit diesem Wort verfiel sie wieder in einen vagen Traum, in welchem Mikes Gesicht verschwamm und einen rätselhaften Ausdruck annahm, wie den der Unbekannten von der Seine. Es schien in einem leichten Dunst zu verschwinden, um sich dann plötzlich wieder ihr zuzuwenden.

»Die Adresse . . .«, murmelte Charlotte.

»Sie steht nicht im roten Büchlein«, sagte Mike.

»Rue Roncereau. Nummer 3 oder 23, ich weiß es nicht mehr, aber die Straße ist kurz, und Eveline kennt jeder. Der Brief kommt bestimmt an. Die Nummer ist nicht wichtig.«

»Und die Postleitzahl?«

Unerbittlich. So sind sie, genau und gleichgültig. Alles ist chiffriert, katalogisiert, in den Kasten eingeordnet, den man einst ein Gehirn nannte, aber es interessiert sie nicht im geringsten, für sie ist es Sanskrit. Man speichert eine Zahl ein, und wem nützt es? Einer seelenlosen Maschine.

»Seelenlos«, murmelte sie.

»Das ist keine Postleitzahl«, erklärte Mike.

»Ach ja, es ist 74 000 oder irgend so etwas, glaube ich.«

»Savoyen . . .«

Diesen Namen sprach er leise, und plötzlich drangen Wälder und weite Wiesen in das Zimmer ein. »Savoyen«, sagte sich Charlotte, »da ist es mir, als fühlte ich einen Windhauch über wilde Blumen wehen, blaue Blumen . . .« Und auf einmal sah sie ihren Stiefsohn mit ganz anderen Augen an. War er glücklich, hier bei ihr zu sitzen und eine Arbeit zu tun, die sie selbst nicht zu bewältigen vermochte, anstatt draußen den Frühling zu genießen? Jetzt wußte sie, was für ein Geschenk sie ihm machen würde: Taschengeld, damit er ausgehen konnte, wie es ihm beliebte, und ohne ihm all die lästigen Fragen zu stellen, die man ihr in ihrer Jugend gestellt hatte, wie »was wirst du mit diesem Geld tun?« und so weiter. Kurz, alles das, worüber sie das »Geschenk« am liebsten vor den Augen ihres Vaters oder ihrer Mutter zerrissen hätte, um ihnen zu zeigen, daß ihre Freigiebigkeit allen

Wert verlor, wenn dieses indirekte Verhör sie begleitete.

»In dem kleinen linken Schubfach muß noch ein Briefumschlag von Eveline liegen. Da steht die Adresse hinten drauf«, sagte sie. »Vervollständige sie. Ich bin gleich wieder da.«

In ihrem Zimmer nahm sie das, was die Reinemachefrau einen dicken Schein nannte, kehrte in die Bibliothek zurück und steckte das Geld mit einer Geste, die sie für geschickt hielt, in Mikes Jackentasche. Der junge Mann stand auf und zog den Schein heraus. Und da hörte sich Charlotte genau das fragen, was sie in diesem Alter so gehaßt hatte:

»Hast du schon eine Idee, was du damit anfangen wirst?«

»Kino.«

Die Antwort überraschte sie nicht, nur die lakonische Art, in der sie formuliert wurde. Soweit sind sie bereits, dachte sie. Man läßt einfach den Artikel weg. Nicht etwa, weil es schneller geht, sondern wie um es nach nichts klingen zu lassen. Nach einem Nichts. Man kann sich mit ihnen nicht verständigen, es gibt immer weniger Sätze, um einander zu verstehen, und man wechselt Worte, wie man heute beim Tennis hart zuschlägt, um den Gegner zu zerschmettern. Man lebt in parallelen Welten ohne andere Verbindung als Worte, die Bilderrätseln ähneln: »Schlüssel, Café, Kino, Nichts«, und die Zeit vergeht, diese Kinder wachsen heran, und hinter ihnen klafft dieselbe Spalte, die sie von der kommenden Welt abschneiden wird. Gewiß, es ist nichts Feindseliges dabei, aber man könnte geradesogut einen jener unentzifferbaren Monolithen von der Osterinsel im Salon sitzen haben. Wie sollte man in diesem Alter nicht glücklich sein? Aber Charlotte erinnerte sich an die ungeduldigen Stunden ihrer Jugendzeit, an jene Stunden, in denen alles sie vorantrieb, während sich im Inneren ihrer selbst eine geheimnisvolle Schranke zwischen ihrem Herzen und der Welt erhob. Wie wäre diese Mauer zum Einstürzen zu bringen? Irgendwo mußte es darauf eine Antwort geben.

Mike blickte sie ohne einen besonderen Ausdruck an, als wenn er sich die Vitrine auf dem Korridor anschaute oder das große Pastellbild von Lhote über dem Sekretär. Er hielt den Brief in der Hand.

»Willst du ihn in den Briefkasten werfen, wenn du ausgehst?«

Er nickte.

»Aber du hast ihn ja schon zugeklebt. Er ist noch nicht unterschrieben.«

»Das ist bereits erledigt«, sagte er.

»Du hast ihn unterschrieben?«

Ein bejahendes Brummen.

»An meiner Stelle? Mit meinem Vornamen?«

»Natürlich.«

»Hoffentlich hast du es gut nachgeahmt.«

Sie lächelte vergnügt. Und Mike lächelte nun plötzlich auch, wie ein Kind.

(6. Dezember 1956)

Das Gefühl der Fremdheit, das alle Bücher dieses großen Magiers der Literatur durchzieht, hat in Philipp Cléry wohl die überzeugendste Gestalt gefunden. Dieser schöne, reiche und überaus eitle Herr muß erkennen, daß er ein jämmerlicher Feigling ist – eine Erkenntnis, die sein Leben verändert, über die sich seine Frau lustig macht und die seine Schwägerin ausnutzt. Das abgründige Dreiecksverhältnis dieser Menschen wird vollends zum Albtraum.

Julien GREEN

Der andere Schlaf
Aus dem Französischen von Peter Handke. 120 Seiten. Leinen

Leviathan
Roman. Aus dem Französischen von Eva Rechel-Mertens. 312 Seiten. Leinen

Moira
Roman. Aus dem Französischen von Georg Goyert. 224 Seiten. Leinen

Mont-Cinère
Roman. Aus dem Französischen von Rosa Breuer-Lucka. 256 Seiten. Leinen

Von fernen Ländern
Roman. Aus dem Französischen von Helmut Kossodo. 1008 Seiten. Leinen, Fadenheftung und mit Lesebändchen versehen

Die Sterne des Südens
Roman. Aus dem Französischen von Helmut Kossodo. 848 Seiten. Leinen, Fadenheftung und mit Lesebändchen versehen

Treibgut
Roman. Aus dem Französischen von Friedrich Burschell. 264 Seiten. Leinen

bei Hanser